LE COMMANDO
DES IMMORTELS

Du même auteur

dans la même collection :

La Brèche
Zoulou Kingdom

RENDEZ-VOUS AILLEURS

Collection dirigée par Bénédicte Lombardo

CHRISTOPHE LAMBERT

LE COMMANDO DES IMMORTELS

Fleuve Noir

ISBN : 978-2-265-08598-5

À Jean-François Tarnowski,
parti mais pas oublié.

1

La Jeep kaki ralentit aux abords de la forêt avant de s'immobiliser à l'ombre des grands arbres.

La vie animale – insectes, oiseaux, petit gibier – se taisait, dans l'attente d'un événement. Les secondes s'écoulaient. Le moteur du véhicule tournait en sourdine, contribuant à rendre ce moment de calme moins pesant. Un écriteau cloué sur un tronc proclamait « Parc de Yosemite » et juste en dessous, écrit plus petit, « Sylvaniel, réserve elfique ».

Une portière s'ouvrit. La silhouette qui descendit de la Jeep s'avança vers une barrière abaissée en travers du chemin. Alignés en rangs serrés, les séquoias dominaient l'intrus de toute leur écrasante majesté. On aurait dit des sentinelles silencieuses et centenaires. Il y avait quelque chose d'intimidant dans ce mur végétal : à son impressionnante hauteur, s'ajoutaient sa densité et sa profondeur. On percevait des mouvements brefs, ici ou là, dans les buissons.

— Pas de contrôle ? s'étonna l'homme resté assis.

— Soyez certain qu'on nous observe, répondit l'autre.

Il releva manuellement la barrière avant de regagner sa place, côté conducteur.

— Et ces gardes invisibles, ils ne nous demandent aucun papier, rien ? insista son passager.

— Ils me connaissent.

La Jeep repartit.

La piste était mauvaise. Sans cesse sollicités par les bosses et les nids-de-poule, les amortisseurs du véhicule grinçaient. Ses occupants jouaient au tapecul sur leur siège, les fesses en marmelade. Ponctuellement, des pommes de pin craquaient sous les roues, pareilles à un nœud de bois qui éclate dans le feu. Une odeur de sève embaumait l'air.

Le conducteur fixait le simulacre de route droit devant lui. Ses yeux couleur d'ambre, légèrement en amande, étaient le premier indice révélateur de ses origines métissées. D'autres signes allaient dans le même sens : bien qu'il semblât assez jeune, on pouvait difficilement lui donner un âge. Et puis il avait le teint pâle – mais pas cadavérique –, des traits délicats, sans parler de cette chevelure d'or nouée par un catogan qui encadrait, preuve suprême, une paire d'oreilles trop finement ciselées pour être cent pour cent humaines. Par contraste, son costume gris à rayures paraissait d'une effrayante banalité. L'homme d'une trentaine d'années assis à côté de lui arborait des insignes de capitaine sur son uniforme neuf. La brillantine luisait dans ses cheveux noirs à chaque caresse du soleil. Il avait une mâchoire un peu forte mais était plutôt beau garçon. Sa main chassait avec agacement les branches qui griffaient son visage par intermittence.

— On dirait que la forêt se referme sur nous, grogna-t-il.

Et c'était vrai.

Ils s'enfonçaient dans un monde nouveau, qui affirmait son essence de minute en minute. Un monde d'arbres ! Il y en avait des milliers. De toutes les espèces. De toutes les variétés. Résineux. Bétulacées. Acéracées. Conifères. Géants. Nains. Ancêtres dotés d'un large fût, élancés d'un jet. Jeunes pousses minces comme des tiges. Arbres rois. Vassaux. Porteurs de feuilles caduques et dentelées, d'aiguilles, de cônes… L'atmosphère n'était plus transparente, mais verte et dorée, teintée par la lumière chaude qui filtrait des houppiers. Mis à part celui du moteur, aucun bruit d'origine humaine ne venait troubler la quiétude de l'endroit. C'était déjà chose rare en cette première moitié du XXe siècle, même si l'industrialisation n'avait pas encore atteint le développement qu'on lui connaît aujourd'hui.

— Je sens comme un danger, dit le militaire. Une forme d'hostilité latente.

La forêt réactivait dans ses gènes des peurs enfouies depuis la nuit des temps. « Je suis un corps étranger avalé par un titan, songea-t-il. Il n'y a guère que l'immensité de l'océan pour renvoyer l'homme à une telle impression de petitesse. »

Suivant à voix haute le fil de ses pensées, il demanda :

— Monsieur Cealendar, vous êtes-vous déjà retrouvé seul, la nuit, sur une barcasse perdue au grand large ? (Le demi-Elfe secoua la tête négativement.) Tant mieux pour vous. Vraiment... J'ai vécu cette expérience, une fois, l'année dernière. Mon bateau a été coulé par un torpilleur, quelque part entre l'Australie et la Nouvelle-Guinée. J'étais l'unique survivant du naufrage... Toute la nuit, j'ai senti des ombres glisser sous moi. Pas des requins, non. J'imaginais des serpents de mer, des monstres issus des abysses. J'ai cru devenir fou. Ces créatures ne se contentaient pas de m'observer, de me frôler. C'était comme si elles cherchaient à me sonder. Je ressens quelque chose de similaire aujourd'hui... Tous ces arbres... Sont-ils bienveillants ?

Le conducteur eut un haussement d'épaules.

— La nature se méfie des hommes, dit-il. Cela se comprend.

— Oui. Vous avez sans doute raison.

Au-dessus de leur tête, le ciel mangé de verdure se réduisait à une fissure, une cicatrice bleue, de plus en plus ténue. Au sol, la piste s'amenuisait de concert. Bientôt, elle disparut complètement, laissant place à un tapis d'herbes élastiques.

Le militaire se tourna vers son chauffeur :

— Depuis combien de temps travaillez-vous pour le Bureau des affaires elfiques, monsieur Cealendar ?

— J'ai commencé il y a trois ans, juste avant que la guerre n'éclate en Europe.

— Je peux vous demander votre âge ?

— Je suis plus vieux que votre père, capitaine.

— Mon père est mort quand j'avais huit ans.

— Désolé. Je parlais théoriquement, bien sûr.

— Bien sûr.

Autour d'eux, les troncs s'espaçaient. En hauteur, l'entrelacs de feuillage continuait de former un couvercle compact. Cette voûte frémissait dès qu'un souffle d'air la parcourait. On pouvait suivre le trajet du vent grâce à ces subtiles ondulations, de la même manière que des variations de couleur ou un remous à la surface de l'eau indiquent la présence d'un courant. Par endroits, le vert tendre flamboyait de reflets ocre ou fauves, bien que l'automne fût révolu depuis plusieurs mois.

— Nous arrivons, dit le métis.

Ils entendirent des éclats de voix joyeux, presque enfantins. Ces rires tintaient entre les arbres, tels de minuscules carillons. Puis, une musique à base de harpes, de flûtes et de tambourins, s'éleva du cœur de la forêt.

— Qu'est-ce qu'ils célèbrent ? questionna l'humain.

— Le solstice. C'est une fête de première importance. Pendant une semaine, on danse, on chante. La plupart des couples se marient durant cette période.

Ils débouchèrent sur une vaste clairière circulaire au milieu de laquelle on avait dressé un banquet. Le soleil déversait généreusement ses rayons dans cet espace ouvert. De gracieuses silhouettes évoluaient entre les feux de camp. Elles portaient des plats, de l'eau, des corbeilles de fruits ou de fleurs sauvages. Leurs longues coiffes en tissu flottaient derrière elles. Plusieurs animaux de beau gabarit – sans doute des cerfs ou des chevreuils – cuisaient à la broche.

— Le Sylvaniel, dernier territoire elfique, déclara le conducteur en serrant son frein à main.

L'officier se décolla de son siège, la bouche ouverte, saisi d'étonnement.

On avait érigé une véritable ville dans les arbres bordant la vierge étendue d'herbe. Ou plutôt, c'était comme si la ville avait poussé là au lieu de s'être construite. Son architecture s'harmonisait avec le décor à un point tel qu'il s'en dégageait une illusion de perfection. Les escaliers s'enroulaient autour de troncs démesurés, comme des plantes grimpantes. Les habitations se déployaient dans les niveaux supérieurs, sur des plates-formes reliées entre elles par des passerelles dont l'entrecroisement tissait un réseau complexe entre chaque pilier naturel. Les ponts en bois, en cordes, tanguaient et grinçaient, pareils aux entrailles d'un navire ballotté par la houle. Les charges les plus lourdes étaient montées grâce à des poulies et d'épais tressages de chanvre qui paraissaient néanmoins d'une grande délicatesse.

— Je n'ai jamais vu une chose pareille, reconnut l'humain.

Il se sentait bizarre. Plus du tout oppressé. Au contraire. Des papillons lui chatouillaient l'intérieur du ventre. Il sauta de la Jeep. Il avait l'impression d'être plus léger, comme si, dans ce cercle magique, la pesanteur consentait à relâcher son étreinte. Les Elfes, mâles et femelles, glissaient sur le sol plus qu'ils ne marchaient. Un groupe d'enfants silencieux examinaient avec de grands yeux les nouveaux arrivants. L'humain en uniforme les intriguait particulièrement. Il enleva sa casquette, la coinçant avec le coude contre son flanc, puis s'essuya le front avec sa manche. Le soleil tapait dur et il transpirait d'abondance.

— Qu'est-ce qu'on fait ? demanda-t-il à son chauffeur.

— On attend.

— On attend quoi ?

Comme pour lui répondre, une délégation se détacha de la foule des convives. Les Elfes étaient exactement tels que l'officier se les figurait : beaux, racés, fiers. Leur port, d'une élégance innée, leur conférait une prestance quasiment surnaturelle. On les appelait les « immortels », mais ce n'était qu'un surnom. Tout le monde meurt un jour, bien sûr. Même les grands arbres. Même les plus vieilles tortues des Galápagos. Même les étoiles... Foster essaya de deviner l'âge des quatre guerriers qui venaient vers lui. Ils avaient l'air de jeunes adultes.

« Deux cents ans ?.... Deux cent cinquante ? »

Des tuniques aux teintes pastel moulaient leurs formes. Ils avaient chaussé des mocassins de cuir souple.

Cealendar se pencha à l'oreille de son compagnon.

— Celui avec la cape, c'est Kalir, le fils du chef.

L'humain se raidit, intimidé. Kalir s'arrêta à un mètre de lui, sans cesser de le fixer intensément.

— Voici le capitaine Foster, dont je vous ai parlé, déclara Cealendar. Il vient présenter au grand conseil la requête de Washington.

Foster tendit la main. Kalir se contenta d'incliner la tête.

— Mon père vous attend, dit-il.

— Très bien, sourit l'officier en essayant de garder bonne contenance.

Soudain, respirer le même air que ces créatures d'une beauté sidérante le mit mal à l'aise. Un vertige le gagnait. Soutenir ces yeux d'ambre devenait presque insupportable. Aussi fut-il soulagé lorsque le fils du chef lui tourna le dos pour lâcher un « suivez-moi » laconique.

Le petit groupe traversa la clairière sous le regard toujours plus inquisiteur des femmes et des enfants. Ces derniers s'écartaient en échangeant des murmures pleins d'appréhension.

« J'imagine que je suis pour eux une sorte de mythe », se dit Foster.

En effet, depuis la fin du XIXe siècle, rares avaient été les humains autorisés à pénétrer au Sylvaniel.

Un seul garçon – un tout petit, avec de magnifiques yeux de chat – lui sourit, et le militaire nota que le gamin n'avait pas de canines, comme tous ceux de sa race.

Ils empruntèrent un escalier qui menait aux branches supérieures d'un arbre monumental. La balustrade était agrémentée de festons décoratifs joliment ouvragés. Plus haut, les dernières marches disparaissaient au sein d'un écran de feuillage. Les Elfes et leur invité accédèrent à une plate-forme hermétiquement isolée du reste du monde par ce bouclier de verdure. On avait installé ici et là l'équivalent de petites lanternes chinoises pour pallier à la carence de lumière. Autour d'une grande table se tenaient cinq sages d'allure majestueuse, le front ceint par un bandeau. Ils avaient des visages paisibles et de longs cheveux sombres. Avec leurs robes blanches, ces personnages ressemblaient à des anges. Il ne leur manquait que des ailes dans le dos. Les flétrissures de l'âge n'avaient aucune prise sur eux, bien qu'ils fussent tous vieux de plusieurs siècles. Celui qui paraissait être le chef se leva, et les autres l'imitèrent.

— Bienvenue à vous, capitaine Foster, dit-il cérémonieusement.

Foster avait bien sûr lu dans ses dossiers des descriptions détaillées de Fantilir, seigneur Elfe de la Côte Ouest. Mais aucun rapport ne pouvait transmettre par écrit l'aura émanant de sa personne. Son sourire aurait ravi un peintre flamand. Il irradiait une réelle profondeur spirituelle. Compassion, grâce, bonté, étaient les autres mots qui venaient à l'esprit quand on le contemplait.

L'officier s'inclina avec courtoisie. Son cœur battait vite et fort.

— Le président Roosevelt me charge de vous transmettre ses respects, Votre Seigneurie, dit-il, la gorge serrée.

— Asseyez-vous, je vous prie, capitaine.

Il restait deux places libres, à gauche et à droite de Fantilir. Foster et le demi-Elfe s'installèrent. Cealendar paraissait au moins aussi nerveux que l'humain. Il procéda à des présentations en règle pendant que le fils du chef et ses trois compagnons se postaient aux points cardinaux de la plate-forme. Foster en déduisit qu'ils avaient une fonction de gardes du corps, intuition accentuée à la vue du long couteau à lame recourbée passé à leur ceinture.

Les formalités terminées, Fantilir tapa dans ses mains. On apporta du pain elfique, rond et plat, ainsi que diverses friandises et des fruits secs. Des serviteurs versèrent le vin des fées dans des gobelets en bois. Foster en but une gorgée. Le liquide était doux, sucré. Il y eut un moment de silence, une sorte de recueillement tacite, puis le chef rompit le pain, signal que les discussions pouvaient commencer.

— Nous sommes tout ouïe, capitaine, dit-il avec un sourire amical.

Foster s'éclaircit la voix.

— Ces derniers mois, la situation dans le Pacifique s'est considérablement détériorée. Les Japonais ont envahi les Indes orientales néerlandaises, les Philippines, la Malaisie et Hong-Kong. Nos amis anglais se replient sur Singapour. (Il eut un soupir.) Rangoon est tombée, elle aussi, avec le reste de la Birmanie. Les Japonais ont réussi leur pari. Ils vont pouvoir s'installer tranquillement et fortifier leurs positions avant la mousson. La perte de ce secteur inquiète tout particulièrement les états-majors interalliés. D'un point de vue stratégique, la Birmanie est la clé du continent. D'une part, elle représente notre seule voie d'accès terrestre à la Chine. D'autre part, une reconquête nous rapprocherait du Japon, qui serait de nouveau à portée de nos bombardiers... Bref, nous devons rapidement déloger l'ennemi qui s'est implanté là-bas et tient tous les réseaux de communication, routiers comme fluviaux.

Foster avait la bouche sèche. Il s'interrompit pour boire une rapide gorgée de vin sucré.

— Dans cette jungle impénétrable, c'est une guerre d'un type nouveau qui a commencé, reprit-il. Une guerre où l'adversaire peut prendre la forme d'un insecte porteur de la malaria ou d'une simple coupure infectée. Pour l'instant, les

Japonais se sont beaucoup mieux adaptés que nous à l'environnement. Les Occidentaux ont été battus à plate couture, humiliés, surpassés sur le plan de l'engagement comme de la manœuvre. Il est facile de nous trouver des excuses mais celles-ci ne servent à rien pour l'avenir ; ce qu'il faut, c'est découvrir les causes et les remèdes…

— Et alors ? questionna Fantilir. Avez-vous des solutions ?

— Oui, Votre Seigneurie, j'y viens… En Afrique, dans le désert, la motorisation des troupes alliées était un avantage décisif sur les Italiens, dont l'infanterie se déplaçait à pied. Dans la forêt tropicale, la puissance mécanique est quasiment réduite à néant par les difficultés du terrain. Les Japs l'ont bien compris. Ils privilégient la vitesse, grâce à un équipement plus léger que le nôtre, et des actions de débordement sur les flancs. On surnomme cette tactique le « crochet »…

Fantilir caressait du doigt les bords de son gobelet. Pensif, il lâcha :

— Exposé très intéressant, capitaine mais… en quoi cela nous concerne-t-il ?

— J'arrive de Nouvelle-Guinée. J'ai vu là-bas de quelle manière les tribus montagnardes résistent à l'occupant. Se fondre dans la jungle, surgir à l'improviste, tendre des pièges… La technique de la guérilla est la seule valable contre les Japonais. Je vous le disais, c'est une forme de guerre nouvelle pour nous, mais… pas pour vous !

— Qu'attendez-vous de mon peuple, exactement ?

— Des auxiliaires. Pas des centaines, non. Juste de petits groupes qui entraîneraient nos hommes, les aideraient à se familiariser avec vos méthodes de camouflage, de harcèlement… Un général anglais, Orde Wingate, a soumis un projet similaire à sa hiérarchie. Le feu vert va lui être donné très bientôt, je le sais de source bien informée. Wingate compte lancer des commandos expérimentaux derrière les lignes ennemies. Votre aide, votre expérience en la matière, seraient des atouts inestimables pour notre camp.

Il y eut quelques messes basses mais chacun fit silence lorsque Fantilir répliqua :

— Je réitère ma question de départ, capitaine. L'Asie est loin d'ici. En quoi cela nous concerne-t-il ?

Les autres membres du conseil hochèrent la tête en signe d'approbation. Cealendar demeurait impavide, les deux mains sur la table. Il n'avait pas touché à la nourriture ni bu une goutte de vin. Il fixait son gobelet comme si celui-ci était plus important que la conversation en cours.

— Si nous perdons la guerre du Pacifique, nous risquons de perdre la guerre tout court, riposta Foster, bien décidé à camper ferme sur ses positions. Votre sort est lié au nôtre, que vous le vouliez ou non. Allemands et Japonais croient en leur précellence. Chez les Nippons, on appelle ce complexe de supériorité le *seishin*. Tojo et ses sujets n'ont que mépris pour les autres races. Je doute que l'empereur ait prévu une place pour votre peuple au sein de sa grande « sphère de coprospérité ». Et je crains également que les Elfes ne répondent pas aux critères aryens prônés par les nazis… (Il laissa passer une pause, puis reprit :) Si nous échouons sur l'un des deux fronts, il se pourrait bien qu'un jour des parachutistes allemands sautent sur New York, voire que l'infanterie japonaise débarque à Los Angeles. Alors notre problème deviendra aussi VOTRE problème. Ce qui nous affecte actuellement vous affectera tôt ou tard.

Le sourcil gauche de Fantilir se souleva imperceptiblement :

— Les Japonais et les Allemands nous traiteraient-ils plus mal que l'homme blanc au siècle dernier ? Dois-je vous rappeler les Elfes des plaines, chassés de leurs terres ? Les Elfes gris de Chaco Canyon, parqués comme des animaux sur des sols impropres à la culture et réduits à la famine ? Dois-je vous rappeler les innombrables promesses non tenues, les expropriations, les trahisons, les génocides ? Vos cités sont construites sur des ossuaires. Leurs rues sont hantées par des fantômes martyrisés…

— Des fantômes qui réclament vengeance, compléta un Elfe au regard perçant.

Fantilir secoua la tête :

— Non, pas vengeance. Simplement justice. N'ajoutons pas la douleur à la douleur.

Foster se tortilla sur son siège.

— Le président Roosevelt est prêt à faire acte de repentance publique. C'est un geste symbolique fort, convenez-en. Il est également prêt à ordonner une révision des manuels d'histoire. Justice vous sera rendue.

Fantilir soupira :

— Je ne sais pas si deux paragraphes supplémentaires et quelques excuses aideront les âmes des nôtres à trouver le repos.

— Les événements dont vous parlez se sont déroulés au siècle dernier, protesta Foster. Vous me reprochez des actes qui ont été commis alors que je n'étais même pas né… Il est temps, je crois, de tourner la page et de repartir, ensemble, sur de nouvelles bases. Le passé est révolu.

Un Elfe au visage froid et austère prit la parole. Il était assis à l'autre bout de la table mais sa voix grave portait loin, sans qu'il ait besoin de hausser le ton.

— Pour moi, ce passé n'a rien de lointain, dit-il. Je me souviens comme si c'était hier de l'instant où j'ai plongé ma lance dans le ventre de votre général Custer, à Little Big Horn. Je me souviens de l'expression horrifiée de son visage quand je lui ai arraché le cœur de mes propres mains. Je me souviens du goût de son sang… Nous n'avons pas la même perception du temps, capitaine.

Troublé, Foster but une gorgée de vin pour aider sa déglutition, puis il reporta son attention sur le chef du conseil :

— Le président est prêt à changer la Constitution ! (Il balaya du regard la noble assemblée puis martela :) Si vous jouez le jeu, vous pourriez devenir des citoyens à part entière, avec les mêmes droits civiques que tous les Américains.

— La guerre n'est pas un jeu, dit Fantilir. Avez-vous autre chose à ajouter, capitaine ?

— Nous avons besoin de vous. Aidez-nous, et le gouvernement saura se montrer reconnaissant. Je vous en donne ma parole.

Le temps parut s'arrêter. Fantilir était figé dans une attitude de neutralité attentive, un pouce le long du maxillaire, l'index replié sous la lèvre inférieure :

— Très bien, lâcha-t-il enfin. Nous allons délibérer.

Cealendar se leva.

— Je vous raccompagne, dit-il à l'humain.

— Merci, fit celui-ci.

Il poussa sa chaise.

— Merci à vous tous, ajouta-t-il à l'adresse du grand conseil. Merci d'avoir pris la peine de m'écouter…

Ils descendirent l'escalier au bois poli par l'âge. La nuit tombait, et les feux de joie illuminaient la clairière d'une lumière dansante qui étirait les ombres et faisait briller les yeux.

— Ils vont palabrer longtemps ? demanda Foster, une fois les pieds au sol.

— Je ne sais pas, grommela le demi-Elfe. En tout cas, vous avez été plutôt convaincant…

Les musiciens jouaient à présent une gigue rythmée par des claquements de mains. Des couples sautillaient sur l'herbe. Lorsqu'ils se croisaient, les danseurs changeaient de partenaire en virevoltant. L'humain et son guide marchaient, côte à côte, au milieu de ces gambades légères. Une jeune fille portant un plateau leur proposa deux coupes.

— Du vin de chêne, dit Cealendar.

— C'est fort ?

— Assez. Vous devriez essayer.

Ils prirent les coupes et burent une gorgée. Le goût était plus piquant, plus âcre que celui du vin des fées.

— Ce projet, les « conseillers militaires elfiques », c'est une idée à vous ? questionna Cealendar.

— Oui. Je joue gros ici. Si les vôtres accèdent à ma demande, mon avancement est assuré. (Il se reprit aussitôt :) Enfin, je fais cela avant tout pour mon pays, bien sûr… Mais, dans l'armée, les questions de hiérarchie ne sont pas à négliger, surtout si on souhaite innover.

Ils s'adossèrent à un pin de toute beauté, levant la coupe jusqu'à leurs lèvres de temps à autre. Foster caressa l'écorce du grand arbre. Le contact était rugueux, poisseux par endroits. D'anciennes coulées de sève rigidifiée adhéraient à sa paume comme du papier tue-mouches.

Un peu plus loin se déroulait une cérémonie présidée par un Elfe en toge blanche. Des jeunes gens échangeaient leurs vœux devant le dignitaire. Le garçon était vêtu d'une tunique toute simple alors que sa compagne, des pétales de rose dans les cheveux, portait une splendide robe à motif floral. Le couple se tenait pudiquement la main. Leurs proches formaient deux rangées de part et d'autre d'une espèce de petit autel recouvert d'un drap vert.

— C'est un mariage ? s'enquit Foster.

Cealendar hocha la tête.

— Ils vont lier leur esprit, permettant à chacun d'accéder au « moi » intime de l'autre. Ils vont devenir pleinement conscients des besoins et des émotions de leur partenaire, et pourront donc pleinement les anticiper et y répondre.

Foster émit un grognement :

— De la transmission de pensée ? Séduisant en théorie mais dangereux en pratique. Je ne crois pas qu'il soit toujours souhaitable de connaître les petits secrets de son conjoint ou de sa conjointe.

— Vous avez déjà été marié, capitaine ?

— Non. Et vous ?

— Non plus.

Le dignitaire adressa plusieurs mots aux nouveaux époux dans une langue à la musicalité chantante. Sans doute récitait-il quelque texte ancien, porteur de tradition. Les deux amoureux échangèrent leur premier baiser en tant que mari et femme, puis l'assistance applaudit. Une fois les derniers cris de joie dispersés par le vent, le groupe rejoignit le centre de la clairière où la fête battait son plein.

Foster sentait que l'alcool commençait à lui monter à la tête. Il leva les yeux, inspirant profondément l'air saturé d'effluves végétaux. L'absence de ville et d'éclairages industriels rendait le ciel nocturne particulièrement pur. Les étoiles brillaient avec une intensité accrue.

Ils mangèrent, burent encore. Les paupières de l'officier se fermaient petit à petit.

— Vous devriez aller vous reposer, conseilla Cealendar. Nous vous avons préparé un couchage.

— Je vais bien, merci.

Des voix féminines entonnèrent une complainte pleine de mélancolie.

— Vous pouvez traduire ? demanda Foster.

— Cela parle du jour où nos ancêtres quittèrent l'Europe pour aller explorer le Nouveau Monde… « *Nous partons, ô mon peuple, jusqu'aux régions du vent, du vent du nord-ouest. Une seule piste de splendeur et, descendant son cours, comme celui d'un fleuve, vers l'ouest, vers l'ouest, le peuple élu pénétrera en voguant dans les vapeurs pourpres, pénétrera en voguant dans les ténèbres du soir.*

Ainsi partit le peuple des Elfes, le peuple bien-aimé, dans la splendeur du couchant, dans les brumes pourpres du soir, jusqu'aux régions du vent, du vent du nord-ouest, jusqu'aux îles des bienheureux, jusqu'au royaume de l'au-delà... »

— C'est beau.

La mélodie enveloppait Foster dès qu'il fermait les yeux. Il avait de plus en plus de mal à garder les paupières ouvertes.

— Vous avez peut-être raison, grogna-t-il au bout d'une minute. J'ai un... coup de fatigue.

Cealendar l'accompagna jusqu'à une tente plantée de l'autre côté de la clairière.

— Je suis désolé, s'excusa le métis, mais nous ne pouvons vous offrir mieux. Seuls les Elfes de pure souche ont le droit de coucher « dans les bras des arbres » comme on dit ici.

— Cela signifie que, vous aussi, vous allez dormir par terre ?

— Oui. Mais je n'ai pas sommeil pour l'instant. Et puis, nous ne dormons pas vraiment, vous savez...

— Je n'ai jamais compris cette histoire de rêverie éveillée.

— C'est une forme de méditation. Nous entrons en transe et revivons des moments de notre passé.

— Vous êtes conscients de ce qui se déroule autour de vous ?

— Oui, mais nous ne pouvons réagir, enfin, pas davantage qu'un humain durant son sommeil.

Le militaire écarta les rabats en toile. On avait déroulé pour lui une couverture sur un tapis de mousse odorante.

— Que la nuit vous soit douce, capitaine, dit Cealendar.

— Hum, eh bien, bonne... bonne transe à vous.

Foster disparut sous la tente.

Le demi-Elfe tourna ses yeux vers la fête. Il avait repéré les fûts posés à l'écart des grandes flammes et des silhouettes qui dansaient dans la nuit. Les fûts l'attiraient. L'appel était puissant, impérieux. Il s'enracinait au creux de son sternum pour se diffuser dans tout le reste du corps. Les synapses de son cerveau relayaient ce besoin compulsif. Chaque battement de cœur était comme un coup de bélier porté contre sa volonté.

Il marcha droit sur les tonneaux, son gobelet vide à la main.

Foster fut réveillé à l'aube par les premiers trilles flûtés des oiseaux. Il avait bien dormi et se sentait en forme, malgré quelques courbatures. Émergeant de la tente, il découvrit la clairière toute perlée de rosée. Un brouillard matinal noyait la scène. Seuls quelques foyers de braise, vestiges des récentes festivités, rougeoyaient encore. L'air était frais, chargé d'humidité. Foster mit la couverture sur ses épaules et fit quelques pas. Il avait des fourmis dans les jambes ; sa cuisse droite le picotait. Il observa les alentours en s'astreignant à quelques mouvements d'assouplissement. Des sentinelles montaient la garde au bas des grands escaliers, aussi raides que des statues, leurs pieds noyés dans la brume laiteuse.

— Bonjour capitaine.

Foster sursauta et pivota en même temps. Cealendar s'était glissé dans son dos, sans bruit.

— Ah, bonjour.

— La musique ne vous a pas dérangé ?

— Non, j'ai dormi comme une souche.

Cealendar sourit, enfin, essaya de sourire. Il avait les traits tirés et des cernes bien peu « elfiques » sous les yeux.

— Oui, dit-il en hochant la tête. Le vin de chêne produit généralement cet effet-là quand on n'est pas habitué. (Son sourire s'effaça.) Le conseil souhaite vous faire part de sa décision.

— Oh ! Et alors ? C'est positif ? Vous savez ?

— Je n'ai pas le droit d'en parler. Venez.

Ils retournèrent dans l'arbre où siégeaient les sages. Ils étaient presque tous là, assis autour de la table, comme la veille. Seule la place de Fantilir restait vacante. On offrit une collation à l'humain. Ce dernier n'osait poser aucune question et grignotait son pain en silence. Une certaine tension flottait dans l'air. Il avait l'impression d'être retombé en enfance, dans la peau d'un mioche qui a peur de déranger les grandes personnes. Ponctuellement, il jetait à la dérobée des coups d'œil vers les gardes du corps postés autour de la plate-forme. Kalir répondait à sa curiosité par des regards dénués de toute aménité.

Quelques minutes plus tard, le grand chef fit son apparition, accompagné d'un Elfe qui, chose étrange, paraissait avoir la cinquantaine. Il n'était pas très grand et se déplaçait avec une canne. Des pommettes osseuses creusaient son visage maigre mais néanmoins mobile, expressif, éclairé par des yeux à la fois tristes et lumineux. Cette physionomie peu commune chez les immortels provoqua un pincement dans la poitrine de l'officier.

« Bon Dieu, songea-t-il, il doit être aussi vieux que les plus vieux séquoias de cette forêt... »

Il avait entendu parler d'Elfes ayant dépassé les deux mille ans et, jusqu'ici, accordait à ces rumeurs bien peu de crédit.

À présent, il y croyait.

— Uncas, notre sorcier, murmura Cealendar à son oreille.

Tout le monde se leva, puis se rassit avec Fantilir et le sorcier.

— Bonjour, capitaine Foster, dit le chef.

— Bonjour, Votre Seigneurie.

Au grand soulagement de Foster, son hôte entra directement dans le vif du sujet :

— Le conseil a délibéré. Nous sommes d'accord pour envoyer cinq des nôtres en mission, par-delà les mers, là où votre état-major jugera bon de les affecter. Cinq guerriers d'expérience, chacun maître en sa spécialité...

Les muscles de Foster se détendirent à mesure qu'il laissait échapper un soupir de satisfaction. Il avait réussi !

— Votre Seigneurie, je ne sais comment...

Fantilir l'arrêta d'un geste, paume levée :

— Il y a une condition, cependant. Une condition non négociable.

Le sorcier se leva.

— J'ai eu plusieurs visions, dit-il en regardant droit devant lui, sans fixer personne en particulier. Un humain accompagnait les nôtres à l'intérieur de sombres grottes... Un homme qui parle parfaitement notre langue.

— Un soldat ? s'enquit Foster, le front plissé.

— Non. J'ai également vu cet homme dans un autre lieu : une salle de classe. Des jeunes gens l'écoutaient. Il parlait très vite, une langue étrange, nouvelle à mes oreilles. J'ai saisi quelques mots... *On moldan and on uprodore.* Cet homme avait des cheveux gris et portait un gilet bariolé. Derrière lui, sur un mur, un emblème : trois couronnes et un livre ouvert... C'est tout.

La tablée était devenue étrangement silencieuse. Foster se mordit la lèvre inférieure et chercha des yeux l'aide de Cealendar. Celui-ci observait une froide neutralité, mâchoires serrées, regard fuyant. Après s'être raclé la gorge, l'humain demanda :

— Et, hum, vous n'avez aucune idée de l'identité de ce... personnage ?

Uncas secoua la tête.

— Tout ce que je sais, c'est qu'il est indispensable à la réussite de cette mission.

Foster se passa la main dans les cheveux et dut faire un effort conséquent pour masquer son agacement. Une partie de son petit déjeuner lui restait sur l'estomac. Il touchait au but. Il y était presque... et voilà que ce vieux crabe venait tout compromettre avec ses divagations !

« Ne gâche pas ta chance », se sermonna-t-il intérieurement.

— Bon, très bien, grommela-t-il. Si je parviens à trouver cet homme, vous me garantissez la participation des vôtres ?

— Nous n'avons qu'une parole, capitaine, assura Fantilir.

— Dans ce cas, je vais faire le nécessaire.

Il se leva.

— Saluez pour moi le Président Roosevelt, dit Fantilir.

— Je n'y manquerai pas, Votre Seigneurie.

Le chef tendit un parchemin cacheté à Foster.

— Voici pour lui un message de paix.

— Je le lui remettrai en main propre.

Il accepta le parchemin, salua la noble assemblée et prit congé.

Une fois remonté dans la Jeep, Foster donna libre cours à son irritation :

— « Un homme dans une salle de classe qui porte un gilet bariolé » ! Il pourrait être plus précis, votre sorcier !

— Il s'agit sans doute d'un professeur, fit Cealendar en s'installant au volant.

— Ouais... Si toutefois il existe.

— Oh, ne vous en faites pas. Il existe. Uncas ne se trompe jamais... Malheureusement.

— Pourquoi « malheureusement » ?

Le demi-Elfe esquissa un sourire triste.

— Il m'a prédit que j'allais partir en mission avec vous. (Une pause, puis :) Il m'a aussi prédit que je n'en reviendrai pas.

Il mit le contact et démarra.

2

Au printemps 1942, la construction du Pentagone entrait dans sa phase finale. On pouvait déjà reconnaître sa forme si particulière – cinq anneaux concentriques – mais ses locaux n'étaient pas encore opérationnels. Le Président avait disséminé les arcanes byzantins du ministère de la Guerre dans soixante-dix immeubles de la capitale fédérale. Parqués dans ce labyrinthe de bureaux, des hommes et des femmes servaient leur pays sans gloire ni médailles, à la manière d'une armée de fourmis besogneuses. On les surnommait « gratte-papier », avec un soupçon de dédain, voir « planqués ». Et pourtant, sans l'apport quotidien de ces dizaines de milliers de fonctionnaires, il n'y aurait pas eu d'effort de guerre.

Willy Crain était l'un de ces anonymes. Enfin, anonyme, pas exactement. Quelques années plus tôt, son visage – yeux globuleux, moustache en brosse et calvitie naissante – s'affichait sur les frontons des plus prestigieux music-halls, surmonté de l'accroche : « Monsieur Sait-Tout, l'homme à la mémoire infaillible ». Vous pouviez lui poser n'importe quelle question – la composition du carbone, le second prénom du vainqueur du cent mètres haies aux J.O. de Berlin, l'âge et les mensurations de Mae West –, ce bon vieux Willy était incollable ! Il avait voulu s'engager dans la marine dès le lendemain de Pearl Harbor, mais le ministère de la Guerre ne l'entendait pas de cette oreille. « Monsieur Sait-Tout » serait bien plus utile rattaché à la branche des renseignements qu'avec un casque sur la tête.

À une époque où les calculatrices faisaient la taille d'un char d'assaut et où les ordinateurs ressemblaient à un rêve de savant fou tiré d'un mauvais *pulp*, il n'y avait guère besoin d'être grand clerc pour deviner quel parti on pouvait tirer d'un oiseau rare tel que Willy Crain.

Willy accomplissait son devoir dans un sous-sol bétonné et voyait rarement la lumière du jour. Depuis des mois, il répertoriait, triait et archivait les informations en provenance de toute la planète. Son univers se résumait à des piles de dossiers poussiéreux, des fichiers, des classeurs. Autour de lui, chaque centimètre carré semblait mis à profit. Un gramophone posé dans un angle du local tempérait cette austérité presque monacale en jouant des disques de jazz.

— Je suis sûr que c'est lui, marmotta Willy, très absorbé, alors que Glenn Miller et son *big band* entamaient *In the mood*. J'en suis sûr…

Il survolait du regard un puzzle, une sorte de collage surréaliste composé de coupures de presse, de photos volées, de fiches d'état civil et de rapports confidentiels abondamment griffonnés.

— Des Elfes… Oxford… Enfance en Afrique du Sud…

Entre deux soliloques, Willy semblait revenir à la réalité : il mélangeait les éléments du dossier comme un joueur professionnel bat les cartes, puis il essayait différents agencements. Quelles que fussent ces combinaisons, le noyau central demeurait toujours le même : un récapitulatif alignant des données telles que « parle l'elfique », « salle de classe », « gilet bariolé », « On moldan and on uprodore », « cheveux gris » ou encore « trois couronnes et un livre ouvert »… Chacune de ces données était biffée, signe que l'archiviste touchait au but.

— Ouais, pas de doute ! lâcha-t-il, satisfait. J'ai mis dans le mille !

Saisissant un article découpé, il se précipita vers la porte, heurta le disque – qui crissa de protestation –, puis se jeta dans un long couloir noir de monde. À intervalles réguliers, des douches de lumière tombaient du plafond sous forme de cônes jaunâtres. Willy fut littéralement aspiré par le flot de civils et de militaires qui se dirigeaient vers les ascenseurs, serrés comme des usagers du tramway à l'heure de pointe. D'autres membres du personnel administratif arrivaient en sens inverse.

Hauts talons et semelles ferrées produisaient sur le sol un staccato infernal.

— Salut Willy !

— Bonjour, bonjour, répondit-il distraitement.

Il était très populaire au sein du service. Chignons sombres et yeux de velours, les jolies secrétaires qu'il croisait lui adressaient au passage des sourires rouge pétant.

— Eh, Willy boy ! fit une voix jaillie d'une porte entrouverte. Du neuf pour moi ?

C'était Karl Walter, le spécialiste du front de l'Est.

— Hitler et Staline se sont fiancés, plaisanta Willy sans prendre le temps de s'arrêter. Les noces auront lieu à la fin de l'année. T'es invité à la cérémonie.

Le rire de Walter – un barrissement d'otarie étrangement modulé – lui parvint de loin, étouffé par le cliquetis des machines à écrire et les continuelles sonneries du téléphone. Willy accéléra la cadence, martelant le ciment avec vigueur, jouant des coudes lorsque cela s'avérait nécessaire... Vains efforts : il se cassa le nez devant les ascenseurs, tous occupés. Étouffant un juron, l'archiviste se lança à l'assaut d'un escalier de service mal éclairé. Deux étages plus haut, il déboucha dans un nouveau labyrinthe, croisa un général trois étoiles, une femme de ménage qui poussait un chariot d'où dépassait un balai évoquant une marionnette à la tignasse dégoulinante, puis il parvint enfin à une porte sur laquelle on pouvait lire « Capitaine Dale Foster ».

Willy était trop excité pour attendre. Il savait que Foster ne lui tiendrait pas rigueur de son impatience, aussi entra-t-il directement après avoir frappé trois coups nerveux.

— J'ai trouvé ! dit-il, euphorique.

Le capitaine leva le nez de sa carte d'état-major. Il avait chaussé des lunettes de lecture qui le vieillissaient. Une tasse de café à moitié vide et un paquet de biscuits étaient posés sur son bureau, auprès de volumineux dossiers.

— Trouvé quoi ?

Willy referma porte et se retourna, tout sourire :

— Votre bonhomme ! Celui que les Elfes vous réclament à cor et à cri ! Je l'ai trouvé ! Tout se recoupe.

Le regard de Foster s'illumina :

— Asseyez-vous. Et racontez-moi ça !

Mais Willy était trop survolté pour s'asseoir. Il commença à faire les cent pas devant l'officier.

— Le blason ? Facile : c'était celui d'Oxford. Et notre zèbre parle l'elfique couramment, m'avez-vous dit… Alors je me suis souvenu de cet universitaire anglais qui a publié un conte pour enfants au milieu des années 30 : une histoire d'Elfes, de Nains et de magiciens. J'ai épluché toutes les gazettes locales, et j'ai fini par trouver ça !

Il brandit l'article triomphalement, comme s'il s'agissait du ticket gagnant de la loterie.

Foster avança le menton, sourcils froncés :

— « J.R.R. Tolkien, auteur de *Bilbo le Hobbit* »… (Il grimaça :) Tolkien, c'est un nom allemand, ça ?

— Son père, Arthur, est d'origine allemande. Sa mère, Mabel Suffield, vient des Midlands. Une Anglaise pur jus !

Foster examina la photo du journal. Elle montrait un homme d'une quarantaine d'années assis dans un parc, le dos contre un arbre. Il fumait la pipe et donnait l'apparence d'un gentleman tranquille, avec juste ce qu'il faut de malice dans le regard.

— Tolkien est né en 1892, à Bloemfontein, en Afrique du Sud, reprit l'archiviste. Il est venu vivre avec sa mère en Angleterre à l'âge de quatre ans. Très tôt, il s'est passionné pour les langues. Il a fait la guerre de 14, en France, mais a dû être rapatrié après avoir attrapé la fièvre des tranchées… Il est entré au collège de Merton, comme professeur de langue anglaise, en 1924 ! *On moldan and on uprodore.* Cette phrase, c'est du vieil anglais. « Sur la terre comme au ciel », ou quelque chose d'approchant. Tolkien parle aussi le norrois, le gotique, le latin, le grec, le gallois, le finnois et bien sûr, l'elfique… L'écriture est sa marotte. Il a remporté un certain succès auprès des gamins ! Vous avez sûrement un neveu ou une nièce qui connaissent *Bilbo le Hobbit.*

— Je suis enfant unique, grinça Foster.

Il reposa l'article et retira ses lunettes pour se frotter l'arête du nez.

— Vous êtes sûr que c'est le bon ?

— Qui d'autre ? Vous connaissez beaucoup de professeurs qui enseignent à Oxford, s'intéressent aux Elfes et parlent leur langue, vous ?

— Hum, non, en effet, mais… Pourquoi lui ? (un soupir, puis :) Ses opinions politiques ?

— Il n'aime pas les nazis, ça c'est certain. Son roman devait être publié en Allemagne, il y a quatre ans. À l'éditeur qui lui demandait s'il avait des origines juives, Tolkien a répondu…

Willy marqua une pause pour chercher dans ses poches. Après quelques secondes, il sortit un calepin et lut :

— « Je regrette de ne pouvoir apparemment compter parmi mes ancêtres personne de ce peuple si doué. » Évidemment, après ça, l'affaire ne s'est jamais conclue !

Foster se renfonça dans le dossier de son siège.

— Où peut-on le trouver, votre écrivain du dimanche ?

— Il vit toujours à Oxford. Il sert dans la défense passive, en dehors de ses heures de travail… Son fils Michael s'est porté volontaire en 1940, mais il a été blessé dans un accident de véhicules peu de temps après. Il suit pour l'instant une formation d'élève officier au *Royal Military College* de Sandhurst.

Foster garda le silence durant une dizaine de secondes puis, sa décision prise, il rendit le papier à l'archiviste :

— Très bien. Envoyez cet article à Amos Cealendar, du Bureau des affaires elfiques. Je veux qu'il le montre au grand conseil du Sylvaniel dans les plus brefs délais. Et qu'il me prévienne dès que la photo aura été authentifiée. Ou pas.

Willy sourit :

— Allons, capitaine, vous allez me vexer. Est-ce que j'ai l'habitude de me tromper ?

— Certes non… Mais je n'ai pas envie de me payer un aller-retour Washington-Oxford pour des prunes.

Willy Crain était sur le point de quitter le bureau lorsque l'officier lui demanda :

— Dites-moi, mon vieux… J'aimerais savoir. Vous avez bien un truc, n'est-ce pas ?

— Très simple : je dors douze heures par nuit !

Il referma la porte.

Foster jeta un regard dégoûté à sa pile de paperasses en attente. Il ne s'était pas octroyé plus de cinq heures de sommeil consécutives depuis une éternité.

3

Quand Amos Cealendar se réveilla, il était assis à l'ombre d'un grand palmier, adossé au tronc. Quelque chose le chatouillait. Péniblement, il décolla le menton de sa poitrine souillée de vomissures. Mal au crâne. Il toussa, épousseta ses vêtements. Des petites fourmis brunes allaient et venaient, en colonne, sur ses jambes et son buste. Les insectes examinaient le vomi, mandibules et antennes frémissantes, très intéressés.

Au prix d'un effort de titan, Cealendar se leva. Le monde – c'est-à-dire Los Angeles – tanguait autour de lui. Les rues étaient encore toutes humides du brouillard de la veille. Le vacarme des taxis jaunes, des trolleys, agressait ses tympans délicats.

Le demi-Elfe essaya de rassembler ses souvenirs. Il était allé voir un spectacle burlesque – pas drôle – hier, en fin d'après-midi, puis il avait acheté cette bouteille de gin dans un magasin de spiritueux ; enfin, il avait payé un clodo pour qu'il aille lui acheter la bouteille. La plupart des commerçants refusaient de lui vendre de l'alcool. « Les Elfes ne tiennent pas la bibine d'humain », air connu.

Il avait bu, planqué dans un coin, à la fois honteux et excité. Puis il était entré dans un dancing pour Philippins – « vingt cents le ticket ! » clamait le rabatteur – à la recherche d'une fille qui aurait été aussi perdue que lui. Il n'avait rien trouvé de tel. Un Latino l'avait abordé, intrigué par ses oreilles pointues. Il lui avait longuement parlé en espagnol, avant de faire du raffut, sans raison, comme ça. La suite était confuse. Tout ce dont Cealendar se rappelait, c'était qu'on l'avait jeté dehors. Il avait erré sous les néons de la grande ville, s'arrêtant parfois à la devanture d'un cinéma – un art qu'il avait vu naître, prospérer, et qu'il verrait sans doute péricliter. Il avait bu, encore et… impossible de visualiser la fin de cette virée nocturne.

Tristesse. Amertume.

D'aussi loin qu'il s'en souvienne, Amos Cealendar avait toujours été en décalage. Tout petit, les garçons de son âge refusaient de jouer avec lui, déroutés par son apparence androgyne. Ensuite, pendant quinze ans, il avait eu le physique d'un adolescent à peine pubère. Son cerveau mûrissait plus vite que son corps, ce qui contribuait à renforcer son isolement. Solitaire par la force des choses, il avait trouvé refuge dans la lecture. Les romans, la poésie, étaient ses seuls amis. Shakespeare, Keats et Browning avaient enthousiasmé ses jeunes années. Il aimait également la peinture, avec une nette prédilection pour les préraphaélites. « Je ne suis pas de ce siècle », annonçait-il d'ailleurs sur la première page de son journal, un carnet rempli de poésie géorgique. Il se voyait comme un gentleman de l'époque victorienne… Un gentleman décadent.

Il avait rencontré l'alcool au seuil de l'âge adulte. Les Elfes avaient un surnom pour ce fâcheux penchant ; une sorte de sobriquet : la bête-qui-a-soif ! Au début, la bête-qui-a-soif était un compagnon épisodique qui ne se montrait que lorsqu'on le sollicitait : « Allez, ce soir, on fait la fête ! » Puis ce copain était devenu de plus en plus envahissant, agressif. Un vrai fauve. D'ailleurs, Cealendar l'imaginait sous la forme d'un lion flamboyant. Et quand il faisait mine de lui résister, le fauve sortait ses griffes incandescentes. Il ressentait alors une douleur terrible dans le ventre, dans la tête, et il n'y avait qu'un seul moyen de la faire cesser.

Boire.

Alors, la bête-qui-a-soif s'apaisait. Elle rentrait en sommeil… pour un temps.

Évidemment, les lendemains de cuite, il payait le prix fort : langue pâteuse et migraine d'ivrogne, les tempes compressées par un étau. Ses sens, plus aiguisés que ceux d'un humain lambda, prenaient un malin plaisir à le torturer. Son palais paraissait passé à l'émeri. La moindre odeur persistante lui soulevait le cœur. Les bruits trop forts résonnaient dans ses oreilles comme du cristal pilé.

Il regarda sa montre. Il était l'heure d'aller au bureau. Rien qu'à cette idée, une poussée nauséeuse escalada sa tuyauterie interne. Il lutta contre lui-même durant une ou deux minutes, puis, d'une brusque impulsion, attrapa au vol le trolley en partance pour Main Street.

Il y avait beaucoup de monde à l'intérieur du véhicule cahotant. Cealendar préféra rester sur la plaque de tôle, les mains vissées au garde-corps, pour offrir son visage à la brise tiède du dehors. Il ferma les yeux. Les arrêts défilaient.

Puis la cloche du trolley se mit à sonner avec une insistance de vieillard maladif qui appelle son infirmière. La rambarde vibrait dans les paumes du demi-Elfe. Il ouvrit les paupières. Les immeubles oscillaient. La terre tremblait. Les gens criaient. Était-ce réel ? Délirait-il ? Dans le doute, il s'agrippa de plus belle. L'engin avait stoppé ; sa cloche continuait de sonner le jugement dernier.

La secousse dura une trentaine de secondes puis tout s'apaisa.

On entendait à présent le mugissement des sirènes qui montait aux quatre coins de la ville.

Cealendar sauta du marchepied, les jambes en coton. Son cœur battait la chamade. Il avait besoin de boire un coup.

Il entra dans la première gargote venue.

La salle empestait la friture ; ces relents d'huile rance portée à ébullition étaient à la limite du tolérable. Surmontant son écœurement, le demi-Elfe se dirigea vers le comptoir. Trois hommes assis de côté le suivirent des yeux sans stopper leur conversation. Ils discutaient de la secousse : « On a eu chaud aux miches », « J'ai bien cru que cette fois c'était la bonne », « Si seulement la fabrique pouvait s'écrouler sur mon enculé de patron ! »…

Cealendar fit mine de les ignorer. Leur regard hostile lui picotait encore la nuque quand il s'immobilisa et demanda :

— Whisky, s'il vous plaît.

Le barman se retourna et considéra le nouvel arrivant d'un air mal embouché. Tavelé par la petite vérole, son visage évoquait la croûte d'un fromage avarié.

— On sert pas les gens comme vous, ici, dit-il.

Il avait tapoté ses oreilles en parlant.

— Mon père était humain, rétorqua Cealendar.

L'autre haussa les épaules.

L'un des consommateurs attablés en fond de salle se leva.

— C'est pour ton bien, l'ami, dit-il avec l'assurance des gens qui pèsent dans les cent dix kilos. Les Elfes et l'alcool ne font pas bon ménage, hein ?

— Mon père était humain, répéta Cealendar avec un petit rictus hargneux.

— Vous cherchez les embrouilles ? soupira le barman.

— Non ! Je veux juste qu'on me traite comme tout le monde.

Le costaud s'était rapproché, encadré par ses amis, deux malabars en bras de chemise, avec des cheveux gras et un faciès de bull-dog.

— Tu veux jouer au dur avec nous, fillette ? lança le chef du trio.

Cealendar soutenait son regard sans montrer le moindre signe de capitulation. Le poing de l'homme parut soudain se détendre, comme s'il était monté sur pistons, avant de s'arrêter pile à un centimètre de sa pommette. Le métis n'avait pas cillé.

— Alors, c'est tout ? fit-il, narquois.

Un sourire de squale déforma les traits de la brute, qui amorça un demi-tour… puis, comme s'il avait brusquement changé d'avis, son poing droit partit dans une nouvelle attaque, non simulée cette fois !

Cealendar avait, de par ses gènes, hérité d'une rapidité hors du commun. La tête penchée de biais, il entendit siffler le vent du déplacement d'air et répliqua par un uppercut, terminus gras du bide. « Mister cent dix kilos » tomba à genoux, souffle coupé. La surprise passée, ses deux compagnons chargèrent. Cealendar évita sans mal le premier costaud, mais le second le toucha à la joue. Il portait une bague. À la douleur de l'impact s'ajouta celle de la peau lacérée. Cealendar chancela jusqu'à ce que le bar l'arrête. Confortée par cette petite victoire, l'armoire à glace était sur le point de remettre ça.

— Je vais te l'arranger, moi, ta petite gueule d'ange !

Le demi-Elfe avait déjà entendu des phrases semblables de nombreuses fois. Des images de cour de récré, de bagarres, lui revinrent d'un seul bloc.

« Sauf que j'ai appris à me défendre, entre-temps... »

Il savait se servir aussi bien de ses pieds que de ses mains. Visant l'entrejambe du rustaud, il enfonça la pointe de sa botte dans les deux gros raisins mûrs. L'homme s'effondra en couinant.

— Qu'est-ce qui se passe ici ?

Toutes les têtes se tournèrent vers l'entrée.

Une silhouette aux fortes épaules venait de s'encadrer dans le rectangle de la porte. Mal huilés, les deux battants à ressorts poussaient des petits piaillements dans son dos, à chaque va-et-vient.

— C'est lui qui a commencé, gémit le chef du trio, en essayant de se remettre sur pied.

— Ouais, surenchérirent les deux autres. Il nous est tombé dessus sans crier gare !

Le flic interpella le barman :

— Toi, tu peux confirmer ce qu'ils disent ?

— Tout à fait. (Il montrait Cealendar du doigt.) Je l'ai averti que je ne servais pas les gens comme lui, rien de plus... et il est devenu fou.

— Mensonges ! aboya Cealendar.

— On éclaircira tout ça au poste.

Le métis se laissa passer les menottes sans résister.

La prison était une parfaite illustration du monde des hommes : grise, froide, tout en béton et en angles droits.

Cealendar croupissait dans une petite cellule depuis deux heures déjà. Un jeune policier, un peu plus coulant que son chef, avait pris sa déposition. Puis il l'avait débarrassé de ses effets personnels avant de le coller au trou. Les trois costauds étaient repartis libres comme l'air, bien sûr.

« Toujours la même histoire », songea le demi-Elfe.

Il toucha du bout des doigts sa joue endolorie. Une croûte de sang séché zébrait sa peau. La blessure cicatriserait plus vite que celle d'un humain standard. Un soupir lui échappa, presque par mégarde. La geôle abritait plus souvent des ivrognes – « des gens comme moi », rectifia-t-il mentalement – que des criminels endurcis. Elle puait un mélange d'urine et de vomi encore plus écœurant que l'odeur de friture du boui-boui. Le demi-Elfe s'allongea sur son matelas. Le châlit était directement riveté au mur, comme une bannette de marin. Un cafard cavalait au plafond.

« Charmant... »

Il ne lui restait plus qu'à attendre. Que faire d'autre ?

Il entendit des bruits de pas venant du couloir. Deux hommes approchaient : le flic qui l'avait arrêté et un autre, moins lourd.

Cealendar se redressa.

— On dirait que vous avez des amis à Washington, grinça le policier.

À son côté, un fonctionnaire chétif, à la calvitie naissante, gris de teint comme de costume, se pinçait le nez d'une main et tenait de l'autre une petite valise marron.

Cealendar sourit.

Cinq minutes plus tard, il marchait à nouveau dans la rue. Des ambulances passaient en sifflant. Le petit homme raconta qu'un immeuble vétuste s'était écroulé sur des *chicanos*, du côté de Bunker Hill, et que de nombreux petits vieux avaient fait une attaque cardiaque, dès les premières secousses. Tout en parlant, il pressait le pas pour se maintenir à la hauteur du demi-Elfe et fouillait fébrilement dans son attaché-case.

— Retournez à la réserve et montrez-leur ça, dit-il.

Cealendar examina l'article découpé d'un œil perplexe.

— C'est lui, sur la photo ? questionna-t-il. C'est « l'élu » ?

— Il paraît.

— Ma foi, je ne l'imaginais pas comme ça... Tolkien ? Ce nom ne m'est pas inconnu.

Le fonctionnaire chercha à nouveau dans sa mallette et tendit un livre illustré au demi-Elfe.

— Il a écrit ça il y a quelques années.

— *Le Hobbit* ?

La jaquette était décorée de dessins naïfs mais non dénués de charme. Sur la couverture, entre le titre et le nom de l'auteur, on découvrait un village bucolique respirant le calme et la douceur de vivre. Au dos, traité dans un style toujours aussi ingénu, un dragon sommeillait sur un tas d'or.

— Je peux le garder ? demanda Cealendar.

— Si vous voulez. C'est un conte pour gamins. (Puis, avec une moue de vague dédain :) Personnellement, j'ai passé l'âge.

4

Les bras chargés d'un panier à linge plein à ras bord, Edith Tolkien s'arrêta au milieu du couloir qui desservait toutes les pièces du premier étage. Le bureau de son époux était fermé, mais elle percevait des bribes de la conversation en cours de l'autre côté de la porte. Le plancher grinçait, signe que John Ronald se livrait à des va-et-vient incessants, comme lorsqu'il cherchait l'inspiration, la nuit, pour ses histoires. Les mots « guerre », « Japonais » ou encore « Birmanie » revenaient sans cesse dans sa bouche. Des mots que sa femme n'aimait pas du tout.

Quand elle avait vu la limousine noire freiner devant le 21, Northmoor Road, Edith avait senti ses jambes s'effacer. Deux hommes étaient sortis du véhicule. Un militaire et un civil. Ce dernier tenait un porte-documents plié sous le coude. Venaient-ils pour Michael, son fils ? La poitrine broyée d'angoisse, Edith avait dû fournir un effort surhumain pour aller ouvrir à ces inconnus.

— Nous souhaitons simplement parler au professeur Tolkien, avait déclaré le militaire.

« Dieu soit loué… »

Edith s'était accrochée au chambranle de l'entrée pour ne pas défaillir de soulagement. Les deux hommes avaient perçu son trouble. Celui qui s'était exprimé le premier paraissait d'origine américaine. Son accent – « de l'anglais essuyé avec une éponge sale » aurait plaisanté Ronald, toujours très à cheval sur la prononciation –, faisait très « Yankee du *Midwest* ». Les plis impeccables de son uniforme laissaient supposer qu'il venait ici en mission officielle. Le second personnage, quant à lui, ressemblait à une caricature du sujet britannique moyen : cheveux de blé, moustache en vrille, et un imperméable beige pour compléter la panoplie.

— James Whitmore, avait-il lancé, la main tendue, avec un sourire qui manquait de spontanéité.

Il s'était présenté comme un membre du Bureau de la guerre, un envoyé direct du Premier ministre. Quel que fût le but de sa venue, Edith ne doutait pas de son importance.

Les deux hommes discutaient avec son mari depuis près d'une heure déjà...

« Non, ne fais pas ça, c'est inconvenant », s'admonesta-t-elle, taraudée par un réel conflit intérieur.

Elle colla néanmoins son oreille contre le bois de la porte.

La tentation était trop forte.

John Ronald Reuel Tolkien arpentait la pièce qui lui servait de bureau, sa pipe vide dans une main, le sachet de tabac dans l'autre. Ses deux invités étaient sagement assis près d'un poêle en fonte. Celui-ci contenait du petit bois et des journaux froissés, mais Tolkien n'avait pas jugé bon d'allumer une flambée. En cette année 1942, le printemps anglais était étonnamment doux.

— Je ne peux pas partir en Birmanie, répétait le professeur. C'est impossible !

Dale Foster manifestait quelques signes d'impatience. Il tapait du pied, gonflait sa poitrine. Son compagnon moustachu faisait preuve de plus de flegme. Il avait posé sa serviette sur les genoux et écoutait sans ciller leur hôte poursuivre son monologue avec un débit de mitrailleuse :

— J'ai mon travail, se lamentait Tolkien. Des tonnes de copies à corriger ! Et je dois assurer des permanences pour la défense antiaérienne. Je ne peux pas me dégager de ces obligations ! Désolé.

— Tout cela est arrangé, le rassura Whitmore. Il ne nous manque plus que votre accord. Nous connaissons vos difficultés financières, professeur. Si vous acceptez notre proposition, vous toucherez une prime mensuelle deux fois supérieure à votre salaire actuel.

— Mais… je ne vois pas en quoi je pourrais vous être utile ! Surtout dans le cadre d'une pareille expédition. Je n'étais déjà pas fait pour la chose militaire en 1916 ; je doute de l'être davantage aujourd'hui, à cinquante ans révolus !

Le capitaine Foster toussa dans son poing avant d'intervenir :

— Je comprends votre surprise, monsieur. J'ai réagi de la même manière quand on m'a soumis votre… profil. Mais les Elfes sont formels. Nous avons montré votre photo à leur grand sorcier, leur sage. Il n'en démord pas. Pour lui, vous êtes l'homme de la situation ; il n'y a pas de discussion possible. Il vous décrit comme une espèce de messie providentiel.

— C'est du délire ! Du délire pur et simple !

L'universitaire fit halte devant une fenêtre qui donnait sur un jardin voisin, côté sud. Trop énervé pour continuer à parler, il se tenait, comme pétrifié, les mains sur les hanches. La pipe et le tabac étaient retournés à l'intérieur de ses poches. On pouvait presque entendre battre son cœur.

Foster réfléchissait, la bouche en cul de poule. Une impasse se profilait. Il était temps d'attaquer par le flanc, d'employer la technique du « crochet » chère aux Japonais.

— Monsieur Tolkien, essaya-t-il d'une voix cauteleuse. N'avez-vous jamais rêvé de voir des Elfes ? Des Elfes, en vrai ? Je croyais pourtant que vous nourrissiez une véritable passion à leur égard.

— La question n'est pas là, bougonna Tolkien.

Son regard fixait des cerisiers prématurément fleuris, leur feuillage illuminé par le froid soleil d'Angleterre. Il se retourna et dit :

— Bien sûr… Qui n'a pas rêvé de rencontrer des Elfes ? Mais enfin, tout de même… la Birmanie ?! À quoi serai-je bon, là-bas, loin des miens ?

Foster se leva.

— Vous êtes croyant, il me semble ?

— C'est vrai, répliqua Tolkien, sur la défensive.

— Comment savoir quels desseins Dieu a pour nous ?

Tolkien pâlit, puis il secoua la tête avec énergie. Sa réserve d'arguments s'épuisait comme les munitions à Khartoum.

— Je… j'ai ce roman à finir, plaida-t-il en montrant des feuillets entassés à côté d'une antique machine à écrire modèle *Hammond.* Mon éditeur me le réclame depuis tellement longtemps.

— Puis-je vous demander de quoi traite ce livre ? fit Whitmore.

Tolkien esquissa un sourire mélancolique.

— Je raconte, sur le mode de la légende, les événements qui ont amené les Elfes à quitter notre continent. L'histoire ressemble souvent aux mythes. Tous deux sont faits de la même étoffe. J'essaye de mélanger ces approches, disons, complémentaires…

— Passionnant. Mais cela n'a plus rien à voir avec votre *Hobbit*, alors ?

— C'est bien la suite du *Hobbit.* Seulement, il sera beaucoup plus sombre que le précédent. Pas du tout pour les enfants, je le crains. D'ailleurs, regardez son épaisseur ! (Il tapota sur les feuillets.) Je n'en suis qu'à la moitié. Aucun enfant n'aura le courage de lire une chose pareille !

Tolkien s'était radouci. Bien qu'il semblât vieilli, résigné, son visage avait retrouvé un peu de chaleur.

— Je n'ai pas le choix, n'est-ce pas ? grogna-t-il en plongeant alternativement son regard dans celui de ses interlocuteurs.

— À l'heure du choix, chacun est libre, dit Whitmore. Nous ne pouvons pas vous emmener de force, mais…

— Mais votre présence est in-dis-pen-sa-ble, enchaîna l'Américain. Pensez à vos fils. Michael est dans l'armée. Christopher le suivra bientôt… Les Elfes peuvent faire pencher la balance du bon côté. Nous avons là une opportunité unique ! Si nous réussissons cette mission, la guerre n'en sera gagnée que plus vite. Songez alors à toutes ces vies épargnées, tous ces jeunes gens qui pourront enfin regagner leur foyer, revoir leur famille !

Le coup avait porté. Les yeux de Tolkien glissèrent sur la photo de son fils, Michael, posant fièrement dans un uniforme d'élève officier.

— Je comprends, dit-il, des trémolos dans la voix.

Les plis les plus caractéristiques de sa physionomie – les sillons sur son front, les petites rides au coin de ses yeux et autour de sa bouche – accentuaient son air anxieux. Il se détourna pour faire face à la fenêtre et se perdre de nouveau dans une longue contemplation.

— Mon jardin va me manquer, soupira-t-il. Il est magnifique. Même l'hiver... Je me souviens du gel sur les arbres, en janvier dernier. Cela va sans doute vous paraître idiot mais c'était... d'une beauté à couper le souffle ! Il y avait cette lumière d'or, et les branches nues, comme des fontaines immobiles. Tout était calme... Une vision d'un autre monde, ou d'un autre temps, je ne sais pas. Je suis resté là, des heures, à admirer la nature, sans frissonner malgré le froid.

Whitmore se leva à son tour. Il fallait remettre la discussion sur les bons rails. Après s'être raclé la gorge, il lança :

— Dois-je en déduire, professeur, que vous acceptez notre offre ?

— Mon jardin va me manquer, répéta Tolkien.

Les deux émissaires échangèrent un coup d'œil complice. L'Anglais sortit plusieurs feuilles dactylographiées de sa serviette.

— J'ai quelques papiers à vous faire signer, si vous le voulez bien...

Un stylo à plume décapuchonné était également apparu dans sa main, comme par magie. Tolkien s'assit à son bureau et lut les documents en diagonale. Un paragraphe retint particulièrement son attention : en cas de décès, une confortable pension serait versée à sa veuve. Il relut le passage. Il avait la gorge nouée. Dans quoi allait-il mettre les pieds ? Il hésitait, tel Faust au moment fatidique.

Sans réfléchir davantage, il se mit à parapher les pages une par une.

Foster et Whitmore le félicitèrent, le remercièrent avec gratitude, mais il ne les entendit pas.

Il ne percevait plus rien d'autre que les tambourinements de son propre cœur.

Edith Tolkien lisait un livre – un recueil de poésie –, enfoncée dans un fauteuil muni d'un grand dossier à oreillettes et de larges accoudoirs.

Elle n'avait pas échangé plus de quelques phrases avec son mari depuis le départ des deux hommes. Des phrases du quotidien : oui, Christopher avait bien agrandi le potager ; non, Priscilla – leur fille – n'était pas encore revenue de l'école ; oui, les canaris et les perruches avaient reçu leur ration de graines ; etc.

À présent, les enfants étaient couchés. Un feu brûlait dans l'âtre en émettant de petits grésillements quand la sève bouillonnait. Autour de la cheminée, la pièce était sombre. Les flammes éclairaient le front d'Edith, ses sourcils noirs, et faisaient briller ses grands yeux tristes. Elle avait beaucoup pleuré, mais en cachette. Elle savait que Ronald n'aurait pas apprécié.

— Il faut qu'on parle, fit une voix derrière elle.

Son mari s'approchait, la pipe au bec, une curieuse lueur dans le regard. Edith reposa son livre.

— Tu vas partir, c'est ça ?

Tolkien semblait meurtri. Il ouvrit la bouche mais aucun son n'en sortit. Se ravisant, il prit son épouse dans ses bras, serra contre lui cette compagne qu'il aimait tant, cette femme qui avait dansé et chanté pour lui à l'ombre d'un sous-bois du Yorkshire, moment magique à jamais symbole de leur union naissante. En ce temps-là, les couleurs étaient plus vives et les odeurs de la nature les enivraient. Leurs sens s'ouvraient à la vie. Tout semblait encore possible.

C'était si loin.

— Il va falloir être forte, Edith.

Elle sanglotait.

Il murmura :

— Tu n'auras à te soucier de rien, d'un point de vue matériel.

— Je me fiche du point de vue matériel ! Qu'est-ce que je vais dire aux enfants ?

— C'est la guerre. Ils comprendront.

Il y avait dans sa voix des accents de regret tragique.

— Tu seras absent combien de temps ?

— Je ne sais pas...

Edith reniflait. Tolkien la serra plus fort encore.

Autour d'eux, insensiblement, les ténèbres de la nuit s'épaississaient.

5

Tolkien était censé rallier Mandalay et son école de brousse dans les plus brefs délais, mais le sort des armes en décida autrement. Le 1er mai, les troupes japonaises s'emparèrent de la ville, chassant sans cérémonie le *Burma Corps* qui stationnait là-bas.

« Changement de programme, écrivit James Whitmore au professeur, quelques jours plus tard. Tout le monde se replie sur l'Inde. On vous a réservé une chambre dans l'un des meilleurs hôtels de New Delhi. Le vice-roi est informé de votre arrivée. Vous prendrez contact sur place avec le général Orde Wingate. C'est lui qui commande la 77e brigade indienne, l'unité où vous serez affecté. Vous verrez, c'est un personnage peu banal... »

En temps normal, les *Tommies*[1] expédiés en Extrême-Orient embarquaient à Liverpool pour une traversée d'au moins trois mois. Tolkien eut droit à un traitement de faveur : vol Londres-New Delhi par long-courrier, via Le Caire.

Comme on pouvait s'y attendre, la découverte de l'Inde fut pour lui un choc considérable. Il mit ses sentiments sur papier dans une lettre, première d'une longue série :

1. Tommie : surnom du soldat anglais.

New Delhi, le 19 mai 1942

Edith, ma chérie,

L'appareil s'est posé sur le tarmac en fin de matinée. La chaleur du pays est à la hauteur de sa réputation : 40° à la mi-journée et cela peut encore monter au mois de juin m'a-t-on dit. Dès l'ouverture de la porte, un souffle d'air étouffant m'a léché le visage, charriant avec lui des relents épicés. À ma descente, j'ai été assailli par une nuée de rabatteurs qui me vantaient – dans un anglais, tu t'en doutes, très approximatif – les mérites de tel hôtel ou tel restaurant. J'étais cloué sur place, déboussolé. Heureusement, un officier, grand bel homme vêtu d'un short et d'une chemise légère, a dispersé ce comité d'accueil et m'a pris sous son aile. Il s'est présenté à moi comme étant le major Bruce Dalton, adjoint du général Wingate. Très sympathique. Mes bagages récupérés, nous sommes sortis de l'aéroport pour plonger dans une cohue bruyante et agitée. Le « fog » local est constitué d'un nuage de poussière permanent, soulevé par les pieds d'une foule toujours en mouvement. Les véhicules se fraient un passage parmi les piétons en klaxonnant à tue-tête pendant que les chars à bœufs semblent condamnés à faire du surplace. Tout le monde parle, crie et s'invective. À cette cacophonie humaine, il faut ajouter celle des oiseaux multicolores qui, par milliers, évoluent dans le ciel, les arbres, sur le toit des maisons, etc. Ces dernières ont toutes l'air construites d'après le même modèle : une cour immense entourée de grandes pièces et de terrasses à différents niveaux. Les bougainvillées ornant les principales artères de la ville sont extraordinaires. Moins joyeux : des enfants et des estropiés se collent au premier Occidental venu pour ne plus le lâcher. Quand j'ai demandé à Dalton si je devais mettre la main à la poche, il m'a répondu : « Pour les infirmes, oui. Les autres, il ne faut pas leur donner de mauvaises habitudes ! » Ma chambre est correcte et propre, du moins selon les normes du cru. On m'a conseillé de ne pas chasser les lézards qui se baladent au plafond (à l'heure où je t'écris, il y en a justement un à côté de l'ampoule). Il paraît que ces charmantes bestioles mangent les moustiques, eux, vraiment dangereux. En effet, depuis le début de la guerre, la malaria a fait plus de dégâts dans nos rangs que les Japonais.

Je dois rencontrer le général ce soir. On le surnomme le « Lawrence d'Éthiopie », à cause de son expédition réussie au côté du Négus. « Un personnage peu banal » disait Whitmore. Je serai vite fixé. En tout cas, il ne laisse personne indifférent. Un dîner a été organisé à l'hôtel (rien de protocolaire, Dieu merci, car je suis trop épuisé pour les mondanités). J'ai rendez-vous dans le hall d'ici vingt minutes...

Tu me manques cruellement. Je pense à toi et aux enfants à chaque instant. J'essaierai d'écrire à Michael dans la semaine et peut-être aussi à Jack Lewis, si j'ai le temps. Par contre, je doute de pouvoir reprendre mon manuscrit ces jours-ci.

Je t'embrasse, ainsi que Chris et Prisca.

Ton affectionné,

Ronald

Tolkien s'attendait à retrouver Dalton, l'adjoint de Wingate, dans le grand hall, voire Wingate en personne ; au lieu de quoi il tomba nez à nez avec... Dale Foster.

— Vous ici ? s'étonna le professeur.

— On ne se débarrasse pas facilement de moi, plaisanta Foster. Venez, je vous offre un verre.

Ils s'installèrent au bar de l'hôtel. L'Américain commanda un gin-tonic. Tolkien prit un brandy. Après avoir trinqué, il félicita l'officier pour sa promotion. L'insigne de major ornait à présent ses épaulettes.

— Je serai sur le terrain, avec vous, sourit Foster.

— Et nos amis les Elfes ?

— Ils doivent débarquer à Bombay, d'ici deux ou trois semaines.

— Ils ont pris le bateau ?

— Oui. Ils ne veulent pas entendre parler de l'avion. Une sorte de... de blocage. (Il eut un petit rire désabusé :) Une chose est sûre, on n'en fera pas des paras !

Tolkien consulta sa montre.

— Il est en retard, le « Lawrence d'Éthiopie ».

— Il avait une réunion de première importance aujourd'hui, avec le général Slim et Sir Archie ; Archibald Wavell si vous préférez. On ne peut rien entreprendre en Extrême-Orient sans l'aval de ces deux-là.

— Et vos compatriotes ?

— Nous fournissons l'essentiel de l'aviation : transports, bombardements et surtout le ravitaillement. C'est un élément clé du plan de Wingate. Il vous l'expliquera lui-même... D'ailleurs, quand on parle du loup...

Tolkien pivota sur son tabouret. Orde Wingate venait d'entrer dans la salle. Pas très grand, sec, noueux, il émanait de lui une énergie et un magnétisme phénoménaux. Le principal trait de son visage était un nez saillant qui évoquait la proue d'un brise-glace. À le voir ainsi avancer d'une démarche volontaire, très martiale, on devinait que peu d'obstacles pouvaient lui résister.

« Voilà donc le fameux bonhomme », songea Tolkien.

On lui avait décrit Wingate comme une espèce de trublion égocentrique, un exalté en perpétuelle recherche de croisades. Sioniste convaincu, il avait formé des milices juives en Palestine, dans les années 30. Puis, au début de la guerre, il s'était illustré en Éthiopie, contre les Italiens. Wingate avait un besoin constant de défis à relever. La Birmanie lui en offrait un nouveau, et de taille.

Les clients du bar suivaient des yeux le général anglais en murmurant sur son passage. Celui-ci feignait de ne pas s'en apercevoir. Fidèle à la légende qu'il avait lui-même aidé à forger, il était coiffé d'un casque colonial reconnaissable entre tous. Dans le civil, il aurait pu sans problème se reconvertir comme conseiller en communication.

— Professeur Tolkien, je suppose, dit-il, paume ouverte.

Sa poignée de main se révéla – il fallait s'y attendre – ferme, offensive.

— Bonsoir, mon général, fit Tolkien en se levant.

Wingate lui sourit, salua le major Foster, puis invita les deux hommes à terminer leur apéritif en terrasse. Le trio prit place à l'une des nombreuses tables en osier installées sur la pelouse. Le soleil déclinant effleurait les toits de la ville, et la fraîcheur du soir tombant rendait la température enfin supportable. Des enfants de bonne famille jouaient au croquet, non loin des dîneurs. Leurs cris se mêlaient au cliquetis des couteaux et des fourchettes entrechoquées. Le jeu semblait par ailleurs tourner à la bagarre générale. Un mauvais perdant poursuivait sa petite sœur en agitant un maillet, ce qui obligea les parents à intervenir. Des corneilles nullement effarouchées contemplaient ce remue-ménage d'un œil placide. Les oiseaux étaient bien dodus. Tolkien en déduisit que les clients de l'hôtel avaient pris l'habitude de les nourrir.

— Ils font un *korma shahi* délicieux, dit Wingate en consultant la carte. Je vous le recommande chaudement.

— Qu'est-ce que c'est ? demanda Tolkien.

— Du mouton braisé. Bien meilleur que notre viande bouillie, si vous voulez mon avis. Les Indiens sont de fins cuisiniers.

Son ton était persuasif. Il faisait preuve d'une sorte d'autorité naturelle, même en dehors du service.

— C'est sûr, il faut aimer le riz et les épices, poursuivit-il. Dans le cas contraire, vous allez être malheureux ici... Allez-y, prenez le *korma*. Vous m'en direz des nouvelles.

La discussion dévia sur la qualité de l'hôtel et plus particulièrement l'entretien de son gazon, qui laissait à désirer. Comme la plupart des gens charismatiques, Wingate avait un avis sur une infinité de sujets – la cuisine et le jardinage, mais aussi la musique, la politique, la religion, l'apprentissage des langues, des coutumes... –, points de vue qu'il défendait fougueusement, pour le pur plaisir de la joute verbale. La conversation devint rapidement animée.

Un serveur enturbanné revint avec le plat : *korma* pour tout le monde. Wingate avait su se montrer convaincant. Levant leur verre de vin, les trois hommes portèrent un toast à la réussite de la mission.

— J'ai ferraillé dur avec Slim et Wavell mais cette fois, ça y est, ma doctrine porte un nom officiel, clama fièrement Wingate. La « pénétration à longue distance » !

Tolkien faillit s'étouffer.

— Que vous arrive-t-il, professeur ?

— Je sais bien que nous sommes au pays du Kâma Sûtra, grinça l'universitaire en s'essuyant le menton avec sa serviette. Mais enfin, mon général, tout de même...

En bon Américain, Foster ne paraissait nullement choqué.

— J'aime assez, dit-il, entre deux mastications. La « pénétration à longue distance », ça sonne agressif, conquérant. On a besoin de ça pour remonter le moral des troupes.

— Le moral, voilà le point crucial, acquiesça Wingate. À nous de reprendre l'initiative. Les Japonais ne sont pas exempts de points faibles. À nous d'en tirer profit.

— Des points faibles ? fit Tolkien, qui entamait son plat avec une certaine méfiance. On les présente pourtant comme les *supermen* de l'Asie.

— C'est une légende. Nul n'est parfait, je vous le garantis.

— Un exemple ?

— Très simple... (Wingate piocha trois fois dans son assiette avant de poursuivre :) Quand on les surprend, les Japs mettent un temps fou à réagir. Ils n'aiment pas que leurs plans soient bouleversés, vous comprenez ?

Tolkien semblait conquis par le *korma*. La bouche pleine, il se contenta de hocher la tête. Wingate continua :

— Autre défaut : on ne sait pas où ils vont frapper, mais une fois que l'attaque est lancée, ils font toujours la même chose !

— Diversion au centre et attaque en crochet, compléta Foster.

Wingate acquiesça :

— Exactement ! Ils n'aiment pas l'improvisation ! J'ajouterais à cette rigidité psychologique le manque de courage moral des généraux. Entendons-nous bien, je ne parle pas du courage physique qui est, chez eux, une vertu admirable et incontestable. Je parle de leur refus de reconnaître qu'ils ont eu tort, leur difficulté à se remettre en question. Nous devons jouer là-dessus.

Foster agita sa fourchette de la main :

— N'oublions pas les populations locales, dit-il. Les pays ralliés de force à la « sphère de coprospérité » acceptent mal la mentalité conquérante des Japonais, qui les considèrent comme des êtres soumis, inférieurs !

— Le colonialisme à l'anglaise n'est pas exempt de défauts, maugréa Tolkien.

— Certes, mais je vous prie de croire que les Blancs sont des enfants de chœur à côté des soldats de Tojo. L'empereur pourrait très bien faire alliance avec tous les Asiatiques du sous-continent et nous renvoyer chez nous une bonne fois pour toutes. Heureusement, pareille entorse au *seishin* ne lui viendra jamais à l'esprit !

Tolkien avait besoin de concret. Son assiette terminée, il but une longue gorgée de vin et demanda :

— Quel est votre plan ?

— Nous infiltrer loin derrière les lignes ennemies avec de l'artillerie, du génie, puis trouver des points de défense et nous enkyster dans le dos des Japs. Il faut trois attaquants pour déloger un défenseur, c'est la règle en art militaire. Donc, si j'obtiens trois mille hommes, je pourrai tenir tête à près de dix mille réguliers !

— Comment allez-vous transporter l'artillerie ?

— On montera les mortiers sur des mulets, des éléphants, ce qu'on trouvera. Là encore, l'improvisation sera notre maître-mot.

— Vous devriez baisser le ton, Orde, conseilla Foster.

En effet, plusieurs clients s'étaient retournés vers leur table, intrigués par l'excitation de Wingate. Celui-ci reprit, sur un mode plus confidentiel :

— Le ravitaillement sera assuré par voie aérienne. L'Air Force est d'accord pour nous soutenir.

— Des parachutages en pleine jungle ? fit Tolkien.

— Oui, confirma Foster. Les largages seront convenus au dernier moment. Nous guiderons les avions par radio.

Wingate, dont le vin avait commencé à colorer le visage, sourit avec morgue :

— Comme il n'y a pas assez de tissu pour nos parachutes, nous avons improvisé un nouveau système : les « parajutes ». La toile de jute est l'une des matières premières les plus excédentaires, en Inde. Alors autant en profiter, non ?

— Et les blessés ? s'enquit Tolkien. J'ai entendu dire qu'il est préférable de ne pas tomber vivant entre les mains des Japonais.

— C'est le gros problème. Et nous n'avons pas encore trouvé de solution satisfaisante.

Wingate finit son verre de vin puis lança :

— À mon tour de vous poser une question, professeur… Que vient faire un universitaire de cinquante ans dans une telle entreprise ? Nos collègues yankees sont restés très flous sur ce point.

— Je n'en sais pas plus que vous, soupira Tolkien.

Foster haussa les épaules :

— Les Elfes veulent le professeur. Et nous voulons les Elfes. Personnellement, ça me suffit.

— Quel sera le statut du professeur ? interrogea Wingate.

— Considérez-le comme un… opérateur indépendant, une sorte de journaliste qui suivrait nos exploits. D'ailleurs le professeur Tolkien est écrivain, vous savez ?

Wingate opina :

— J'en ai entendu parler, en effet. (Puis, se tournant vers Tolkien :) Vous faites des livres pour enfants, c'est bien ça ? Comme cette femme, Beatrix Potter ?

Les traits de Tolkien se chiffonnèrent.

— Il y a plus de dragons dans mes histoires que de mignons petits lapins, rétorqua-t-il.

Wingate parut ne pas relever l'acidité de son ton. Il questionna :

— Et vous parlez couramment l'elfique, m'a-t-on dit ?

— En effet, c'est une langue que je connais bien.

— Parfait. Il nous faut un code secret, pour les parachutages. L'elfique me paraît tout indiqué !

Wingate claqua dans les mains deux fois pour appeler les serveurs. L'un d'eux apporta la carte des desserts. Bien que repus, les trois Occidentaux se laissèrent tenter par des *gulfis*, succulentes glaces à base de pistache.

Le serveur éloigné, Tolkien demanda :

— Qu'espérez-vous des Elfes, mon général ?

— Leur apport sera fondamental, expliqua Wingate. Je compte sur eux pour aider nos hommes à appréhender leur environnement d'une manière nouvelle, plus positive. Jusqu'ici, nous avons considéré la jungle comme, au pire, une ennemie et, au mieux, un élément neutre, puisque sa densité contrariait aussi bien les mouvements de l'adversaire que les nôtres. Mauvaise approche. Mauvaise philosophie. On doit maintenant envisager la jungle comme une alliée. Nos soldats doivent apprendre à y vivre et à s'y déplacer à leur aise. C'est impératif si l'on veut aller chercher des noises à Kawabe. D'un obstacle, j'entends bien que nous fassions un atout.

Soudain, une première goutte éclata sur une assiette, suivie d'une seconde, puis d'une troisième. Masqué par la nuit naissante, le ciel s'était couvert. Tolkien n'avait rien vu venir.

— Je suggère un repli stratégique, plaisanta Foster.

Ils se levèrent et battirent en retraite sous la véranda du restaurant, bientôt imités par l'ensemble des clients. Les serveurs couraient dans tous les sens, débarrassant les tables dans un grand froissement de nappes. L'averse s'intensifiait.

— Seigneur Dieu, qu'est-ce que c'est que ça ? s'épouvanta Tolkien.

La pluie ne se contentait pas de mitrailler le toit en verre, elle le pilonnait littéralement. C'était comme si des milliers de bombes à eau explosaient au-dessus de la tête des convives.

— Cela change de vos crachins anglais, hein ? gloussa Foster, amusé par l'expression ahurie de l'universitaire.

— En effet, admit celui-ci.

Wingate posa une main amicale sur son épaule.

— Bienvenue aux Indes, professeur Tolkien.

6

Quelque part entre New Delhi et Saugor,
Le 1er juin 1942

Mon cher Jack,

Je t'écris dans le train bondé qui me conduit vers les monts Vindhya, au centre du pays. Il y autant de monde sur les toits que dans les wagons mais, pour ma part, j'ai la chance de voyager dans un compartiment spécial, réservé à l'état-major. Les officiers sont très prévenants à mon égard (bien plus qu'à l'époque où j'étais simple soldat !) J'aime assez Wingate. Personnage dynamique, franc du collier. Le genre de volonté à soulever les montagnes. Malheureusement, il se heurte sans cesse aux tracasseries émanant de sa hiérarchie. Cela me rappelle nos propres problèmes avec les « Dons » d'Oxford. Il semblerait que la lourdeur de l'administration soit partout la même. Quant au capitaine Foster, je ne sais pas trop quoi en penser. Il est très… américain.

Nous traversons des paysages magnifiques et variés : plaines fertiles, collines escarpées, rizières à perte de vue… C'est toute l'Inde séculaire qui semble se déployer sous mes yeux. Des extraits de Kipling me reviennent en mémoire. En d'autres circonstances, pareil spectacle réjouirait mon cœur. Or, je me sens abattu, déprimé et surtout complètement dépassé par les événements. Partir à l'aventure, vers l'inconnu, est une expérience exaltante… dans les livres ! Je crains de ne pas être à la hauteur de mes héros. Pour le personnage de chair et de sang que je suis, l'inconnu signifie « peur », « angoisse », « incertitude »... Frodon, au moins, savait pourquoi on l'avait choisi.

J'ai essayé de reprendre mon manuscrit, seulement le cœur n'y est pas. Je bute sur la fin du livre III (le chapitre intitulé « Épaves »). Comme je ne parviens pas à écrire au fil de la plume, je me suis mis en tête de construire un plan, histoire d'étayer la suite du récit. Là encore, un sentiment d'inutilité (de gâchis ?) m'a submergé. Je n'ai aucun contrôle sur ce fichu roman, de la même manière que je n'ai aucun contrôle sur ma vie. Pourquoi m'obstiner dans cette voie (l'épopée sombre) alors que mon éditeur attend tout autre chose ? Ils ont refusé mon Silmarillon, *en son temps ; je ne vois donc pas pourquoi ils accepteraient* Le Seigneur... *Et d'ailleurs comment les en blâmer ? Cette vaste fresque intéressera-t-elle un jour des lecteurs extérieurs à notre cercle d'initiés ? J'en doute... C'est tout de même très particulier, tu en conviendras. Tes encouragements (toujours appréciés) me manquent. Mais, rassure-toi, j'en ai déjà trop fait pour renoncer à ce stade. Quand on a atteint la moitié du gué, il faut poursuivre la traversée jusqu'au bout, n'est-ce pas ?*

Je te laisse car le train ralentit. Nous arrivons à destination...

Je ne sais quand cette lettre te parviendra (je ne me fais pas trop d'illusions sur l'efficacité des postes indiennes). Réponds-moi vite ; donne-moi des nouvelles du collège et des Inklings.

Bien affectueusement,

T.

La découverte du camp d'entraînement n'aida guère Tolkien à consolider son moral défaillant. L'endroit se résumait à une cour poussiéreuse cernée par des baraquements, blockhaus en rondins eux-mêmes ceints de barbelés dissuasifs. Les couleurs flottaient au sommet d'un tertre, hissées sur un pauvre mât légèrement penché. Une seule et unique pièce d'artillerie, sorte d'obusier monté sur rails, gardait le périmètre. Un petit malin avait peint deux mots en lettres blanches, dégoulinantes, sur le fût du canon : « Pour Tojo ». Les hurlements des sergents rythmaient le souffle d'hommes qui, torse nu, effectuaient leur trot de mise en forme matinale autour du drapeau.

Wingate présenta Tolkien au major Brody, le chef de section avec qui il était censé partir dans la jungle. Souriant, doté d'un air de doux rêveur, ce quadragénaire décontracté avait le chic pour mettre à l'aise ses interlocuteurs.

— Je suis professeur, comme vous, dans le civil, dit-il à Tolkien une fois la rituelle poignée de mains échangée.

— Oh, vraiment ? Et qu'enseignez-vous ?

— L'histoire.

Wingate les observait du coin de l'œil, heureux de constater que, dès le début, le courant passait entre ces deux-là.

— Allons prendre un verre, proposa-t-il. J'ai d'autres personnes à vous faire rencontrer.

À cet instant, une averse de fin du monde éclata. Tolkien et les deux officiers se précipitèrent à l'abri pendant que les soldats continuaient de courir, de la boue jusqu'aux mollets.

— Fichu pays, grogna Brody en entrant dans le mess.

Une dizaine d'hommes agglutinés en bout de salle stoppèrent leur conversation – un babillage très comme il faut, très anglais – puis ils plissèrent les yeux pour identifier les nouveaux venus. Le baraquement était plongé dans une pénombre de grotte. Les murs faits de planches disjointes laissaient filtrer une faible lumière qui zébrait de rayures claires le sol et le mobilier. Celui-ci se résumait à un comptoir, une longue table et des tabourets grossièrement équarris. Au plafond, les pales d'un ventilateur en phase terminale tournaient avec un manque de conviction évident. La pluie tambourinait sur le toit, comme si elle voulait s'inviter à toute force. Elle y arrivait d'ailleurs, par endroits ; quelques bassines judicieusement disposées ici ou là en témoignaient.

Tolkien se laissa entraîner vers le bar et serra des mains à la chaîne. On lui livrait des noms à chaque fois – Dunlop, Emmett, Cooke, Calvert, Broomhead, Ferguson, Scott, Gilkes... – mais en dépit d'une excellente mémoire, il aurait été bien en peine de les enregistrer tous du premier coup.

— La tournée est pour moi, messieurs, lança Wingate.

Il porta un toast aux Chindits.

— Que signifie ce mot ? demanda Tolkien.

— C'est notre nom de guerre. J'en ai eu l'idée en voyant les divinités à l'air redoutable qui gardent les temples birmans : des lions ailés !

— Chindit, répéta Tolkien, tel un œnologue faisant rouler le vin dans sa bouche. Cela sonne joliment.

— Tant mieux si ça vous plaît, mon cher ! Aux Chindits !

Verre levé, les officiers lancèrent en chœur :

— Aux Chindits !

On pouvait diviser les effectifs de Wingate en trois catégories : un tiers de chasseurs à pied birmans – les *Burma Rifles* –, solide bataillon d'indigènes expérimentés ; un tiers de Gurkhas, plus dissipés, imprévisibles parfois, mais très utiles en tant qu'éclaireurs ; enfin, un tiers d'Anglais issus du *King's Liverpool Regiment*, corps d'armée longtemps stationné en Grande-Bretagne. Trop longtemps, au goût de Wingate. Il entendait bien remettre à niveau ses compatriotes. Le challenge était de taille pour ces soldats venus d'Europe. S'acclimater à la chaleur, l'humidité, la nourriture, demandait plusieurs semaines, voire plusieurs mois. Tolkien détailla ses conditions de vie dans une lettre envoyée à sa femme, quelques jours après sa rencontre avec les Chindits :

Nous prenons des douches (froides) dans des cabines individuelles d'où jaillit une eau filtrée par des embouts d'arrosoirs rouillés.

La cuisine du camp est assurée par des Indiens, les bobajis, *mais elle n'a rien à voir avec celle de l'Imperial Hotel. Au petit déjeuner, nous mangeons le plus souvent d'horribles saucisses de soja, un œuf (plus petit que chez nous) et avec un peu de chance, du pain et du beurre. Le déjeuner, appelé le* tiffin, *se résume invariablement à une tranche de buffle, tendre comme du cuir, accompagnée de patates, de choux ou, bien sûr, de riz. Pour finir, nous avalons une espèce de pudding rempli d'une confiture douteuse. Le dîner est à l'avenant.*

Dans ces régions reculées, l'approvisionnement demeure un problème constant. Les hommes qui s'entraînent ici ont l'impression d'être les oubliés de cette guerre. Le soir, on leur projette de vieux films qu'ils finissent par connaître par cœur à force de les avoir vus. Il est question d'importer des livres jusqu'à nous, mais pour l'instant, je n'en ai pas vu un seul.

Je dors dans une chambre individuelle, comme les officiers. On m'a proposé les services d'un charpoy *(un serviteur indien) mais j'ai rétorqué que j'aime bien faire mon lit moi-même, ce qui est la stricte vérité.*

Les journées se suivent et se ressemblent. Je ne participe pas à l'entraînement, sauf en ce qui concerne les marches et, comme tu le sais, j'ai toujours été un bon marcheur. On m'a donné des chaussures d'excellente qualité (un privilège de plus) mais j'ai insisté pour porter le même poids que le soldat de base, une charge d'environ vingt kilos. La première marche (quinze kilomètres) m'a épuisé mais je n'ai pas flanché, et le général m'a félicité devant la troupe, ce qui a, je dois l'admettre, aiguillonné ma fierté. Les marches suivantes ont été aussi éprouvantes que la première. Heureusement pour moi, les autres Chindits (le nom vient d'une espèce de griffon asiatique) ne sont pas vraiment de la première jeunesse. Moyenne d'âge : trente-trois ans !

Pour l'instant, ces exercices ont lieu en terrain découvert. La jungle sera pour plus tard. Le paysage environnant est assez déconcertant, très différent de ce que je m'imaginais, car très varié. Quand on dit « jungle », on songe tout de suite à une végétation luxuriante, impénétrable et sauvage. Or la marque de l'homme a déjà modifié la nature, ici comme ailleurs. Une portion significative de la forêt tropicale a été brûlée par les natifs en quête de terres à cultiver. Il existe aussi un espace intermédiaire entre la jungle primaire, dite haute, et celle défigurée par l'activité humaine. On parle alors de jungle basse : arbres de moyenne taille, qui laissent filtrer les rayons du soleil, bambous, bosquets d'épineux. L'équivalent de nos sous-bois, si tu préfères…

Ici, tout le monde attend les Elfes avec impatience… Ils ont rallié Bombay, paraît-il, et sont déjà dans le train censé les mener jusqu'à nous. J'ai mille questions à leur poser, tu t'en doutes. J'espère que j'y verrai plus clair à ce moment-là…

Je t'aime.

R.

Les temps de guerre favorisent la promiscuité et par voie de conséquence, la naissance d'amitiés franches et rapides. Il en fut ainsi entre Tolkien et le major Brody. Celui-ci était originaire du centre de l'Angleterre, tout comme les Suffield, la branche maternelle de l'écrivain. Il connaissait bien Birmingham, cité à l'ombre de laquelle Tolkien avait passé ses jeunes années, et pouvait à loisir évoquer en sa compagnie la verdoyante campagne des Midlands. Les deux hommes parlaient de ces vallons et de ces forêts comme d'une sorte de paradis mythique. Brody se souvenait de fantastiques parties de pêche, en barque, sur des rivières pleines de truites. Tolkien racontait la cueillette des champignons, derrière le vieux moulin d'un paysan qu'ils avaient, son frère et lui, surnommé « L'ogre ».

À ces racines communes s'ajoutait la passion de la lecture, avec de vifs penchants pour la littérature médiévale.

Brody était fils unique. Issu d'une famille modeste, il avait grandi au sein d'une atmosphère feutrée, le nez dans les livres.

— On ne pouvait pas faire de bruit, confia-t-il un jour à Tolkien. On craignait de déranger les voisins du dessus, qui étaient également nos propriétaires. Alors, je lisais, je lisais...

Les romans de Walter Scott avaient eu un grand impact sur lui. Il leur attribuait d'ailleurs l'origine de sa vocation d'historien. Tolkien renchérit en confessant son attachement pour les contes – qu'ils soient de fées ou non – et les sagas nordiques.

— J'avais soif de dragons, résuma-t-il après avoir relaté son premier contact avec les aventures de Sigurd, dans le *Livre rouge*.

De temps à autre, un soldat intrigué interrompait une corvée ou un exercice pour écouter les deux érudits débattre des mérites respectifs de *Sire Gauvain* et du *Conte de l'écuyer*. Ces échanges allégeaient le cœur de Tolkien et lui rappelaient ses amis d'Oxford, les *Inklings*. En fermant les yeux, il pouvait presque revivre leurs ferventes discussions quand, une fois les cours achevés, ils se retrouvaient au pub, autour d'une bonne bière.

Un soir, pendant que le gros de la troupe assistait à une projection des *39 marches* – pour la trente-neuvième fois environ –, Tolkien et Brody choisirent d'aller se promener autour du camp. La noirceur de la nuit donnait à la jungle toute proche une apparence encore plus inquiétante que durant la journée. On eut dit que cette masse sombre surveillait les deux hommes. Elle exhalait une débauche d'odeurs lourdes. Lointaines, nasillardes, les voix de Robert Donat et Madeleine Caroll montaient par intermittence de derrière les baraquements. Brody s'assit sur une grosse pierre ronde. Tolkien l'imita. Il était d'humeur maussade et bourrait le foyer de sa pipe sans entrain. Sa vitalité parut soudain se réveiller lorsque la conversation dévia sur *Beowulf*, poème épique qu'il chérissait entre tous.

— Les gens de votre bord ont fait beaucoup de tort à ce texte, grogna Tolkien en grattant une allumette.

— Les gens de mon bord ?

— Oui, les historiens ! À vous entendre, *Beowulf* n'aurait de valeur que comme document d'époque. Pffff ! Foutaises !

— Ah bon ?

— Bien sûr ! Le poème nous renseigne certes sur l'habillement des guerriers, leur armement, leur mode de vie… mais on ne peut passer sous silence ses indéniables qualités littéraires !

— C'est un beau texte, je n'ai jamais dit le contraire, même si sa construction laisse à désirer.

Tolkien tira une première bouffée. Une petite lueur – de plus en plus vive à mesure qu'il inspirait – éclairait de rouge son visage.

— Que lui reprochez-vous, à cette construction ? questionna-t-il en recrachant la fumée d'un air bougon.

— Elle met trop l'accent sur les à-côtés de l'histoire, les détails, au lieu de se concentrer sur l'essentiel.

— Je pense au contraire que les à-côtés donnent chair au récit et aident à l'inscrire dans une réalité tangible. Ce qui est remarquable dans *Beowulf*, c'est cette impression que, bien qu'issue d'un passé lointain, l'histoire repose sur un passé encore plus riche et reculé. Cela confère un certain relief aux actions des premiers plans, vous comprenez ? Et puis d'abord, pourquoi vouloir réduire une histoire à son squelette ? Un mythe est un organisme dont les différentes composantes forment un tout vivant ! Les critiques tuent la magie ! Ils dissèquent les poèmes, les démontent, les traitent comme des mécaniques, des machines à engrenages…

— Vous ne trouvez pas qu'il est intéressant d'essayer de comprendre comment les choses fonctionnent ?

— Si, bien sûr… Mais qu'apprend-on sur leur essence – oserais-je le mot ? – mystique ? L'approche scientifique se heurte aux mêmes limites quand elle prétend expliquer les mystères de la nature. Prenez le feu. Vous craquez une allumette. « C'est une oxydation », vous diront les savants. Certes, mais cela explique-t-il la beauté du feu, la fascination qu'il exerce sur nous ? Il y a du divin là-dedans. Les scientifiques – et les critiques – pensent qu'ils peuvent avoir la réponse à toutes les questions. Ils ont tort.

— C'est aux artistes d'expliquer leur création ?

Tolkien expira un rond de fumée en même temps qu'un rire ténu :

— Même pas ! Ce sont les histoires qui mènent la danse, vous savez ? Pas l'écrivain ! Elles vous choisissent plutôt que l'inverse !

Brody s'étira :

— En tout cas, dit-il, je serais curieux de lire vos textes, professeur ; et tant pis si vous n'avez que des brouillons à me soumettre…

Tolkien fit la moue.

— Le manuscrit sur lequel je m'échine en ce moment est très loin d'être terminé. Il y a encore tellement de travail…

— J'aimerais beaucoup le lire. S'il vous plaît…

— D'accord… (Puis, après une hésitation :) Mais je sollicite votre indulgence. Il s'agit là de marottes assez… personnelles.

— Promis, Ronald. Et promis également, je n'essaierai pas de disséquer votre progéniture littéraire.

7

Un matin, Tolkien fut réveillé par des éclats de voix :

— Les voilà !

— C'est eux, j'vous dis !

Écartant le rideau gris perle de sa moustiquaire, il se pencha à la fenêtre.

Un camion venait de stopper au milieu de la cour, dans un nuage de poussière. Un par un, les Elfes sautaient au sol, souples et élégants. Ils portaient des ponchos de couleur sable dont la découpe en forme de V descendait jusqu'aux genoux.

Tolkien en eut les larmes aux yeux.

Des Elfes !

L'émerveillement qu'il éprouvait égalait celui de son personnage, Sam, le petit jardinier qui rêvait de rencontrer les habitants de Fondcombe.

Tolkien enfila en hâte un pantalon kaki et une chemise de coton blanc. Lorsqu'il sortit dans la cour, un attroupement s'était déjà formé autour du véhicule. Les hommes se pressaient, se bousculaient pour voir à quoi ressemblaient leurs alliés. Wingate approchait au pas de charge, sourire aux lèvres, son éternel casque enfoncé sur le crâne. Encadré par Foster et Brody, il écarta la troupe sans cesser de sourire. Tolkien se glissa dans son sillage pour gagner le centre du cercle bruissant de murmures. Les cinq Elfes se tenaient immobiles, l'air hautain, aux aguets. Ils jetaient autour d'eux des regards furtifs. Visiblement, ils n'appréciaient guère d'être étudiés comme des bêtes curieuses. Un sixième personnage, grand gaillard gracieux et bien bâti, descendit du camion. Foster lui adressa un signe de reconnaissance, bras levé :

— Monsieur Cealendar !

Le métis lui serra la main.

— Nous commencions à trouver le temps long, sourit Foster.

— Des formalités administratives nous ont retenus plus longtemps que prévu. Et puis, il y a eu ce dîner à l'ambassade. Le vice-roi voulait absolument faire la connaissance des « sauveurs elfiques » comme on les appelle déjà en haut lieu.

Wingate prit la parole :

— S'il vous plaît, dit-il à ses hommes. Une ovation pour nos chevaleresques amis venus tout droit du Sylvaniel !

Un enthousiaste « HIP HIP HOURRA » retentit, effrayant les busards qui avaient l'habitude de se percher sur les barbelés. Des chapeaux de brousse voltigèrent en même temps que les cris fusaient.

Un Elfe se détacha du groupe. C'était Kalir, prince du Sylvaniel. Il inclina la tête, très digne, et salua Wingate.

— Au nom de mon père, je vous remercie.

Wingate s'inclina à son tour, avant de déclarer :

— Laissez-moi vous présenter mon équipe…

Plusieurs officiers s'avancèrent. Le général citait un nom et, à chaque fois, Kalir s'inclinait poliment en retour, les lèvres serrées, à la japonaise. Lorsque Wingate arriva à Tolkien, l'expression impassible de l'Elfe se fissura.

— Vous êtes LE John Ronald Reuel Tolkien ? lança-t-il.

— En effet, acquiesça le professeur, troublé.

— Je suis très honoré.

Et il s'inclina avec une déférence accrue. Tolkien murmura un timide « Moi aussi », mais Kalir était déjà passé à quelqu'un d'autre. Le professeur serra la main d'Amos Cealendar sans même s'en rendre compte. Il aurait tellement aimé parler avec Kalir, le questionner. Mais déjà, Wingate entraînait les Elfes dans son bureau.

— Vous aurez d'autres occasions, mon ami, lui dit Brody, qui avait perçu sa déception.

L'écrivain acquiesça avec une petite moue.

Le soir venu, on improvisa des réjouissances.

De multiples feux égayaient la cour d'entraînement de leur vive lueur. Un Écossais originaire d'Inverness avait sorti sa cornemuse et massacrait sans complexe l'hymne du régiment. Hilares, les Gurkhas tapaient dans leurs mains tout en encourageant le musicien amateur. On avait dressé des tables sur des tréteaux et les *charpoys* s'affairaient avec une discrète efficacité. Quelques marcassins sauvages abattus le jour même cuisaient, badigeonnés de graisse, leur carcasse exhalant un délicieux fumet. Les soldats faisaient la queue jusqu'aux marmites où bouillonnait le riz. Exceptionnellement, la bière et le whisky circulaient sans aucune restriction.

Tolkien mangeait à la table de Wingate, en compagnie des invités de marque. Comme tout le monde, il avait du mal à détacher son regard des Elfes. Ces derniers pouvaient tremper les mains dans l'assiette et mordre un cuissot à pleine bouche sans rien perdre de leur classe innée. Ils répondaient le plus souvent aux questions par « oui » ou par « non » et rechignaient à relancer la conversation lorsqu'un blanc s'installait. On aurait dit une délégation de princes illustres égarés à un banquet viking. Un léger malaise flottait dans l'air, car au contact de pareilles créatures, les simples mortels ne pouvaient que se sentir sales, bruyants et vulgaires.

Tolkien avait préparé un discours de bienvenue qu'il lut une première fois en elfique avant de traduire son contenu. Il y eut des applaudissements fournis, et le professeur se rassit, heureux d'avoir produit son petit effet.

— Mes compliments pour votre accent, le félicita Kalir.

Tolkien rosit.

— Votre langue est l'une des plus belles de la Création, dit-il, sincère. Sa musique est celle de l'onde claire. Elle coule et scintille comme un ruisseau d'une grande pureté.

— Vous êtes poète ?

— J'aime la poésie.

Wingate fit tinter son verre avec une lame de couteau.

— Votre attention, s'il vous plaît ! (Il se leva.) Tout d'abord je voudrais à nouveau exprimer ma gratitude envers nos amis du Sylvaniel. (Pivotant légèrement, il posa les yeux sur Kalir et poursuivit :) Merci d'être venus d'aussi loin pour nous aider à combattre la barbarie. Nous allons faire de grandes choses ensemble, je vous le garantis !

Les officiers applaudirent. Wingate leur fit signe d'arrêter ; il n'avait pas terminé.

— J'aimerais maintenant, cher Kalir, vous demander une faveur...

L'Elfe inclina le menton, invitant le général à continuer.

— Pourriez-vous présenter à la troupe vos différents compagnons ? On m'a raconté qu'ils étaient chacun maître dans un art différent...

— C'est la vérité, acquiesça Kalir. Mais si vous le voulez bien, je leur laisserai le soin de se présenter eux-mêmes.

Les quatre guerriers quittèrent leur place et s'éloignèrent jusqu'à se fondre complètement dans la nuit. Vingt secondes s'écoulèrent. La plupart des Chindits s'étaient levés de table et regardaient autour d'eux. Tolkien affichait un air interdit et s'usait les yeux sur l'obscurité où les Elfes avaient disparu. On n'entendait plus que les bruits lointains de la jungle – le crissement continu des insectes, l'appel impromptu d'un singe ou d'un oiseau – et les craquements secs du bois qui flambait.

Au moment où l'assemblée commença à se lasser, Kalir fit claquer ses mains.

Un Elfe aux cheveux tressés surgit des ténèbres en roulade avant. Il se réceptionna, puis tout son corps parut s'étirer, se déplier en position verticale, à l'image de son arc bandé. Des exclamations résonnèrent. La corde se détendit avec un bruit de harpe mélodieux, qui fut suivi d'un cri.

— Mon cigare ! pesta le major Brody.

La flèche lui était passée sous le nez, sectionnant très proprement le havane qu'il aimait s'accorder en fin de repas.

— Je m'appelle Alerius ! lança le tireur d'élite.

Les Chindits éclatèrent de rire et applaudirent en même temps.

— Je ne trouve pas ça très drôle, ronchonna Brody.

L'enthousiasme apaisé, Kalir entrechoqua de nouveau ses paumes.

Un homme hurla. L'obscurité venait de se refermer sur lui, d'un coup, l'enveloppant comme les ailes d'une chauve-souris géante. Des soldats se précipitèrent. Leur élan se brisa lorsque les ténèbres s'ouvrirent dans un mouvement de cape à la fois ample et rapide. Un Elfe brun, le visage noirci par le charbon de bois, souriait paisiblement à la troupe. Il tenait encore contre lui sa victime terrorisée.

— Je m'appelle Cassiltir, dit-il, ses yeux et ses dents brillant faiblement dans la nuit.

On siffla et on applaudit à tout rompre. Bon joueur, le Chindit serra la main de l'as du camouflage, pareil à un spectateur réquisitionné dans le public qui félicite le magicien une fois son numéro accompli.

Pour la troisième fois, Kalir tapa dans ses mains.

Une voix s'éleva du centre du camp, et tous les regards se tournèrent vers le tertre au drapeau. Debout à côté du mât, un Elfe longiligne sifflait, ou plutôt hululait, les deux mains jointes près de la bouche. On perçut des froissements d'ailes, et un rapace de toute beauté vint se poser sur son épaule, aussi docile qu'un animal de compagnie.

— Je m'appelle Halimath, déclara le dresseur, plein de noblesse, tout en caressant distraitement le plumage de son nouvel ami.

Le public applaudit, mais avec plus de réserve cette fois, comme s'il craignait d'effaroucher l'oiseau.

Kalir avisa un soldat immense qui dépassait sans doute le quintal à la pesée :

— Toi, dit-il. Jette-moi à terre (Puis, avec une note de défi :) Si tu le peux…

Piqué au vif, le « monsieur muscles » interrogea Wingate du regard. Comme ce dernier opinait, il s'avança d'un pas pesant. Les deux combattants se toisèrent, les poings serrés. Tout le monde attendait. Le campement, dans son ensemble, paraissait suspendu à des battements de cœur. Le costaud fit mine de charger une fois, deux fois… Ces feintes grossières laissaient de marbre son adversaire. La troisième amorce d'assaut fut la bonne : il se précipita en hurlant. La jambe de Kalir se détendit, de manière aussi naturelle que fulgurante, et tous entendirent l'os craquer. Le poids lourd tomba en couinant, ou plutôt son mollet gauche lui fit défaut.

— Infirmier ! cria quelqu'un.

Les Chindits étaient sidérés par la violence du coup. Wingate lança une œillade sévère au chef des Elfes.

— Un autre candidat ? demanda celui-ci.

— Inutile, grogna le général. Votre démonstration a été des plus probantes…

— Ma démonstration n'est pas terminée.

Il frappa dans ses mains pour la dernière fois.

La foule s'écarta avec une crainte teintée de ressentiment pour laisser passer le cinquième Elfe, un individu aux traits volontaires : sourcils arqués, fine bouche, menton orné d'une fossette…

Les brancardiers chargés d'évacuer « monsieur muscles » s'immobilisèrent, blêmes. L'Elfe marchait droit sur eux. Le blessé éructa une espèce de cri inarticulé.

— Hé ! pas de blague, dit-il, la sueur aux tempes. J'ai déjà donné.

L'Elfe apposa ses mains sur la jambe blessée et se mit à chanter.

Brody s'approcha de Tolkien :

— Qu'est-ce qu'il baragouine ? interrogea-t-il discrètement.

— Il invoque des dieux…

Une aura diaphane émanait des paumes du guérisseur. Ses paroles s'envolaient vers le ciel, pareilles aux escarbilles montant des brasiers. « Monsieur muscles » avait fermé les yeux. D'abords étirés et crispés, ses traits se détendirent progressivement. Expirant une grosse goulée d'air, il consentit enfin à regarder sa jambe.

— C'est pas possible, hoqueta-t-il.

La peau conservait la couleur violacée d'une ecchymose, mais il ne ressentait plus de douleur, ou presque. À peine un léger élancement. Le guérisseur sourit avant de lancer :

— Je m'appelle Harvanel ! (Puis, s'adressant au colosse :) Vous pouvez marcher…

Le blessé mit un pied au sol, d'abord hésitant. Puis l'autre. Il tenait debout, solide sur ses jambes.

— Un putain de miracle ! lâcha-t-il, médusé.

Les rires et les applaudissements vinrent mettre un point final à cette succession de prodiges. Les Chindits étaient conquis. Chaque homme regagna sa place en y allant de son petit commentaire. Les soldats parlaient fort et se donnaient des claques dans le dos. Avec de tels partenaires, il y avait de quoi se sentir invulnérable.

— Je suis épaté, confia Wingate.

Tolkien, pour sa part, avait l'impression bizarre de retomber en enfance. Les Elfes réveillaient en lui la magie des premiers enchantements, ceux que l'on éprouve quand on croit encore au Père Noël. Les doutes et les angoisses étaient mis de côté. Temporairement.

Le général se tourna vers Kalir, revenu s'asseoir à sa droite :

— Quand pourrez-vous commencer à entraîner nos hommes ? Dès demain ?

— Il nous faudra d'abord nous absenter quelques jours.

— Quoi ?

— Dans la jungle. Nous familiariser avec les plantes, les animaux...

Wingate hocha la tête :

— Oh, je comprends, dit-il.

Mais il paraissait contrarié.

— Combien de temps vous prendra ce travail préparatoire ?

— Je ne sais pas. Peut-être une semaine.

Wingate se frotta le nez.

— Très bien, marmonna-t-il. Si cela vous semble indispensable, vous avez mon autorisation. Mais ne traînez pas, je vous en prie. Nous ne sommes guère en avance sur le calendrier. J'ai des comptes à rendre à mes supérieurs, vous comprenez ?

— Nous ferons au plus vite, assura Kalir.

Et la question fut close.

8

Saugor, le 2 juillet 1942

Edith, ma chérie,

Les Elfes ont disparu depuis dix jours et la routine a repris le dessus. Une espèce d'apathie générale pèse sur le camp. Wingate est furieux, bien qu'il essaie de ne pas le montrer. Il a envoyé une patrouille sur les traces de nos imprévisibles alliés, mais cette dernière est revenue bredouille. Soit les Elfes se sont enfoncés dans la jungle bien plus profondément que prévu, soit ils ont purement et simplement disparu. J'espère qu'il ne leur est rien arrivé de grave. Je ne pense pas que notre moral se remettrait d'un tel coup dur.

En attendant, Wingate continue à nous imposer ses marches forcées avec une régularité de métronome. Exercices accablants, éreintants. Je me sens aussi usé qu'inutile, d'autant plus que je n'ai pas réussi à avoir une seule conversation privée avec les Elfes. Cela va sans doute te paraître idiot mais… je n'ai pas osé. Ils m'impressionnent. Ils ont l'air si… « parfaits » ! Pourquoi ont-ils exigé la présence d'un vieux schnock tel que moi ? Le mystère demeurera entier jusqu'à leur retour, je le crains… Le soir, je suis trop fatigué pour me replonger dans mon roman. J'ai prêté au major Brody – dont je t'ai déjà parlé, il me semble ? – les livres I et II, et j'attends son verdict. Peut-être des compliments m'aideront-ils à noircir de nouvelles pages, mais j'en doute. Mon esprit paraît comme engourdi… Ici, la pluie imprègne tout : l'air, les vêtements, la peau. Le nordique que je suis a bien du mal à s'habituer à cette écrasante touffeur. J'ai des maux de ventre ; sans doute dus à ces épices qu'ils nous mettent dans tous les plats. Rien de grave, ne t'inquiète pas. Le plus difficile est de te savoir si loin… J'espère que les enfants t'aident autant qu'ils me l'ont promis. Merci de me faire suivre le courrier de Michael. Vos lettres me font à chaque fois l'effet d'une bouffée d'air frais, « l'air du pays » ai-je envie d'écrire. Mon cœur et mes pensées sont tournés vers vous tous.

Je vous embrasse,

Ronald

Aux marches venaient s'adjoindre des exercices de tir à la difficulté croissante. Même les infirmiers durent apprendre à se servir du fusil *Enfield*, l'arme de base du fantassin. Les plus costauds se voyaient attribuer un *BAR – Browning Automatic Rifle* –, monstre de onze kilos disposant d'autant de cartouches qu'une mitrailleuse et qui pouvait tirer aussi bien des rafales qu'au coup par coup. Les plus débrouillards choisissaient le fusil à pompe, idéal dans un environnement comme la jungle car effroyable à courte portée et capable d'arroser large. Le climat exigeait des hommes un soin tout particulier accordé à leur arme. Les fusils étaient quotidiennement démontés, nettoyés, graissés et remontés. Les gestes d'entretien devenaient de plus en plus instinctifs et les meilleurs soldats pouvaient les exécuter les yeux fermés.

Les simulations se succédaient. Les Chindits entendaient à présent des balles réelles siffler au-dessus de leur tête. Assez souvent, ces tirs déclenchaient des feux de brousse qu'il fallait aussitôt éteindre. En parallèle, chacun approfondissait ses connaissances dans un domaine spécialisé : démolition, topographie, transmissions…

Trois ou quatre fois par semaine, les Chindits escaladaient une petite montagne proche du camp. Au début, la plupart des gars vomissaient leur déjeuner. Et c'était sans compter les pompes, les tractions et autres mouvements de gymnastique. Le parcours du combattant obligeait tout le monde à ramper dans des trous boueux, puis sous des fils de fer barbelés tendus à quarante-cinq centimètres au-dessus du sol. Les uniformes et leurs propriétaires ressortaient généralement de cette épreuve en piteux état. L'entraînement à la baïonnette, en comparaison, faisait office de défouloir : les soldats de Wingate pouvaient transpercer des mannequins de paille, encore et encore, en s'imaginant qu'ils faisaient passer un mauvais quart d'heure à leurs impitoyables instructeurs qui punissaient quotidiennement la moindre infraction au règlement ! Il va de soi que chacune de ces activités était accomplie en poussant les cris, chants et jurons appropriés.

Le soir, autour des feux de camp, les Japonais demeuraient le principal sujet de conversation. Les hommes qui avaient vécu la retraite de Birmanie racontaient leur expérience sans se faire prier. « Les Japs sont de vrais serpents, disaient-ils. Ils se dissimulent dans les branches hautes. Ils peuvent attaquer en poussant des cris à vous glacer le sang, ou alors se glisser jusqu'à vous sans un bruit. L'une de leurs astuces les plus connues consiste à canarder au hasard, juste pour voir d'où provient votre tir de riposte. Si vous avez le malheur d'appuyer sur la détente, ils ne vous ratent pas. Une autre ruse qui ne prend plus, c'est leur truc de se servir d'un drapeau blanc pour simuler une capitulation. On a compris qu'ils étaient prêts à se battre jusqu'au bout et maintenant on fait gaffe... ».

Dès leur enfance, on avait inculqué aux Japonais que les véritables héros ne se rendaient jamais et « mouraient en criant le nom de l'empereur ». Aucune médaille n'était décernée aux rescapés d'une bataille. Les soldats de Tojo avaient pour obligation d'emporter avec eux le maximum d'ennemis dans l'au-delà. Poussée à sa dernière extrémité, cette doctrine allait déboucher sur les tristement célèbres kamikazes. La pire crainte des Japonais était le déshonneur. La pire crainte des Occidentaux était la capture. On racontait des choses horribles sur le sort des hommes faits prisonniers en Extrême-Orient. La majorité d'entre eux était enrôlée comme travailleurs de force dans les usines, les fermes ou bien les mines, où ils périssaient d'épuisement et de mauvais traitements. Les experts en torture de la *Kemper Taï* – l'équivalent nippon de la *Gestapo* – se faisaient la main sur ceux qui n'étaient pas réduits en esclavage. En matière de sévices, la cruauté humaine connaît peu de limites. Des soldats et des civils furent empalés à l'aide de bambous par à peu près tous les orifices possibles et imaginables. Les atrocités colportées de bouche à oreille semaient la terreur dans les rangs alliés. « Ils vous gavent de riz, racontaient les vétérans. Puis ils vous enfoncent un tuyau au fond de la gorge et laissent couler l'eau jusqu'à vous faire gonfler l'estomac comme une baudruche. Ensuite, ils vous sautent sur le ventre à pieds joints ! »

Concernant l'éventualité d'une capture en opération, Wingate avait été très clair :

— Pour ma part, j'aurai toujours du poison sur moi, déclara-t-il devant la troupe rassemblée. Nous essaierons de faire évacuer un maximum de blessés mais, évidemment, je ne peux rien promettre à personne. Nous serons certainement confrontés à des situations terribles, déchirantes. Je le déplore, croyez-le… Mais rappelez-vous ceci : la bienséance guerrière telle qu'elle a cours en Europe n'est pas de mise dans la jungle. Je me montrerai aussi dur que mon homologue, le général Kawabe. J'entends bien exécuter tous les prisonniers ennemis susceptibles de nous ralentir et de compromettre notre mission. Les Japonais ont fixé les règles du jeu. Je ne fais que m'adapter.

Et les Elfes, pendant ce temps ?

Ils exploraient, apprenaient, absorbaient. Ils laissaient la jungle entrer en eux, tout comme eux étaient entrés en elle.

Le petit groupe avançait par bonds et par à-coups, en alerte permanente, oppressé par cette atmosphère aussi moite qu'enténébrée. Bourdonnement des insectes. Cris d'oiseaux brusquement dérangés. La végétation, avec ses énormes lianes-tentacules et ses plantes grimpantes suspendues en feston, était très différente des forêts américaines. Quand la pluie tombait dru, aucun souffle de vent ne la dérangeait. Le sol, les arbres, les plantes, regorgeaient d'humidité. En surface, rien ne bougeait. Sous les feuilles, la vie n'était que grouillement permanent. La pourriture régnait sans partage sur ces lieux.

— C'est comme si la forêt avait été laissée à l'abandon, dit un jour Kalir, troublé par ce nouvel environnement.

Les Elfes voyageaient léger : arc, flèches, couteau, une outre en peau de cerf… Peu ou pas d'ornements. Les longues chevelures n'étaient plus que chignons. Ils avaient roulé leur poncho dans le sac à dos et troqué leurs vêtements de tissu léger contre des habits en cuir ou en daim. Gilets à boutons, pantalons et chemises étaient teints par des pigments naturels et non chimiques : couleurs chaudes, dans les ocres et les verts, parfaites pour passer inaperçu. Aux pieds, bien sûr, les inévitables mocassins, moulés comme une seconde peau.

Halimath, le dresseur, essayait de communiquer avec les oiseaux invisibles qui pépiaient dans les branches, mais ils ne lui répondaient pas toujours. Les serpents se tenaient à l'écart de tout mouvement suspect, comme aux États-Unis. Les singes, en revanche, semblaient plus coopératifs. Halimath s'assura la complicité d'une femelle gibbon en lui offrant quelques fruits. Harvanel, le guérisseur, répertoriait plantes et pollens dans des petits sachets. Cassiltir explorait sans relâche frondaisons et terriers, s'enfonçant à quatre pattes dans des tumulus naturels. Kalir et Alerius chassaient pour nourrir le groupe.

Peu à peu, leur malaise initial se dissipait. La jungle, cette inconnue, avait quantité de trésors à offrir.

Il suffisait de savoir regarder.

Un matin, alors que Tolkien prenait son petit déjeuner à l'ombre d'une bâche mollement agitée par le vent, le major Brody vint à sa rencontre, son manuscrit sous le bras.

— Je l'ai terminé hier soir, dit-il en posant le protège-documents et son précieux contenu à côté d'un pot de café.

Le cœur de Tolkien se mit à battre plus vite.

— Alors ? s'enquit-il, ingurgitant avec quelque difficulté sa cuillerée de porridge.

Le major lui adressa un sourire chaleureux et profond :

— Eh bien je veux savoir la suite, pardi ! C'est remarquable, tout à fait remarquable !

— Vous le pensez vraiment ?

— Oui… (Il se servit une généreuse portion de bouillie puis déclara :) À présent, je comprends mieux ce que vous cherchiez à m'expliquer, l'autre soir, à propos de *Beowulf*. Comment disiez-vous, déjà ?.... Oui, voilà : le relief ! On a l'impression que votre monde existe bel et bien, que vous en connaissez chaque détail, chaque sentier, chaque légende ! Quel travail !

La physionomie de Tolkien s'était illuminée comme un paysage qu'un rayon de soleil transfigure après un long suaire nuageux. Il s'essuya la bouche.

— L'univers existait bel et bien avant l'histoire, expliqua-t-il, ravi. Il est issu d'un très gros manuscrit que je n'ai jamais réussi à faire éditer... Si je m'écoutais, je pourrais raconter ces légendes ou chanter ces poèmes pendant des centaines et des centaines de pages. Mais je crains d'ennuyer les lecteurs. Mon ami C. S. Lewis, qui apprécie par ailleurs *Le Seigneur des anneaux*, n'a jamais beaucoup aimé ma poésie et mes chansons...

Brody se versa une tasse de café sirupeux.

— Ma foi, dit-il, j'ai trouvé ces passages charmants, même si le chapitre sur ce personnage, Bomdabil...

— Bombadil, corrigea Tolkien.

— Oui, Bombadil... Eh bien, ce chapitre m'a paru un peu long.

— Ah ? se renfrogna le professeur.

Réfléchissant à ce qu'il allait répondre, il coinça le bec de sa pipe entre ses lèvres.

— Bombadil ne fait pas beaucoup avancer le récit, c'est vrai, marmotta-t-il en fouillant dans ses poches. Mais cela ne signifie pas qu'il n'a aucune fonction...

— Vraiment ?

Tolkien alluma sa pipe avant d'en tirer deux ou trois bouffées songeuses.

— Ce personnage est un pur esprit, dégagé de toute interférence matérielle. Il EST la nature, l'instance suprême qui équilibre et contrôle les deux principales forces en présence dans mon univers : celle de la destruction et celle de la préservation.

— Il contrôle ? Vous voulez dire que ce drôle de petit bonhomme est plus puissant encore que Sauron ?

Une lueur d'amusement brilla dans les yeux de Tolkien :

— Oh oui, confirma-t-il. Sans aucun doute !

— Et Sauron, justement ? S'agit-il d'un Hitler déguisé ?

L'écrivain eut un geste dédaigneux de la main :

— Non. N'allez pas dans cette direction, par pitié. J'ai horreur de l'allégorie sous toutes ses formes. Les bonnes histoires doivent tenir debout toutes seules, sans le secours de la béquille allégorique.

— Quand pourrai-je lire la suite ?

— J'ai quelques difficultés avec le livre III, mais je vous le prêterai dès que possible ; promis.

Tolkien tourna la tête vers l'origine des bruits de scie et de marteau qui ponctuaient la discussion depuis quelques minutes.

— Qu'est-ce qu'ils font ? demanda-t-il en montrant de sa pipe un groupe d'hommes déjà en sueur malgré l'heure matinale.

Une silhouette installée en bout de table répondit :

— Ils construisent un baraquement spécial pour les Elfes.

Tolkien et Brody reportèrent leur attention sur Cealendar, qu'ils avaient à peine remarqué jusque-là. Le demi-Elfe suçait méticuleusement le jus d'une mangue.

— Ils vont aussi fabriquer un four à pain, ainsi qu'une forge, compléta le métis, son fruit avalé. Kalir a laissé des consignes avant de partir en exploration.

— Un four ? s'étonna Brody.

— Oui. La tambouille du camp est mal adaptée à l'estomac délicat des habitants du Sylvaniel. Dorénavant, ils feront leur cuisine eux-mêmes.

— Et vous ? Votre tube digestif tient le choc ?

— Pour l'instant, ça va…

Cealendar s'était laissé aller à sourire. Encouragés par son affabilité, les deux humains le bombardèrent de questions :

— Quel âge avez-vous ?

— Quatre-vingt onze.

— Vous êtes Elfe du côté de votre père ou de votre mère ?

— Ma mère.

— Possédez-vous des… des pouvoirs ?

— Ma foi, j'ai des sens plus développés que la moyenne de vos semblables, et je cours presque aussi vite que Jessie Owens, mais de là à parler de pouvoirs…

Tolkien tapotait le manche de sa pipe, foyer retourné, en bord de table. Quand la cendre fut vidée dans la boue, il demanda :

— Pourquoi n'êtes-vous pas parti en reconnaissance avec Kalir ?

Cealendar s'assombrit. Il dévissa le bouchon d'une flasque en métal argenté et la porta à ses lèvres. Le liquide avalé d'un trait tomba dans sa gorge.

— Je suis un sang-mêlé, ne l'oubliez pas, dit-il en faisant claquer sa langue. Je sers d'intermédiaire, c'est tout.

— Cela ne doit pas être facile à vivre, risqua Brody.

Le métis haussa les épaules :

— On s'habitue.

Il laissa passer un silence, puis, d'un air presque timide, il s'adressa à Tolkien :

— Vous savez, moi aussi j'ai lu une de vos histoires, professeur.

— Vraiment ?

Cealendar acquiesça, tout en cherchant quelque chose dans le sac qu'il portait en bandoulière, pareil à une gibecière.

— Ah, voilà !

Il leur montra l'édition américaine du *Hobbit*.

— Oh, je vois, sourit Tolkien. Vous avez aimé ? Dans le cas contraire, parlez à cœur ouvert. Je ne m'offusquerai pas... Après tout, je ne suis pas un « vrai » écrivain.

— Je n'ai pas de critiques à formuler. J'ai passé un très bon moment... Je trouve que vous avez su capter... (il hésitait) quelque chose d'essentiel. Je ne sais comment l'exprimer. Votre histoire me rappelle de nombreux contes elfiques. Je souhaiterais, si vous le permettez, la faire lire à Kalir et à ses guerriers.

— Pitié, mon ami, surtout pas, hoqueta Tolkien. Ils se moqueraient, et ils auraient bien raison. Mes écrits ne peuvent rivaliser avec la perfection des chants et des poèmes elfiques.

— Vous vous sous-estimez, professeur.

— Disons plutôt que je suis doté d'une vanité raisonnable.

— Comme vous voudrez...

Le métis semblait déçu.

— Puis-je au moins vous demander de signer cet exemplaire, pour moi ?

— Bien entendu.

Tolkien prit le livre, le feuilleta, grommelant :

— Cette édition est truffée d'erreurs typographiques... et je ne comprends toujours pas pourquoi ils ont utilisé certaines de mes illustrations qui n'avaient rien à voir avec le présent récit... Bref...

Il écrivit un mot sur la page de garde, entre son nom et le sous-titre – *Histoire d'un aller et d'un retour* –, puis il rendit le roman au demi-Elfe avec un empressement compassé.

— Merci beaucoup, dit Cealendar. (Il rangea le livre dans sa musette et se leva.) Maintenant, excusez-moi, messieurs. Je dois aller superviser la construction du nouveau baraquement.

— Singulier garçon, souffla Brody, une fois le métis éloigné.

— Vous avez senti son haleine ? À mon avis, sa flasque ne contient pas du jus d'orange...

— Moins fort. N'oubliez pas qu'il a l'ouïe aussi fine que les oreilles...

Les Elfes réapparurent le soir même, surprenant le quarteron de sentinelles qui somnolaient autour du périmètre. Wingate était hors de lui. Dès le lendemain, il eut une explication avec Kalir. Les décibels faisaient vibrer les murs de son bureau. On pouvait entendre le général crier « Vous m'aviez dit une semaine ! » ou encore « Je n'accepte pas que mon autorité soit remise en cause ! » Les réponses de Kalir, si toutefois il y en avait, demeuraient inaudibles. Les Chindits virent le jeune Elfe ressortir du baraquement un quart d'heure plus tard. Au contraire du général, il paraissait maître de lui, d'un calme olympien. Ce fut la première et la seule dispute entre Wingate et les immortels.

Le jour même, la seconde phase de l'entraînement débutait.

9

Saugor, le 23 juillet 1942

Ma chérie,

Cette fois, ça y est. Nous nous aventurons dans la jungle, les Elfes à nos côtés, pour de courtes mais enrichissantes expéditions. J'ai appris quantité de choses au contact de ces êtres hors normes, comme tout le monde ici, et notamment (le croiras-tu ?) de nouveaux langages ! Eh oui ! le distingué philologue que je suis avait encore quelques lacunes à combler. Dès mon retour, je serai en mesure de saluer comme il se doit la chouette hulotte qui vient chaque nuit dans notre jardin. Je bute pour l'instant sur le roucoulement de « mise en garde », mais je ne désespère pas d'y arriver prochainement. Le dialecte des singes est presque facile, par comparaison. Il faut nous entendre piailler et nous égosiller comme une bande de macaques ! Ce spectacle (qui à n'en point douter, scandaliserait les vénérables anciens du collège) vaut son pesant de bananes ! Halimath, notre professeur, m'assure que je suis un élève doué. La gamme d'intonations produites par ses cordes vocales est tout bonnement sidérante. Il paraît même qu'il a le pouvoir de communiquer avec les reptiles. Je demande à voir…

Harvanel, le guérisseur, est un personnage tout aussi étonnant, très réservé mais très efficace. Il enseigne aux infirmiers comment fabriquer une attelle avec des branches, des brindilles ou n'importe quoi d'autre… Il a récolté de nombreuses plantes dans la jungle, puis les a pilées, mélangées et a fait cuire certaines des mixtures ainsi obtenues. Grâce à lui, nous pouvons maintenant purifier l'eau des ruisseaux sans avoir recours à cette infâme teinture d'iode qui lui donnait un goût médicamenteux. Je ne me rappelle plus du nom des plantes employées, mais crois-moi quand je te dis qu'une seule cuillerée du mélange suffit à rendre potable le contenu d'une citerne entière.

En ce qui concerne le camouflage, je me débrouille assez bien. Cassiltir, notre instructeur, nous a dans un premier temps appris les principes de base : casser les lignes du visage, briser l'arête du nez en la zébrant de maquillage vert, puis effacer le tracé des sourcils et la fente des lèvres. Les Elfes ont poussé cet art au rang de perfection en utilisant des couleurs claires pour les endroits où des ombres naturelles se forment – sous les narines, la bouche et l'intérieur des orbites – et des couleurs foncées sur les parties saillantes comme le nez ou les pommettes. La clé d'un bon camouflage réside dans le choix de son emplacement ! On doit se livrer à une rigoureuse inspection du sol. Fourmilières et terriers sont à proscrire, évidemment. Ce repérage terminé, le plus dur vient ensuite : rester immobile (vraiment immobile !) en état de veille, des heures durant, jusqu'à ce que l'on nous donne un signal. Cassiltir nous recommande de faire le vide en nous, de fusionner avec la nature. Il nous assure que l'Elfe et l'homme ne sont pas fondamentalement différents. La supériorité des immortels vient du fait qu'ils utilisent 90 % de leurs capacités alors que nous nous limitons à 10 % des nôtres. D'après lui, un humain parfaitement concentré pourrait réussir à voir dans le noir, par exemple. « Nourrissez-vous de l'énergie qui sort de la terre », répète-t-il souvent. Je ne sais pas s'il s'agit d'une hallucination due à la fatigue mais, en effet, au bout de quelques heures de concentration, il m'arrive parfois de discerner ce que j'appellerais, faute de mieux, des « ondes de chaleur », des diffractions qui montent du sol en se tortillant et déforment légèrement la vision. « Un guerrier en embuscade ne doit bouger sous aucun prétexte, même si un serpent vient ramper sur lui », affirme Cassiltir. Plus facile à dire qu'à faire. L'autre jour, j'ai perdu mon sang-froid en apercevant une araignée grosse comme le poing. Elle tricotait des pattes et avançait le plus tranquillement du monde dans ma direction. J'ai bondi en poussant un cri qui a fait rire mes camarades. Quelle horrible bestiole ! Rien qu'en y repensant, j'en tremble encore. Point positif : cette mésaventure m'a donné une idée de scène que j'inclurai certainement dans mon histoire !

J'ai beaucoup de difficultés avec les disciplines relevant du combat en général, et de la lutte au corps à corps en particulier. Dieu soit loué, on n'attend pas de moi des actions de commando. D'autres s'en chargeront. Wingate a néanmoins insisté pour que je suive cette formation. Au cas où...

Mes résultats en tir à l'arc laissent également à désirer. Je n'ai jamais été un tireur doué et je me souviens que déjà, en 1916, mes performances avec un fusil désespéraient les cadres chargés de nous entraîner. La technique elfique consiste à remplir ses poumons aux trois quarts, puis on bloque la respiration et on ne bouge plus d'un pouce. Or, tu n'es pas sans l'ignorer, je suis plutôt du genre nerveux. Tendre un arc est bien plus dur qu'il n'y paraît. Les Elfes prônent des méthodes de relaxation qui ne sont pas sans rappeler celles du yoga. C'est fascinant de les voir échanger leurs connaissances avec nos auxiliaires indiens ou birmans. Ils s'apportent beaucoup mutuellement. Et nous, les soi-disant civilisés, qu'avons-nous à leur offrir en retour ? La maîtrise des machines ? Misère... Pour la première fois de ma vie, j'ai presque honte d'être Blanc...

Je te laisse car le coup de sifflet vient de retentir, ce qui veut dire que ma pause est terminée. Je t'embrasse. Embrasse les enfants de ma part et écris-moi vite !

Ronald

Bien qu'il essayât de ne pas le montrer dans ses lettres, le moral de Tolkien déclinait graduellement. Il se sentait en complet décalage avec l'atmosphère d'émulation qui électrisait le camp. La majorité des soldats appréciait les exercices physiquement exigeants. Ces derniers étaient même devenus pour eux une source de fierté. « Rien de mieux pour se décrasser le corps et l'esprit », disait Wingate, très à l'aise lui aussi, en dépit de ses quarante printemps. Il avait conscience d'être sur la bonne voie et, de ce fait, se montrait positif en toutes circonstances. Son régiment se forgeait progressivement une identité, celle d'une unité spécifique, hors du commun. Mais elle n'avait pas encore atteint le niveau d'excellence visé par son initiateur...

Les Chindits nourrissaient des sentiments ambivalents envers les Elfes. D'un côté, ils les estimaient ; de l'autre, ils jalousaient leur évidente supériorité. « Ma parole, ces types n'ont pas de sang qui coule dans les veines, mais du thé glacé ! », lança un jour un adjudant, et son sentiment résumait assez bien l'opinion générale. Les envoyés du Sylvaniel faisaient leur travail tout en maintenant une distance marquée avec les Occidentaux. Le soir, ils se regroupaient dans leur baraquement, mangeaient entre eux, puis, le repas achevé, ils priaient ou entonnaient des chants traditionnels. Lors de ces rituels, Kalir était toujours le maître de cérémonie. Il frottait ses mains dans des amas de bois calciné, puis il barbouillait de cendres la poitrine de ses congénères. Avec du pollen de maïs, il dessinait ensuite autour de chaque Elfe des cercles que l'on devinait dotés de vertus protectrices. Pour finir, les immortels s'adressaient aux étoiles et à la lune, les yeux fermés, bras levés au ciel.

Parfois, Kalir et les siens discutaient de religion ou de philosophie avec les Gurkhas. Ils semblaient particulièrement intéressés par les doctrines hindouistes.

— Pour nous, les âmes renaissent au sein de *yugas* successifs, expliquaient les adeptes de la tradition brahmanique. Les *yugas* sont des ères qui peuvent durer de plusieurs milliers à plusieurs millions d'années. Depuis l'âge d'or primitif, quatre *yugas* se sont succédé. À chaque ère nouvelle, l'être humain décline et les coutumes se relâchent. Et tout ira de mal en pis, jusqu'au jour où un cataclysme majeur délivrera nos âmes de la vie cyclique...

Ces conversations pouvaient durer jusqu'à l'aube. Pour leur part, les supplétifs étaient fascinés par l'insolente longévité des Elfes.

— N'est-ce pas ennuyeux de vivre aussi vieux ? questionna un tirailleur birman, une nuit où brillait dans le ciel une lune d'argent à demi pleine.

— On ne s'ennuie que lorsque l'on n'attend plus rien de l'existence, répondit Kalir. Alors la mort vient nous chercher, tout naturellement.

Pour les Elfes, le temps physique n'existait pas. Il n'était qu'une extension de leur perception des choses et des êtres. Le besoin de découper le vécu en une succession d'instants reflétait bien l'impatience des humains. Ces derniers voulaient domestiquer le temps comme ils avaient domestiqué la nature.

— Pour les humains, disait Kalir, le tonnerre n'est plus la voix des dieux et les rivières n'abritent plus d'esprits. Les pierres, les arbres, les plantes ne vous parlent plus…

Les Anglais se sentaient complètement exclus de ces conversations. Des remarques telles que « Faut croire qu'on n'est pas assez bien pour eux » ou « Pourquoi est-ce qu'ils nous snobent ? » revenaient fréquemment dans la bouche des soldats. Le major Foster déplorait ce clivage.

— Sur le terrain, on doit avoir une totale confiance dans ses équipiers, disait-il, en privé. Sans cohésion, la meilleure unité est condamnée à l'échec.

Face à ces craintes, la réponse de Wingate était pleine de fatalisme.

— On ne peut pas forcer les Elfes à nous aimer… Le principal est qu'ils assurent notre formation et de ce côté, on n'a rien à leur reprocher.

En quelques semaines, les Chindits se familiarisèrent avec les armes et les techniques du Sylvaniel. Ils admiraient tout particulièrement les poignards elfiques, avec leur manche conçu de façon à assurer la meilleure prise possible et leur lame effilée, assez longue pour parer un assaut au sabre. Les Elfes avaient développé un style de combat unique en son genre et fort gracieux, qui ressemblait presque à de la danse, privilégiant la fluidité des mouvements à la puissance. La langueur des gestes était trompeuse et avait pour but de déstabiliser l'adversaire. En matière de défense, l'astuce consistait à fléchir le bras armé, le tranchant orienté vers le haut, la pointe à peine relevée, dans l'amorce d'un geste ascendant qui, à la moindre poussée, se transformerait en éventrement. Ainsi, lors d'une ruée, la force même de l'ennemi jouait contre lui.

L'arc était avant tout une affaire de concentration. Calibrées au millimètre près, les armes fabriquées par les artisans du Sylvaniel ne connaissaient aucun problème de dérive. Leur bois paraissait à la fois souple et rigide. À la décoche, les branches se détendaient d'un coup, sans vibrer. D'une longueur de vingt-neuf pouces, peintes en vert et noir, avec un empennage hélicoïdal, leurs flèches étaient quotidiennement aiguisées sur une meule spécialement conçue à cet effet. On laissait un léger morfil sur les pointes, coquetterie garante, d'après les instructeurs, d'une pénétration optimum. Ces flèches mortelles partaient en douceur, presque paresseusement, en émettant un bruit de déchirement suave, puis elles accéléraient comme si on les avait dotées d'un réacteur à retardement. L'effet produit était saisissant. Un rectangle vertical creusé dans la partie centrale de l'arc faisait office de visée. Il fallait enfermer la cible dans cette petite fenêtre, ce tunnel en forme de I, et surtout rester immobile, le talon de la flèche coincé entre l'index et le pouce.

— Vous devez recréer la cible mentalement, expliquait Alerius, le maître archer. En fermant les yeux, vous devez pouvoir forger l'image de l'ennemi dans votre esprit. Rien n'existe en dehors de vous et du contenu de ce rectangle.

Bien raide, le dos élargi, figé comme un roc en dépit de l'effort produit par les bras, l'Elfe parvenait à maintenir sa visée durant de longues, très longues minutes. Les humains qui essayaient de l'imiter craquaient au bout de vingt secondes ; trente pour les plus aguerris. Il était extrêmement difficile de résister à la tentation de tout lâcher pour se soustraire à la terrible crispation qui vous tiraillait les muscles.

Des méthodes de tir plus instinctives étaient également au programme. L'une d'elles consistait à encocher deux flèches simultanément et à essayer d'atteindre deux cibles espacées de 60°. Une autre technique, baptisée tir rapide, permettait d'expulser les projectiles quasiment sans interruption, la main droite faisant des va-et-vient constants du carquois à l'arc. Un Elfe du niveau d'Alerius pouvait maintenir une cadence d'un tir à la seconde aussi longtemps qu'il était approvisionné en flèches !

Dans un premier temps, les Chindits s'entraînèrent sur cibles fixes, puis Wingate fit installer un système de détente qui libérait des dizaines de ballons à la fois. Les Elfes détruisaient généralement toutes ces cibles volantes avant qu'elles ne dépassent le faîte des arbres. Les simples soldats, eux, laissaient la moitié des ballons filer vers les nuages.

Tolkien et Cealendar étaient sans conteste les plus mauvais tireurs du régiment. Le demi-Elfe tremblait dès que ses bras étaient ramenés à l'horizontale, parallèles au sol. L'écrivain arrivait à peine à bander son arc.

C'est à l'issue de l'une de ces séances que Tolkien, découragé d'avoir une fois de plus manqué son tir, se décida à interroger Kalir.

— Puis-je vous parler ?

— Bien sûr, professeur.

— En tête à tête ?

— Suivez-moi.

Ils s'assirent à l'ombre moirée d'un grand arbre. Tolkien redoutait de brusquer les immortels, mais sa patience était à bout.

— Je dois savoir, dit-il de manière abrupte. Pourquoi moi ?

Le chef des Elfes le regarda d'un air impénétrable.

— Nous aurons besoin de vous, dans les grottes.

— Les grottes ? Quelles grottes ?!

— Tout ce que je sais, c'est que nous aurons besoin de vous à cet instant, quand la terre nous avalera...

— Besoin de moi ? Moi qui arrive à peine à bander un arc ? Moi qui pourrais être le père de la plupart des Chindits ?

— La prophétie est extrêmement vague à ce sujet. Je ne peux rien vous dire de plus, professeur. Croyez bien que j'en suis désolé.

Tolkien retourna à l'exercice en traînant des pieds. Plus que jamais, des questions sans réponse torturaient son âme. Il se sentait incapable de s'adapter aux événements. Deux jours plus tard, il partit seul en reconnaissance, « pour réfléchir », avait-il dit à Brody. Le général n'était pas informé de cette escapade qu'il aurait sans aucun doute désapprouvée. Comme d'habitude, il pleuvait. Le vent tiède apportait une odeur de moisissure et de champignons. Un sac sur le dos, Tolkien poussa jusqu'à la frontière entre la jungle superficielle et la jungle primaire. L'eau ruisselait des troncs, transformant en rigoles les sillons de chaque écorce. Les gouttes finissaient par créer des flaques au creux de feuilles incurvées qui, une fois alourdies, inclinaient leur tige pour libérer de petites cascades sur des feuilles plus basses, et ainsi de suite, dans un mouvement de clepsydre universel. Tolkien fit halte devant la muraille de végétation entrelacée. Feuillages, rameaux et guirlandes de lianes formaient un méli-mélo dégoulinant. L'écrivain retint son souffle, le cœur soudain compressé. Il essayait de discerner un message intelligible dans le chœur confus de la nature. Un oiseau poussa un cri étrange, presque moqueur. Des petits singes bavards piaillaient. Le ploc-ploc de la pluie évoquait un fourmillement de douces percussions. Tolkien fouilla des yeux les buissons. Il avait le sentiment étrange que la jungle lui tendait un miroir.

« Toutes ces choses qui grouillent dans l'ombre, c'est donc moi ? »

On devinait, tapi bien au-delà de ce rempart vert, un mystère en attente, une vérité profonde, un appel.

Tolkien songea alors à l'avertissement de Dante : « Que celui qui entre ici abandonne tout espoir... »

Il fit demi-tour et revint au camp, son treillis imbibé de pluie et de transpiration froide.

Le lendemain, il tomba malade.

On crut d'abord à une attaque de malaria ou de paludisme, mais la fièvre n'était pas très virulente. Tolkien avait des haut-le-cœur, des crampes d'estomac, ainsi que des vertiges. Il se sentait accablé par une impression de fatigue écrasante, comme si son organisme – qui avait jusqu'ici plutôt bien résisté aux rigueurs de l'entraînement et du climat – choisissait, vaincu, d'abaisser sa garde. Le médecin du régiment conclut à une intoxication alimentaire. Pour plus de sûreté, il lui fit une piqûre abominablement douloureuse puis il l'admit à l'hôpital, un baraquement en préfabriqué situé à l'écart des autres.

Dans cette longue salle étroite, où rien ne bougeait, le temps paraissait s'écouler goutte à goutte, pareil au plasma contenu dans des poches transparentes qui évoquaient de grosses méduses molles. On n'entendait que le bourdonnement des mouches, les gémissements des malades et le souffle régulier de ceux qui dormaient. Le major Brody passait aussi souvent que possible s'asseoir au chevet de Tolkien. Celui-ci avait du mal à trouver une position satisfaisante. Il s'agitait et transpirait beaucoup. Parfois, il semblait perdre pied et divaguait. Il délirait dans son sommeil, parlant d'Orques, de Balrog. « Ils arrivent ! » lançait-il, au comble de l'agitation, avant de se réveiller en griffant le voile de tulle censé le protéger des insectes.

— Tout va bien, Ronald, disait Brody. C'est un cauchemar, rien de plus...

Il avait proposé au professeur de l'aider à continuer son livre. Il était prêt à écrire sous sa dictée. Tolkien avait décliné l'offre, arguant qu'il se sentait trop faible pour faire fonctionner son imagination. Assurer le cheminement d'une pensée suivie lui paraissait une tâche incommensurable. Lorsqu'il fermait les yeux, aucune idée, aucune phrase harmonieuse ne se formait dans son esprit liquéfié par l'effort.

Les semaines se succédaient. L'écrivain végétait. Il se nourrissait de bouillons bus à petites cuillerées. Il avait demandé à ce qu'on le rasât tous les jours, mais les infirmières étaient débordées par les cas de palu, les insolations ou les simples membres cassés ; aussi une barbe rêche lui avait-elle envahi le menton et les joues. Ses traits étaient blafards, défaits. Lorsqu'on lui parlait, il avait l'impression d'entendre des voix lointaines et en retour, bien peu de mots sortaient de la grotte pâteuse qui lui servait de bouche.

Wingate venait lui rendre des visites très régulières. Inquiet, il fit appel au guérisseur elfique. Malheureusement, aucune potion ne parvenait à sortir Tolkien de son abattement.

— Qu'a-t-il bien pu manger pour se mettre dans un état pareil, nom d'une pipe ? pesta un jour le général, rongé par l'impuissance.

— Son mal ne vient pas du ventre, mais d'ici, déclara Harvanel en montrant son cœur.

Cette dépression n'était pas la première vécue par Tolkien. Bien que d'un naturel plutôt gai, il plongeait parfois dans de grandes phases de détresse morale. Le côté sombre de sa personnalité avait surgi le jour où, encore enfant, il avait perdu sa mère. Depuis ce deuil, une impression d'insécurité constante le taraudait. Rien n'était jamais acquis. On apparente trop souvent la mélancolie à une nostalgie douce-amère, un regret des jours enfuis. C'est là une mélancolie « de surface ». Celle de Tolkien était beaucoup plus enracinée, à la fois lascive et carnassière, comme une méchante fièvre.

Un matin, il demanda à voir un prêtre.

— Allons, Ronald ! le gronda Brody. Votre cas n'est pas si désespéré qu'il faille vous administrer les derniers sacrements.

— Il ne s'agit pas de cela, le détrompa Tolkien. Je veux simplement me confesser...

Un moine officiait justement dans une mission franciscaine construite entre Saugor et le camp. Wingate envoya une patrouille et quelques heures plus tard, le père Francis fit son apparition. C'était un homme de forte corpulence, à la barbe blanche et bouclée, une espèce de C.S. Lewis – plus vieux de quelques années que l'ami de Tolkien – qui aurait porté la soutane. Il avait un visage calme, avec une peau légèrement jaune.

— Que puis-je pour vous, mon fils ? questionna-t-il en s'asseyant sur un tabouret qui grinça, gémit, mais par miracle, résista à sa charge.

Tolkien déglutit :

— Bénissez-moi, mon père, parce que j'ai péché.

— Racontez-moi...

Le père Francis prit les mains de Tolkien dans les siennes, grosses et calleuses. Des mains de travailleur.

— J'ai peur, murmura l'écrivain.

— De quoi, mon fils ?

— Le... le chaos (il ferma les yeux, comme pour se concentrer). Quel dessein peut-il y avoir derrière la guerre, derrière ces souffrances accumulées ? J'ai peur que tout ceci ne soit rien d'autre que le fruit du hasard, du vide, du néant... Si Dieu n'existe pas, le malheur n'aura jamais de contrepartie, ni de rachat. Et cette pensée m'est insupportable... Des centaines de milliers de jeunes gens sont morts. D'autres encore vont mourir bientôt... Sans parler des femmes et des enfants qui croulent sous les bombes. Pourquoi tout cela ? (Il rouvrit les yeux.) Et pourquoi avoir conduit mes pas ici, où je ne suis bon à rien d'autre qu'à gémir et me morfondre ?

Le regard de Tolkien était bizarre, et ses pupilles trop brillantes, comme s'il voyait quelqu'un d'autre à la place du père Francis.

— Nous sommes en droit de nous poser ces questions, déclara celui-ci. Mais ce n'est pas à nous, serviteurs du Seigneur, d'y apporter une réponse...

— Il arrive un moment où le doute est trop fort !

Tolkien s'était mis à transpirer à grosses gouttes. Il détourna le visage.

— Le doute est naturel, sourit tristement le prêtre. (Il s'interrompit pour tousser.) N'oubliez pas que, sur la croix, le Christ a crié : « Père, pourquoi m'as-tu abandonné ? » Si Jésus a connu pareil déchirement, pourquoi un simple mortel en serait-il vacciné ? Au bout du compte, seule importe la volonté de Dieu.

— Qui dit « volonté » dit objectifs ! Vers quoi peuvent bien tendre toutes ces tragédies ? Je ne vois nulle volonté omnisciente là-dedans. Juste... le chaos.

— Seuls les enfants de nos enfants auront la réponse, au jour du jugement dernier. En attendant, il est de notre devoir de faire de notre mieux, à notre époque, avec les moyens qui nous appartiennent... Et maintenant, priez avec moi, mon fils, si vous le voulez bien.

10

Vie et création fonctionnent selon le principe des vases communicants. La chose peut déconcerter de prime abord, mais elle n'est pas dénuée d'une certaine logique. Quand tout va bien, l'imaginaire est un parasite qui puise son énergie dans la réalité quotidienne. Quand tout va mal, les rôles s'inversent, et c'est à l'intérieur de soi qu'on ira chercher la force de rebondir. Il n'est donc pas inexact de dire que Frodon ressuscita Tolkien au moins autant que l'écrivain redonna vie à son personnage.

Le déclic se présenta sous la forme d'une vieille machine à écrire portative.

— Je l'ai dénichée à l'intendance, déclara fièrement Brody. Ils allaient la jeter. Le ruban bave un peu et la touche « f » laisse à désirer mais, à part cela, je crois qu'elle ne fonctionne pas trop mal.

Tolkien considéra la chose avec une appréhension dégoûtée.

— Je ne sais pas si… commença-t-il.

Brody l'arrêta net :

— Pas de jérémiades. Je veux lire la suite de votre histoire. À vous de jouer.

Et il posa la machine sur la table de nuit du convalescent, là où son manuscrit prenait la poussière depuis déjà plusieurs semaines.

— Je vais vous trouver une ramette de papier, sourit Brody. Ainsi, vous n'aurez plus aucune excuse pour ne pas continuer.

Il prit congé pendant que l'écrivain ronchonnait quelque chose en couvant du regard le cadeau empoisonné. Reprendre son ouvrage lui paraissait aussi suicidaire que de se lancer dans une traversée de l'Atlantique à la nage.

Durant quelques jours, rien de concret ne se produisit. Les feuilles vierges lançaient des appels télépathiques puissants à Tolkien, mais celui-ci restait stoïque. Du moins, en apparence. Intérieurement, quelque chose s'éveillait, comme un bourgeon bravant les dernières gelées. D'abord timide, l'envie devint un besoin, puis une impérieuse nécessité.

En premier lieu, Tolkien relut son texte, et de nombreuses incohérences lui sautèrent aux yeux. La lune, notamment, se levait et se couchait à des endroits logiquement impossibles. Le nez dans la cartographie de la Terre du Milieu, esquissée par son fils Christopher, l'écrivain annota les passages litigieux en vue de futures corrections. Puis vint le moment angoissant, sans cesse repoussé, où il allait devoir prolonger son récit.

Datée du 10 novembre 1942, une lettre adressée à sa femme s'achève ainsi :

> « *L'avantage de ma situation est que je me sens dans le même état d'esprit que mon héros : tout petit, misérable, écrasé par la tâche qui m'incombe. Et pourtant il faut avancer… Que faire d'autre ?* »

Alors Tolkien avança. Il avait conscience d'être parvenu à un point charnière de son existence. Il devait se jeter à l'eau – une eau glacée, effrayante, dans la laquelle glissaient des formes sombres – et c'est bien connu, l'instant le plus difficile est toujours celui qui précède le grand saut.

Ses premiers essais furent laborieux ; douloureux même. La trop longue période d'apathie avait grippé les articulations de sa pensée. Les mots sortaient de manière rétive et la petite machine à écrire posée sur ses cuisses semblait peser des tonnes. Puis, lentement, cela revint. Les moments d'exaltation furent d'abord aussi rares que les pépites découvertes par le prospecteur, mais le rythme était pris. Au bout d'un mois, l'infirmière devait presque le forcer à s'interrompre, car il n'écrivait jamais mieux que la nuit, et la lumière de sa lampe gênait le sommeil des autres convalescents.

Quand Tolkien se décourageait, son ami Brody l'assurait qu'il fournissait du bon travail et que lui-même brûlait d'envie de connaître les chapitres suivants. Cealendar, qui avait lu entre-temps les livres I et II, abondait aussi en ce sens. Il aimait les personnages, l'univers, et se sentait particulièrement touché par l'amour impossible unissant Aragorn à Arwhen.

— Cette partie de l'intrigue est dérivée d'un autre récit inclus dans ma mythologie, lui raconta Tolkien un soir de confidences. Un long poème cher à mon cœur qui s'appelle *La Geste de Beren et Luthien*...

— J'adorerais lire ça.

— Le manuscrit est chez moi, en Angleterre, malheureusement...

L'engouement du demi-Elfe semblait sincère.

Cependant, en dépit du soutien de ses fervents supporters, l'écrivain doutait.

Était-il en train de créer l'une de ces histoires qui « importent vraiment », celles qui « restent en mémoire » ? Dans le même temps, il se livra à une sorte d'examen de conscience : à quoi bon écrire des aventures où les héros vont jusqu'au bout si l'on est soi-même incapable de suivre leur exemple ? Des correspondances entre son trajet personnel et celui de ses Hobbits lui apparaissaient chaque jour davantage. Aussi, ce fut les larmes aux yeux qu'il tapa :

> « *J'ai l'ordre d'aller au pays de Mordor, et par conséquent j'irai, dit Frodon. S'il n'y a qu'un seul chemin, il me faut l'emprunter. Advienne que pourra.* »

Le 16 décembre, il se leva, fit sa toilette, se vêtit puis se rendit au mess des officiers où sa présence jeta d'abord un froid. Ses yeux étaient cernés. Ses jambes maigres comme des brindilles dépassaient de son short trop grand. Inspirant profondément, il lança :

— Messieurs, je suis à nouveau des vôtres !

L'étonnement dissipé, l'écrivain fut chaleureusement accueilli. Wingate le félicita pour cette spectaculaire reprise en main. Une succession de tapes dans le dos et d'encouragements virils scellèrent ce grand retour.

— Où sont passés Foster, Brody et Cealendar ? demanda Tolkien.

D'habitude, à l'heure du déjeuner, il y avait foule au mess. Or, ce jour-là, Wingate n'était accompagné que d'une poignée d'officiers subalternes.

— Ils sont dans la jungle, annonça le général. Partis pour une journée d'entraînement grandeur nature.

— C'est-à-dire ?

— Une idée de Foster. On l'a baptisée « Opération Shakedown ». Nos gars doivent récupérer un parachutage et échapper aux paras de la 6e brigade, des durs, des tatoués, de vrais « nuques de cuir ».

— Les paras jouent le rôle des Japonais ?

— Tout à fait. On espère que ce test va resserrer les liens entre les Elfes et nos hommes.

Wingate raconta que malgré ses efforts, la délégation du Sylvaniel continuait de faire bande à part.

— Vous ne les changerez pas, lui dit Tolkien. Les Elfes sont faits ainsi…

En fin d'après-midi, les soldats revinrent au camp. Il y avait une quantité équivalente d'éclopés dans les deux groupes. Brody et Cealendar portaient un bandage noué autour du crâne. L'œil gauche de Foster était poché.

— Le largage a été effectué à l'heure prévue, mais les paras nous sont tombés dessus juste après, expliqua l'Américain. On a dû se disperser. La plupart des hommes qui n'étaient pas avec les Elfes se sont perdus au retour. On a encore pas mal de progrès à faire en orientation…

Au niveau des prises, les Chindits et la 6e brigade étaient à égalité avec dix-sept captifs dans chaque camp.

— La première tournée est pour nous, lâcha le major Coburn, qui commandait les paras d'une poigne d'airain.

En moins d'une heure, les soldats firent main basse sur l'intégralité des réserves d'alcool stockées dans les cuisines et des chants joyeux ne tardèrent pas à résonner entre les baraquements.

— Au moins, il semblerait que votre manœuvre de fraternisation soit un franc succès, Foster, déclara Wingate dès le début des festivités.

Mais le major n'avait pas l'air convaincu.

— Pas vraiment, maugréa-t-il. Regardez Kalir et ses semblables…

En effet, alors que les Chindits et les hommes de la 6e brigade commençaient à rouler sous les tables, bras dessus bras dessous, les Elfes se maintenaient à l'écart, ne daignant goûter que du bout des lèvres les différentes boissons qu'on leur proposait. Comme à leur habitude, ils échangeaient des messes basses et dardaient un regard évaluateur, un brin intrigué, sur les débordements humains. Un para essaya d'entraîner Kalir dans un concours de bras de fer, mais le fils de Fantilir déclina l'offre.

— Ce n'est pas encore ce soir qu'on parviendra à les dérider, ceux-là, soupira Foster, désabusé.

Chauffé par l'alcool, il apostropha Kalir :

— Pourquoi êtes-vous comme ça ?

— Comment ?

— Aussi distants.

Le guerrier du Sylvaniel réfléchit un instant avant de répondre :

— C'est pour ne pas être tristes le jour où vous vous ferez tuer.

Devant la mine interdite de son interlocuteur, l'Elfe ajouta :

— Je plaisante.

La noble délégation salua ses hôtes et retourna dans ses quartiers.

Foster se tourna vers Cealendar :

— C'est ça, l'humour elfique ?

Le métis était déjà ivre mort. Il se contenta de hausser les épaules et partit se resservir à boire.

Foster prit Wingate à part.

— Vous avez remarqué que le demi-Elfe a un… problème avec l'alcool ?

— Ce soir, tout le monde a un « problème avec l'alcool », major.

— Je ne parle pas spécialement de ce soir. Il boit en cachette.

— Vous en êtes sûr ?

Foster acquiesça.

— Cealendar est un civil, américain qui plus est, soupira le général. Il n'a pas d'ordres à recevoir de moi… Mais j'essaierai quand même d'avoir un entretien avec lui.

Il convoqua le métis dans son bureau dès le lendemain. Ce dernier était d'aplomb sur ses jambes mais avait une mine de déterré.

— Je m'inquiète pour vous, monsieur Cealendar, commença le général.

— Pourquoi cela ? rétorqua le demi-Elfe, sur la défensive.

— Êtes-vous en parfaite condition physique ? La mission qui vous attend réclamera une vigilance de tous les instants et…

— Où voulez-vous en venir ?

— Pas d'alcool durant l'expédition. Pas une goutte, vous m'entendez ?

Cealendar accusa le coup.

— Je comprends, dit-il alors qu'un relent de honte nauséeux lui ramonait la gorge.

— J'ai votre parole ?

— Vous l'avez.

Quelque part dans son ventre, la bête-qui-a-soif ricanait comme une hyène.

— Très bien, conclut Wingate. Vous pouvez disposer.

11

Saugor, le 22 décembre 1942

Edith chérie,

Mon état de santé s'améliore (je me remplume), et le moral aussi, même si ce dernier connaît toujours des hauts et des bas. La perspective de passer le prochain Noël loin de vous me serre le cœur. Quand serons-nous à nouveau réunis ? L'absence est une douleur physique. Je suis sûr que tu vis cela de la même manière que moi... Je prie pour que l'année prochaine, à la même période, nous soyons enfin tous ensemble, avec les enfants.

Ici, le jour J, celui du grand départ, approche. Bien sûr, je ne peux t'en dire davantage car notre mission est classée « top secret ». Ne t'inquiète pas trop cependant, car lors du dernier briefing, le général Wingate s'est montré fort clair : « Votre objectif n'est pas de vaincre l'armée japonaise à vous tout seuls, a-t-il dit. Donc, pas de zèle. En cas de pépin, décrochez ! » Anecdote amusante : les vétérinaires du camp avaient reçu l'ordre de trancher les cordes vocales des mulets chargés de convoyer notre équipement, mais l'Elfe Halimath (celui qui parle aux animaux) s'y est formellement opposé, garantissant que les bêtes ne trahiraient pas notre présence. Après d'âpres négociations, il a obtenu gain de cause.

Aucun courrier ne pourra être envoyé dans les semaines qui viennent, aussi ne t'étonne pas de mon silence. J'essaierai de tenir le journal de notre marche et je t'enverrai mes carnets dès notre retour aux Indes (à la fin du printemps, vraisemblablement).

Je t'aime et pense très fort à toi, ma chérie. J'ai écrit à Michael et Christopher. Embrasse Prisca pour moi.

Ton affectionné,

R.

Baptisée « Mercury », la mission planifiée par Wingate était en fait beaucoup plus périlleuse que ce que Tolkien laissait entendre. Il s'agissait d'une infiltration en profondeur – quatre cents kilomètres derrière les lignes ennemies ! – opérée, dans un premier temps, en petits groupes. Les deux pelotons sélectionnés pour ce raid préliminaire seraient commandés par les majors Foster et Brody. Les six Elfes devaient se répartir de manière équitable dans ces deux groupes. Wingate interviendrait plus tard, avec le gros de son régiment. Ses supérieurs attendaient de voir les premiers résultats pour risquer des milliers d'hommes dans des opérations de grande envergure. Outre l'équipement individuel, chaque peloton transporterait à dos de mulet une radio, un mortier de trois pouces et deux mitrailleuses lourdes, ainsi que le nécessaire médical. L'objectif du commando était la voie ferrée nord-sud reliant Myitkyina à Mandalay, celle qui ravitaillait la 18e division japonaise. Wingate misait à fond sur l'effet de surprise. D'après ses renseignements, les hommes de Kawabe braquaient toute leur attention vers la Chine, soit à l'exact opposé de l'endroit par lequel les Chindis souhaitaient pénétrer en Birmanie. Les points sensibles du réseau ferré – gorges, ponts, goulets d'étranglement – avaient été repérés avec soin.

On fêta Noël la veille du départ. S'adressant tout particulièrement aux hommes de son avant-garde, Wingate prononça pour l'occasion un de ces discours dont il avait le secret :

— Mes amis, j'aimerais ouvrir le bal en votre compagnie, mais ces messieurs de l'état-major en ont décidé autrement... Inutile de vous répéter l'importance de votre mission, vous la connaissez aussi bien que moi. Votre succès sera la meilleure preuve de la supériorité de nos méthodes. Aussi je compte sur vous : Anglais, Birmans, Gurkhas... Elfes. Tous unis contre l'ennemi commun ! Vous avez déjà accompli beaucoup et vous allez accomplir plus encore, j'en suis persuadé. Laissez-moi d'ores et déjà, en ce soir de réveillon, vous dire à quel point je suis fier de vous. Je n'ai aucune crainte quant à votre détermination. Aucune crainte quant à la vaillance qui, une fois la bataille commencée, vous animera.

Tolkien applaudit, comme tout le monde, même si, au fond de lui-même, il était loin d'éprouver une assurance aussi ferme que celle prônée par le général. Il avait repris des forces, mais pourrait-il suivre le rythme ?

Le père Francis célébra une messe de minuit dans la cour d'entraînement. Il y eut pas mal de monde pour assister à la cérémonie religieuse, ce soir-là. Les hommes priaient avec ferveur, et Tolkien peut-être plus que les autres, car il était hanté comme jamais par ses doutes, ses incertitudes…

— Rassemblement !

Les soldats s'alignèrent sur deux rangs, dans la lumière terne du petit matin. Le ciel était bas, menaçant, et le sommet de la montagne la plus proche disparaissait dans ce plafond gris. Accompagnés de Wingate, les majors Brody et Foster firent la nécessaire revue de paquetage : gourde, rations, cuillère, tablettes de sel contre la transpiration, pansements individuels, pelle de campagne… Leurs hommes portaient des ponchos taillés dans un tissu kaki qui ne se découd pas. La chemise réglementaire était à col ouvert. On avait resserré les chaussettes à la hauteur des chevilles, dans les pantalons bouffants, histoire de décourager les bestioles rampantes. Côté armement individuel, il y en avait pour tous les goûts : machettes, couteaux – à la ceinture ou pendus au sac –, fusils *Springfield* à culasse mobile, pistolets automatiques 11 mm, grenades, baïonnettes, etc. Les deux mitrailleuses lourdes assignées à chaque peloton étaient démontées. Un Chindit portait le trépied, un autre le canon. On avait déjà chargé les munitions contenues dans de lourdes caisses de métal sur les mulets.

L'inspection terminée, Wingate s'adressa aux hommes :

— On vous a préparé un copieux petit déjeuner. Profitez-en, car vous n'aurez pas l'occasion de faire bombance avant longtemps !

Sous les « hourras » de l'assistance, les cuistots amenèrent des bassines remplies d'ananas, de haricots, de bœuf en lanières, de gâteaux de riz, ainsi que des pots de confiture et de café.

— Un festin de roi, lâcha Brody.

Tolkien ne put s'empêcher de grimacer.

— Hum, on peut aussi voir ça comme le dernier repas du condamné...

Les humains se goinfraient autant qu'ils pouvaient. Les Elfes piochèrent avec parcimonie dans les fruits servis.

Le départ s'effectua sans tambours ni trompettes, une bonne heure plus tard. Les guerriers repus marchèrent jusqu'à la ville de Saugor, puis montèrent dans le train qui devait les mener aux frontières orientales du pays. Wingate salua le commando une dernière fois sur le quai de la gare, en agitant son stick. Il paraissait plus ému qu'il ne voulait bien le montrer. Au coup de sifflet, la grande chenille de métal s'ébranla.

— Nous voilà partis, soupira Tolkien en se laissant tomber sur son siège. J'ai du mal à y croire.

— Ne vous inquiétez pas, professeur, sourit Foster. Je suis sûr que ça va bien se passer.

Tolkien essaya de lui rendre son sourire, y parvint presque, puis sortit de son barda un carnet de cuir fermé par un élastique.

— La suite de votre roman ? demanda Brody.

— Non, je songeais plutôt à tenir un journal de campagne. Un souvenir, pour ma femme et mes enfants.

— Je comprends. Nous allons vivre une aventure peu banale.

Tolkien essaya d'écrire les premières lignes, mais les cahots du train rendaient sa tâche malaisée. Il rangea carnet et stylo, puis se carra dans son dossier, la visière du chapeau de brousse rabattue sur le visage.

— Réveillez-moi quand nous serons en vue des monts Naga, dit-il.

Au bout de quelques minutes, il sombra dans un profond sommeil.

12

Après seize cents kilomètres en chemin de fer, le commando entama à pied la longue approche vers le plateau d'Imphal, leur porte d'entrée en Birmanie.

> « *Nous marchons la nuit et dormons le jour,* relata Tolkien dans son journal, *car l'unique piste qui grimpe vers la frontière est trop étroite pour accueillir véhicules ET soldats ! Les bulldozers du génie ont grossièrement fait le travail. On les voit encore s'activer parfois. Leurs tuyaux d'échappement crachent un gaz particulièrement nauséabond, fruit du piètre carburant disponible dans ces oubliettes du monde. La boue nous ralentit beaucoup. Notre vitesse n'excède pas vingt kilomètres par jour (par nuit, devrais-je dire). Les bruits de pas réguliers nous bercent. Il m'est arrivé plusieurs fois de dormir en marchant alors que nous progressions épaule contre épaule. Je doute que notre prochaine entrée dans la jungle améliore ce rythme laborieux…* »

L'écrivain s'interrompait quand des gouttes ponctuelles éclataient sur ses mots, diluant l'encre à peine sèche. Il essuyait aussitôt le papier avec son mouchoir. Très vite, cependant, les pages du carnet se couvrirent d'auréoles bleuâtres.

Lors des pauses, les Chindits dialoguaient à la lueur des feux qui formaient de timides oasis d'humanité dans la nuit. Des confidences s'échangeaient à voix basse, et les campements successifs baignaient dans une même atmosphère de fraternité paisible. On partageait tout : la nourriture, l'eau, les clopes et même l'alcool que des petits malins avaient réussi à emporter en douce. Les fonds de whisky étaient versés dans le bidon réglementaire, puis on secouait le tout pour bien mélanger. Cealendar avait sa réserve personnelle : deux bouteilles dérobées au mess la veille du départ. Il se rationnait, mais la bête-qui-a-soif le titillait en permanence. Quand l'envie était trop forte, il faisait semblant de se gargariser avec un grand flacon de bain de bouche rempli de gin pur.

Les amateurs de cigarettes protégeaient leur précieux trésor dans de petites boîtes en fer-blanc. Rouler un papier en pleine averse était un exercice délicat, mais les hommes avaient appris à se perfectionner, la pratique aidant. Voûtés, la tête rentrée dans les épaules, ils prolongeaient la gouttière naturelle de leur chapeau avec le dos de la main. Fumer était encore permis, tant que l'on avançait en territoire allié. Tolkien restait fidèle à sa bonne vieille pipe. Il discutait littérature ou poésie, avec Brody et Cealendar. Il appréciait ce dernier de plus en plus.

Un soir que l'écrivain semblait particulièrement songeur, Cealendar lui demanda :

— À quoi pensez-vous, professeur ?

— Je ne pense à rien, répondit celui-ci. J'évoque de vieux souvenirs. Ma jeunesse… Sarehole, le village où j'ai grandi.

Le demi-Elfe approuva, pensif, lui aussi.

— Cela doit être agréable d'avoir un chez-soi, dit-il en buvant le contenu de sa flasque à petites gorgées. Des racines…

— Où avez-vous passé votre enfance ? Au Sylvaniel ?

— Non. J'ai été trimbalé de famille d'accueil en famille d'accueil…

Cealendar s'interrompit puis, conscient qu'il en avait révélé trop ou pas assez, il continua :

— Ma mère a été violée par une « tunique bleue », au siècle dernier. Elle m'a abandonné en bordure de la forêt. J'étais une honte à ses yeux. Une souillure. Des humains m'ont recueilli… Je ne suis revenu au Sylvaniel qu'une fois adulte.

Sa voix était lente, précautionneuse dans son phrasé autant que dans le choix des mots employés. Sa bouche exhalait l'odeur d'un tonneau d'eau-de-vie dont on a enlevé la bonde.

Muselé par sa pudeur naturelle, Tolkien hésitait à poser d'autres questions. Ce fut Brody qui rompit le silence.

— En tant que demi-Elfe, vous arrive-t-il de rêver ? Comme nous autres les humains, j'entends.

Cealendar secoua la tête :

— Non. Je ne dors pas vraiment. J'entre en transe.

— Alors vous ne faites jamais de cauchemars ?

— Quand je revis des moments difficiles de mon existence, on peut dire que cela s'apparente à des cauchemars... Et j'ai mon lot de souvenirs douloureux, comme tout le monde.

Tolkien cracha un rond de fumée puis déclara :

— Moi, je fais un rêve terrible depuis ma plus tendre enfance : celui d'une vague géante qui gonfle à l'horizon et se rapproche des côtes pour tout engloutir. J'en ai des frissons à chaque fois.

— Effrayant, concéda Brody. Mes cauchemars sont plus terre à terre : je m'imagine sur les bancs de l'école, en train de repasser encore et encore le même sempiternel examen !

Tolkien et ses deux amis allaient rire de bon cœur quand une pétarade d'artillerie éclata ! Tous les Chindits se levèrent en même temps, le visage tourné vers l'est.

— L'aviation jap attaque l'un de nos postes frontaliers, lâcha Brody.

Le ciel noir était illuminé d'éclairs sporadiques. Au sol, les lueurs d'un incendie – un dépôt de munitions touché ? – rougeoyaient. L'aboiement bref des défenses antiaériennes répondait au fracas des bombes larguées. Les obus de 155 décrivaient des arcs immenses sur fond de firmament étoilé. Les Elfes semblaient très intéressés. C'était la première fois qu'ils assistaient à ce type de combats.

Tolkien avait les mains moites. Il éteignit sa pipe, par réflexe, comme si la minuscule braise du foyer pouvait attirer sur eux les foudres des cieux.

Un avion touché se transforma en brandon de feu.

— Ouais ! rugirent quelques hommes, avec le même enthousiasme qu'à un match.

La comète habitée s'échoua quelque part dans la jungle où elle fit éclore un gros champignon jaune vif.

Puis l'étrange feu d'artifice s'arrêta, ses pulsations lumineuses s'espaçant comme les battements d'un cœur qui ralentit jusqu'à l'inéluctable fin. Le dernier coup de canon tiré, l'obscurité reprit ses droits. Les Chindits revinrent à leurs places, commentant à mi-voix l'événement.

— Voilà donc à quoi ressemble la guerre des hommes, murmura Kalir. Un déchaînement de puissances mécanisées, stupides, aveugles.

Personne n'essaya de le détromper.

Plus on approchait de la Birmanie, plus la tension augmentait.

Les nuées de moustiques locaux, aussi agressifs la nuit que le jour, ne faisaient rien pour calmer les nerfs des hommes.

Une fois, un Chindit excédé lança à Halimath :

— Vous qui parlez aux bestioles, vous pouvez pas dire à ces foutus suceurs de sang de nous oublier ?

La solution vint de Harvanel, le guérisseur. Il fabriqua des masques de boue bien plus efficaces que les crèmes et les pommades fournies par l'armée. En séchant, la boue se craquelait. Des îlots de peau vulnérable apparaissaient entre les croûtes marron, et l'on s'empressait de colmater ces brèches à la première halte venue.

Rapidement, la petite troupe aborda les contreforts de l'Imphal. La pente se raidissait de minute en minute.

Colonne d'ombres chinoises. Silhouettes de bossus cassées en deux par l'effort.

Ils atteignirent le plateau à l'issue d'une longue nuit de marche durant laquelle chacun avait lutté contre un sol qui, constamment, se dérobait sous lui. Le groupe s'arrêta aux premières lueurs du levant. La vallée du Chindwin se déployait, majestueuse, menaçante, devant l'expédition fatiguée. L'air était particulièrement transparent, gorgé d'humidité. Des formations de nuages noirs glissaient au-dessus de la jungle. Pas d'horizon. Il était clair que la panse boursouflée des cumulus peinait à retenir son contenu. Au loin, un rideau d'averse grisâtre hachurait la brume du petit matin.

— Pas très engageant, commenta Foster. Je croyais que la saison des fortes pluies était terminée ?

Brody donna un coup de coude à Tolkien :

— Voilà notre Mordor.

L'écrivain hocha la tête sans entrain, avant d'ajouter :

— Espérons qu'aucun seigneur ténébreux ne nous attende au bout du voyage.

Très vite, le bivouac s'organisa. Les Chindits se pelotonnaient dans tous les endroits qui pouvaient offrir un confort relatif : cuvettes naturelles, creux entre deux racines... Les officiers s'installèrent sous une bâche écartelée par des piquets, ce qui leur permit d'examiner leurs cartes au sec.

— Nous descendrons dans la vallée par ici, fit Brody en déplaçant son doigt vers le sud-est. Il faut éviter le village de Tamu. Ces gens sont nos amis, mais je crains qu'ils ne parviennent pas à tenir leur langue. Ensuite, on file vers le fleuve.

— Il y a des avant-postes japonais, dans la vallée ? questionna Tolkien.

— Pas tellement. C'est après le fleuve que les choses vont se corser.

Quelques mètres plus loin, une altercation éclata. Un soldat anglais avait essayé de dérober un bout de pain à Alerius, le tireur d'élite. Furieux, ce dernier agrippait le voleur par le col de sa chemise.

— Je voulais juste savoir quel goût ça a, ce machin, plaida l'homme. J'm'excuse, voilà, c'est dit... Y a pas de quoi en faire un plat !

— C'est bon, lâchez-le, grommela Foster. L'incident est clos.

Imperturbable, Alerius ne bougeait pas.

— Lâchez-le, répéta le major. On aura déjà assez à faire avec les Japs sans devoir en plus se battre entre nous !

Livide, l'Elfe quêta l'approbation de Kalir d'un regard. Celui-ci opina.

— Que cela ne se reproduise plus, dit-il aux officiers. Cette nourriture nous est très précieuse.

Chacun retourna dans son trou. On marmonna, mais les Chindits étaient trop épuisés pour épiloguer.

13 janvier 43,

La descente vers la jungle s'est révélée aussi pénible que l'ascension de la veille. La pluie a donné naissance à des torrents de boue et nous avons dû faire une chaîne humaine pour ne pas être emportés. On a perdu un temps fou à récupérer un âne parti dans une longue glissade, avec une avalanche de débris végétaux et tout son chargement sur le dos. Le pauvre animal s'est cassé une patte durant la chute. Brody était sur le point de l'achever d'une balle derrière l'oreille quand Harvanel est intervenu. Il a récité quelques formules, paupières closes, mains jointes sur la blessure et, quand il a rouvert les yeux, l'âne s'était remis sur pattes avec un braiement de gratitude !

Quelques pages plus loin :

Laisse-moi te parler de la jungle.

« Nous entrons en immersion, a glapi Foster, au seuil de la forêt vierge. Désormais, nous serons comme les U-Boats *allemands qui harcèlent les convois. Invisibles. Insaisissables ». La métaphore maritime n'est pas aussi extravagante qu'il y paraît. Je me suis même demandé pourquoi personne n'a jamais songé à utiliser des périscopes en pleine jungle. Après tout, cela serait plus facile que d'envoyer un homme grimper aux arbres !*

Nous avons pénétré dans cette cathédrale à l'atmosphère glauque et moite, remplis de l'humilité des gens conscients de leur vulnérabilité.

La jungle est un monde en soi, avec ses règles propres.

Nous progressons, chose étrange, dans une bulle de silence, en faisant le vide autour de nous à la manière d'un prédateur marin qui effraie les autres poissons. La vie animale se tait à notre approche, s'immobilise, et ne consent à reprendre ses activités qu'une fois nos pas éloignés de quelques dizaines de mètres.

La flore paraît si exubérante, si différente de ce que nous connaissons en Europe, que mes mots peinent à la décrire. Imagine une nature à la fécondité débridée où le cycle de la vie est si accéléré, que les plantes semblent naître, croître puis pourrir sous tes yeux. Nous évoluons dans ce bouillon de culture microbien, cette vie organique en perpétuelle fermentation !

Monstre d'enchevêtrement. Somptueux fouillis.

J'ai appris, pour l'occasion, à me servir d'une machette. Au début, je frappais comme une brute et m'épuisais facilement. Or, il y a une technique : seuls le pouce et les deux doigts suivants sont censés exercer une pression sur le manche. On attaque la liane à 45°, en faisant effectuer au poignet une légère torsion, puis on serre fermement avec la main entière quand la lame revient vers nous.

Tout un art. J'essaie d'utiliser le coupe-coupe le moins possible, car tu connais ma répugnance à faire du mal aux plantes. Seulement, la plupart du temps, il n'y a pas d'autre alternative. De toute façon, ici encore plus qu'ailleurs, la nature reprend ses droits à une vitesse extraordinaire.

Ce matin, nous avons trouvé la carcasse d'un tank japonais, une épave au métal oxydé qui disparaissait à moitié sous les lianes et la mousse. Je ne sais si nous, pauvres créatures humaines, nous remettrons de cette guerre totale, dévastatrice, mais je me console en me disant que le vivant (au sens large) perdurera...

Les deux pelotons arrivèrent au fleuve quelques jours plus tard.

Le Chindwin ne fut d'abord qu'un chant, une rumeur persistante qui grossissait entre les amas de feuilles. Puis, dans les derniers mètres, le bruit du courant s'imposa de manière franche, étouffant les sons de la jungle.

Le lit du fleuve n'était guère profond – trois mètres – mais la berge d'en face prenait naissance à quatre cents mètres de distance. Les flots paraissaient tumultueux. L'eau elle-même était couleur gris-vert. Opaque. Elle moussait dès qu'elle rencontrait un arbre mort ou un rocher.

Il fallut une journée entière aux équipes de construction pour mener à bien leur harassante besogne. Les Chindits coupaient, taillaient, puis reliaient les troncs sectionnés avec de solides cordes de nylon. On fit glisser les radeaux dans l'eau, à la nuit tombée, en chargeant d'abord les denrées périssables. Sans préambule, la force vive du courant s'accapara les esquifs. Les nageurs de combat avaient estimé la dérive à mille cinq cents mètres. De vigoureux coups de pagaies étaient nécessaires pour maintenir la trajectoire. Les radeaux faisaient des va-et-vient incessants d'une berge à l'autre. Cealendar reculait sans cesse le moment d'embarquer.

— J'ai un problème avec l'eau, confessa-t-il. Une sorte de... phobie.

— Pourquoi n'en avez-vous pas parlé plus tôt ? gronda Foster.

Le demi-Elfe baissa honteusement les yeux.

Quand vint son tour, il monta dans le dernier radeau. Il avait bu pour se donner du courage – une demi-flasque de gin ! – et tenait à peine sur ses jambes.

— J'ai un mauvais pressentiment, dit-il alors que l'embarcation quittait la rive.

La suite lui donna raison. Au milieu de la traversée, un arbre qui dérivait percuta son radeau et il bascula avec un grand cri. Il se retrouva la tête en bas, désorienté, chahuté en tous sens. D'instinct, il se ramassa sur lui-même. Quant sa tête creva à nouveau la surface, il aspira une grande goulée d'air. Ses vêtements alourdis adhéraient à son corps. Il essaya de ne pas paniquer, de se maintenir à flots, mais le courant l'entraînait loin des embarcations. S'étranglant à moitié, il saisit une corde surgie de nulle part. Après de longs efforts, il remonta au sec et, le temps qu'il reprenne son souffle, l'esquif avait déjà touché l'autre berge. Foster ouvrit le sac du demi-Elfe, vida le contenu de ses flasques et jeta loin dans l'eau sa dernière bouteille de gin. Cealendar encaissa l'affront sans broncher.

— Je fais ça pour votre bien, dit l'Américain. On n'a plus le droit à l'erreur, maintenant.

Le métis hocha la tête, toute honte bue, un nœud serré au creux du ventre.

De l'autre côté du fleuve, les mules donnaient du fil à retordre aux Chindits. Les animaux récalcitrants semblaient bien décidés à se tenir aussi à l'écart que possible des flots sombres. Halimath circulait d'une bête à l'autre, murmurant des paroles apaisantes au creux de leurs oreilles. Après cette délicate phase de négociations, tout se passa bien. Ânes et mulets traversèrent l'obstacle en quelques minutes. La chose était d'autant plus aisée qu'ils étaient délestés de leurs caisses pour l'occasion.

— Qu'est-ce que vous leur avez raconté ? demanda Foster.

— Je leur ai promis des pousses de bambou, répondit Halimath avec un petit sourire.

Les deux majors occupèrent la matinée suivante à réorganiser leur peloton, puis ils laissèrent aux hommes le temps de prendre un repos bien mérité.

La troupe repartit en début de soirée.

Une forêt de teck s'étendait sur la rive birmane du Chindwin. Le commando s'y engouffra silencieusement. Tolkien ne pouvait s'empêcher d'admirer la beauté des arbres qui l'entouraient. Leur tronc était droit et cylindrique, de couleur jaune pâle à bronze, en passant par le beige rougeâtre strié de noir. Supplétifs et réguliers marchaient le fusil à la bretelle, tête baissée, avec une espèce de lassitude butée, absorbés par le caractère répétitif de leurs mouvements. Les Elfes étaient partis en reconnaissance, sur ordre de Brody. Ils rejoignirent leurs compagnons à l'aube. Kalir tenait une bouteille vide dans les mains. Il la tendit à Foster, qui l'examina comme s'il s'agissait d'une précieuse relique.

— Du *Cerf Blanc*, dit-il en caressant du doigt l'étiquette.

— Qu'est-ce que cela signifie ? questionna Tolkien.

— C'est du whisky japonais. L'imitation du *White Horse* américain...

Au mot « whisky », un tison ardent réchauffa les entrailles de Cealendar. Il détourna les yeux en rougissant.

— Donc, il y a des patrouilles qui traînent dans le coin, compléta Brody. Il va falloir redoubler de prudence...

13

La forêt bien plate avait cédé la place à une jungle remplie de fondrières visqueuses, royaume des sangsues. Tolkien trouvait répugnant leur corps noir et caoutchouteux qui tiédissait dès qu'elles se gorgeaient de fluide vital. Curieusement, les Elfes n'avaient pas à subir pareils désagréments, comme si leur sang était nocif pour ces petits vampires.

— P't'être que ces bestioles ont pas envie de devenir immortelles, lança un jour un sergent, sous forme de boutade.

— Ou alors ça confirme la théorie du thé glacé dans les veines des « oreilles pointues », rétorqua un autre homme.

Malgré les efforts déployés par les deux majors, les relations entre Elfes et humains demeuraient distantes. Les plus amicaux étaient le spécialiste du camouflage et le guérisseur. Au moins ces deux-là répondaient-ils quand on leur parlait. Le dresseur restait neutre. À vrai dire, il ne s'occupait pas des humains. Seuls les animaux l'intéressaient. Kalir se montrait souvent méprisant. Quant à Alerius, il restait claquemuré dans une attitude de franche hostilité. En fait, les guerriers du Sylvaniel se mélangeaient le moins possible à la troupe. Leurs apartés avaient le don d'agacer les autres. Seuls les Chindis à la peau mate trouvaient grâce à leurs yeux. Très souvent, ils acceptaient qu'un Gurkha ou un fusilier birman les accompagnent en éclaireurs. Par contre, quand un Anglais se proposait, ils refusaient poliment, arguant que les supplétifs avaient une meilleure connaissance du terrain.

Cealendar ne parlait plus à personne, occupé à lutter contre ses propres démons. Il s'était mis à fumer. Sa main droite battait la breloque contre sa cuisse quand il marchait. La pâleur de son teint avait augmenté. La nuit, pelotonné dans son sac de couchage, il claquait des dents et ses tremblements n'étaient pas dus à une attaque de malaria ou de palu.

Trois jours après avoir quitté la forêt de teck, les Chindits découvrirent une piste digne de ce nom, taillée par des bûcherons indigènes.

— On suit la piste en parallèle, décida Brody. Progresser à découvert serait trop dangereux.

Sage décision. Au bout d'une heure de marche, les Elfes firent signe à tout le monde – trois doigts en l'air – de s'immobiliser. Tolkien retint son souffle. Il n'avait rien entendu ; du moins rien de particulier. Kalir indiqua par geste : « Couchez-vous ! » et la colonne obéit. Tolkien s'aplatit, comme les autres, le cœur battant. Il se trouvait à deux mètres de la piste. Un peu trop près à son goût. Si jamais un ennemi, pris d'une envie pressante, choisissait d'aller se soulager dans les fourrés, il serait aux premières loges.

Pendant une trentaine de secondes, il ne se passa rien. L'écrivain essayait de réguler sa respiration, comme Cassiltir le lui avait enseigné. Il inspirait à fond, puis expirait lentement, de façon à s'arrêter lorsque les deux tiers de sa cage thoracique étaient vidés. Au bout d'un moment, sa perception des êtres et des choses se modifia. De manière subtile d'abord. L'univers prenait graduellement une teinte violacée. « C'est la nuit qui tombe, se dit-il. Ou bien peut-être qu'un orage se prépare… » Mais non ; il était encore trop tôt pour que le ciel s'assombrisse et aucun grondement n'émanait des nuages. Tolkien redoubla de concentration. Une onde de chaleur irradiait son bassin. Son ouïe, son odorat, s'intensifiaient. Il ouvrait son esprit à des vibrations émanant de la nature. C'était une espèce de communion. Il n'avait plus peur.

Tout d'abord, il capta un piétinement molletonneux qui venait de sa droite, des souffles légers et, de temps en temps, des petits bruits métalliques, quasiment imperceptibles. Une odeur de sueur, plus sucrée que celle des Occidentaux, lui parvint à la faveur d'un coup de vent.

Puis il les vit.

Les Japonais.

Toute une patrouille, en file continue.

« Ainsi donc, ils existent bel et bien. Ils ne sont pas une légende, ni des croquemitaines destinés à faire peur au soldat novice... »

Leurs bottes ferrées étaient garnies de toile de jute, ce qui expliquait la texture ouateuse des bruits de pas. La gaine des baïonnettes avait subi le même traitement, de manière à ne pas faire tinter les cantines en métal. Les cliquetis provenaient des gourdes passées à une boucle de ceinturon. Les soldats ne portaient ni musette, ni havresac. Leur chemise tropicale était de couleur café au lait ; leurs pantalons avaient une teinte kaki moutarde. Une cotonnade de camouflage masquait le métal des casques. Ils avaient enduit leurs baïonnettes de boue, afin d'éviter tout reflet, et frotté leur peau avec une bonne couche de suie. L'aspect fruste et ancestral de ce maquillage contrastait avec leurs armes modernes. Attila équipé de mortiers n'aurait pas semblé plus étrange.

Tolkien s'arrêta de respirer, suffoqué par une froide certitude : il était perdu.

Un soldat venait vers lui. L'écrivain fixait, hypnotisé, les dessins formés par la boue sur la toile recouvrant ses brodequins. Il avait l'impression de vivre un cauchemar éveillé. L'ennemi s'arrêta à deux centimètres de son visage. Il n'osait toujours pas respirer mais son cœur continuait de battre, envoyant pulser le sang jusque dans son crâne transformé en caisse de résonnance. Il essayait de se concentrer sur les taches de boue, à présent immobiles sous son nez, aussi abstraites qu'un test de Rorschach. Le Japonais ne pouvait pas ne pas le voir. Encore un pas et il lui marcherait dessus. L'instant menaçait de s'éterniser. Lentement, Tolkien leva les yeux. Le soldat regardait quelque chose situé en retrait, plus haut dans les fourrés ; ce quelque chose bougeait, puisque l'Anglais entendait lui aussi du bruit provenant des branches.

Un aboiement bref comme un rappel à l'ordre vint de la piste, et le retardataire rejoignit son détachement au pas de course.

Tolkien expulsa un long filet d'air pendant que tout son corps se ramollissait.

Les bruits de pas s'amenuisèrent et bientôt, les silhouettes ennemies s'évanouirent dans la jungle noire.

Fin de l'alerte.

Une forme agile, de petit gabarit, sauta sur Halimath. L'Elfe était allongé juste derrière Tolkien. Lorsque celui-ci se retourna, il eut la surprise de découvrir un singe d'allure rieuse, au museau allongé, perché sur l'épaule du dresseur.

— Diable, souffla Tolkien. Je crois que je dois une fière chandelle à notre ami poilu.

— Alors dites-lui merci, suggéra Halimath.

L'écrivain mit quelques secondes à se remémorer le cri approprié.

— Hum, je vais essayer.

Bien que redoutant d'avoir l'air ridicule, il poussa une espèce de braillement qui se voulait amical. Le singe répondit aussitôt par trois jappements excités.

— J'espère que je ne l'ai pas vexé.

— Pas du tout, le rassura Halimah. Il nous souhaite bonne chance !

L'animal effectua un spectaculaire flip arrière avant de bondir dans les arbres.

Foster et Brody attendirent encore cinq prudentes minutes, puis ils se relevèrent et donnèrent le signal du départ.

Cette première grande frayeur n'était rien en comparaison de celle qui survint le lendemain.

Tolkien peinait en fin de colonne quand il entendit une détonation sèche, plus forte qu'un coup de fusil mais plus faible que le tir d'une pièce d'artillerie. Le bruit se répercuta dans la moelle de ses os. Quelqu'un lâcha :

— Grenade !

L'écrivain se figea, sur le qui-vive. Un murmure se propageait jusqu'à lui, à la vitesse d'un feu de broussailles.

— Un gars à terre ! perçut-il entre deux jurons.

Harvanel et le médecin-chef se mirent à courir d'un même élan. Le docteur s'appelait Johansson. Il avait la trentaine volubile et le front dégarni. Un homme sympathique, d'humeur toujours égale. Les Chindits l'appréciaient beaucoup. Tolkien suivit Johansson et le guérisseur sans réfléchir, accompagné par le tintement de son fourniment qui s'entrechoquait. Il avait envie de savoir. Les gémissements se faisaient de plus en plus déchirants à mesure que l'on s'en approchait.

— Jésus ! hoqueta un Chindit, avant de se détourner pour vomir.

Harvanel et l'humain écartèrent les curieux. Deux soldats gisaient à terre : un Japonais – mort depuis longtemps, à en juger par l'état de son cadavre et celui de son uniforme – et un Anglais. C'était ce dernier qui geignait. Le scénario semblait évident : le Chindit avait fouillé le Jap, à la recherche d'un trophée de guerre. Dès qu'il avait essayé de bouger la dépouille, le piège s'était déclenché.

— Quelle horreur, balbutia Tolkien.

Recroquevillé en position fœtale, le blessé essayait tant bien que mal de retenir l'enchevêtrement de viscères qui glissaient de son ventre comme d'un sac troué. L'homme était blanc. Son corps paraissait bouffi, enflé par les dégâts de l'explosion. Tolkien se mordit la main pour ne pas crier. Des images des tranchées remontaient à la surface de sa mémoire. Ses jambes devinrent cotonneuses. Il entendit vaguement que quelqu'un récitait un « Notre-Père ».

Pendant ce temps, Johansson et Harvanel s'activaient. L'un déboutonnait la chemise, l'autre palpait le torse ; leurs yeux fourrageaient dans les chairs ouvertes ; de leur bouche sortaient des paroles de réconfort tellement éculées qu'elles semblaient sans substance.

Injections de morphine à la chaîne, à l'aide de seringues jetables. Sulfamides. Et, sur la grosse déchirure palpitante, une espèce de cataplasme.

Le blessé tremblait de la tête aux pieds. Une longue plainte lugubre monta du fond de sa poitrine pour se terminer en toux sanglante.

Un Chindit interpella Harvanel :

— Sauvez-le ! Qu'est-ce que vous attendez ? Utilisez votre magie !

— Il faudrait plus que de la magie pour le sauver, répondit l'Elfe d'un air funeste. Ce que vous me demandez s'appelle un miracle. (Il se leva.) Je peux soulager la douleur, mais c'est tout. Ses blessures sont irréversibles.

Johansson confirma ce diagnostic.

Deux hommes fabriquaient déjà un brancard.

Choqué, Tolkien se sentait incapable de bouger. Pourtant, il fallait repartir. Une patrouille ennemie pouvait fort bien traîner dans les parages. L'écrivain s'adossa à un tronc humide. Un carrousel de pensées tournait dans sa tête :

« Qu'est-ce que tu croyais ? Que tout se déroulerait sans accroc ? Une petite promenade dans la jungle, un sabotage et bonsoir messieurs dames ?.... Garde cette version pour tes lettres à Edith, parce que, dans la réalité... »

Une voix amie l'appela. C'était Cealendar :

— Vous vous sentez bien, professeur ?

— Oui, mentit Tolkien. Oui, ça va.

Le mourant s'était calmé. Il avait le regard triste, résigné. À quoi songeait-il ? À sa famille ? Sa petite amie ? À l'absurdité d'une vie brusquement écourtée ?

— Un, deux, trois...

L'homme fut soulevé et allongé sur une civière. Il semblait absent, comme déjà parti. Ses yeux fixaient les rares trouées visibles entre les feuillages denses. Très sombres, les branches des arbres formaient d'inquiétants dessins.

La marche reprit.

Quand ils s'arrêtèrent pour la pause suivante, trois heures plus tard, le blessé avait cessé de vivre.

L'enterrement fut vite expédié : un trou dans la terre, quelques mots. Les prochains morts n'auraient probablement pas droit à tant d'égards. Une fois les hostilités déclenchées pour de bon, la mission risquait fort de se transformer en longue fuite haletante.

On parla peu, durant le bivouac du soir. Le parfum tonifiant de l'aventure avait laissé place à un fumet âpre. Les Chindits venaient de prendre conscience qu'ils n'étaient pas invincibles. Ils mangèrent, mais sans appétit. La nuit vint, avec la brusquerie propre à ces régions. La forêt semblait d'une noirceur inimaginable.

— Le stock de vivres diminue, dit Foster. Il faudra organiser un largage demain.

Brody acquiesça.

Tolkien tombait de fatigue. Sa ration ingurgitée, il salua ses compagnons et disparut derrière le rabat de la tente à deux places qu'il partageait avec Cealendar. Ce dernier était déjà couché. Il avait les yeux ouverts. Était-il éveillé ? Plongé dans une transe nocturne ? Dans le doute, Tolkien se retint de lui adresser la parole. Avec des gestes précautionneux, il enleva ses chaussures de marche. Ses orteils palpitaient douloureusement. Il se glissa dans son sac de couchage, allongé sur le dos. Un sommeil lourd, écrasant, vint le prendre quelques instants plus tard.

Cealendar sursauta au milieu de la nuit. Oppressé. Il avait l'impression qu'une présence inconnue rôdait en tapinois autour de la tente. Un animal, sans doute. Un cochon sauvage ou quelque chose de cet acabit. Sauf qu'il y avait toujours au moins un Elfe de garde, et jamais un cochon n'aurait pu tromper la vigilance d'un guerrier du Sylvaniel... Non, il devait s'agir d'un Chindit qui, parti pour uriner, avait maintenant du mal à retrouver sa tente.

Cealendar se détendit. À son côté, Tolkien dormait du sommeil du juste.

Puis il perçut un long crissement soyeux. On aurait dit qu'une griffe, voire un objet galbé et pointu, frottait contre l'enveloppe extérieure de la tente. Il se redressa, l'oreille tendue. Rien. Rien d'autre que les bruits de la nuit et les ronflements du professeur. La chose, dehors, semblait s'être immobilisée. Cealendar gratta une allumette qu'il leva lentement à la hauteur de son visage. La toile se bombait, tendue par une sorte de tête – de mufle ? – dont on devinait les contours plus qu'on ne les voyait. Il y avait quelque chose d'inquisiteur dans sa pression continue, comme si elle cherchait à tester la résistance du tissu. Un étau de terreur broya la poitrine du demi-Elfe. La petite flamme mourut. Il gratta de nouveau une allumette, déglutissant pour chasser l'arrière-goût cuivré qui lui imbibait le palais. Il osait à peine respirer.

Plus rien.

Chair de poule.

L'empreinte du « visage » avait disparu, et Cealendar se demanda un bref instant s'il n'avait pas été victime d'une hallucination. Il allait pencher en faveur de cette conclusion quand la toile se tendit de nouveau. La vision de la tête mal dégrossie fouetta ses veines d'une giclée d'adrénaline ! Cette fois, la tente allait se déchirer, et cette chose allait entrer, avec ses serres tranchantes ; suivrait la gueule, ornée de crocs, et...

— Professeur ! Réveillez-vous !

Cealendar secoua l'écrivain. Dans sa panique, il laissa tomber sa seconde allumette, qui s'éteignit.

— Hein ? Qu'est-ce qu'il y a ?

Frottement du souffre puis, lumière.

Une fois encore, la créature s'était volatilisée.

— Là, dehors, hoqueta Cealendar. Une bête, ou je ne sais quoi.

— Vous en êtes sûr ?

— Oui...

— Quel genre de bête ?

— Aucune idée.

Ils allumèrent une lampe à pétrole. Attendirent.

— Quel que soit votre animal, il est parti, grogna Tolkien. Sans doute une sorte de marcassin qui aura été attiré par nos restes...

— Sans doute, murmura Cealendar, les yeux rivés sur l'endroit où le tissu s'était déformé.

— Allez, reposez-vous, mon vieux. C'est ce que vous avez de mieux à faire.

— Je... je vais essayer.

Il essaya.

En vain.

14

Au matin, Cealendar interrogea les sentinelles. Personne n'avait rien vu. L'hypothèse de l'hallucination n'était donc pas à exclure.

Foster, qui avait été informé de l'incident, prit Tolkien à part :

— Et vous, professeur, vous n'avez rien vu ?

— Rien du tout.

L'Américain soupira :

— Il s'agit sûrement d'une crise de *delirium tremens*. C'est un symptôme fréquent chez les alcooliques en période de sevrage. Il va falloir le surveiller de près. Ces zèbres-là peuvent devenir très agressifs quand ils sont en manque...

Un parachutage fut demandé par radio. Avec succès. L'*US Air Force* avait rempli les caisses de rations K, l'alimentation de base du soldat américain en Extrême-Orient : viande en boîte, café soluble, chocolat, cubes de soupe, sucre et biscuits. Ces derniers étaient particulièrement appréciés des Gurkhas. Les Anglais se plaignaient de l'absence de thé. Des cuillères en bois et du papier toilette complétaient le ravitaillement. Chewing-gums et cigarettes faisaient l'unanimité.

— Ne jetez pas vos mégots, rappela Foster pour la centième fois. Ou alors enterrez-les.

Une fois les sacs pleins à craquer, la colonne repartit.

Les journées de marche succédaient aux journées de marche.

Dans son journal de bord, Tolkien donnait libre cours à sa fascination pour la faune et la flore durant des pages entières :

25 janvier,

La variété des espèces est peut-être l'une des caractéristiques les plus sidérantes de la jungle. Difficile de trouver deux formes de vie identiques sous ces latitudes. Les mutations à partir d'une même famille (animale ou végétale) semblent innombrables. Je ne te citerai qu'un exemple : les papillons. Il y en a des milliers. Leurs couleurs éclatent dans les frondaisons, mélangées aux fleurs qui poussent en hauteur, au plumage des oiseaux. Les bleus et les verts métalliques sont l'apanage des papillons mâles. Leurs ailes chatoyantes battent des records d'envergure. C'est une autre caractéristique de cet univers : les insectes qu'il abrite affichent des dimensions hors normes (cancrelats gros comme des petites tortues, mouches et guêpes énormes, sauterelles monstrueuses, sans parler de dizaines d'autres manifestations de gigantisme qui laissent pantois).

Rien sur le premier mort chindit. Rien sur la terreur nocturne de Cealendar. Et il se garda bien de parler de l'événement qui survint quelques jours plus tard, lors du second parachutage.

La scène eut lieu en début d'après-midi.

Cealendar était au micro. Sa voix égrenait le code en vieil elfique, une langue bien plus eurythmique que les habituels « Alpha Lima Bravo » employés par les militaires. Le haut-parleur crachotait entre deux réponses. Un vrombissement issu de ses entrailles électriques enflait, diminuait, se distordait quand, cherchant la bonne fréquence, le métis jouait avec la bande passante.

— On arrive, terminé, conclut l'opérateur qui émettait d'un avant-poste à la frontière birmane.

— J'espère bien, qu'ils arrivent ! gronda Foster. Ça fait vingt-quatre heures qu'on leur réclame de la bouffe !

— Plaignez-vous à vos amis de l'Air Force, rétorqua Brody avec un sourire amer. Ce sont eux les maîtres du ciel…

Les hommes se rendirent au point convenu – une clairière entourée de bambous – puis ils s'assirent pesamment, le ventre scié par leurs ceinturons lourds de munitions.

— Il n'y a plus qu'à attendre, dit Tolkien.

— Oui, et c'est ça le plus dur, acquiesça l'Américain. (Notant que Tolkien considérait les haies de bambous d'un air intrigué, il ajouta :) Une vraie saloperie ces trucs-là.

— De quoi parlez-vous ?

— Des bambous. (Il essuya la sueur de son front avec son avant-bras.) Il paraît que, quand ils sont plantés serrés comme ça, ils peuvent arrêter une colonne de blindés !

— C'est vrai, acquiesça un Gurkha. J'ai déjà vu tanks tirer dans forêt bambous pour se frayer chemin...

Tolkien resta songeur.

Les Chindits trompaient leur ennui en vérifiant le fonctionnement d'une culasse ou en grattant les croutes de sang qui durcissaient sur leur peau écorchée par les ronces et les branches griffues.

Brusquement, une voix tonna :

— Le voilà !

C'était Alerius qui, ayant perçu le bruit de moteur en premier, s'était dressé, une main en visière. Les Chindits se levèrent à leur tour et agitèrent les bras.

— Héééé !

— Par ici !!!

Le bimoteur effectua un passage de reconnaissance à basse altitude, sa bedaine métallique frôlant la cime des arbres, puis il fit demi-tour et commença à décrire des cercles de moins en moins larges. On distinguait des silhouettes, à travers la porte ouverte sur le flanc de l'appareil. À cette distance, les caisses prêtes à être larguées paraissaient aussi minuscules que les cubes de soupe inclus dans les rations K.

— Qu'est-ce qu'ils fichent ? grogna Brody, le nez en l'air.

Les hommes avaient beau crier, sauter sur place en faisant de grands gestes, le centre des cercles successifs se déplaçait très nettement hors de la clairière.

— Il a eu son brevet dans une pochette surprise, celui-là ou quoi ? ronchonna de nouveau Brody. (Il se tourna vers le supplétif qui portait la radio :) Allumez-moi ça ! J'ai deux mots à dire à ce pilote du dimanche.

Mais il était trop tard : le chapelet de caisses basculait déjà dans le vide. Deux « parajutes », trois, puis quatre, s'ouvrirent avec quelques secondes de décalage. Les lourds colis se balançaient mollement sous leurs champignons de toile jaunâtre.

— Complètement raté son coup, cet imbécile, dit Foster, qui paraissait aussi agacé que Brody. Premier peloton avec moi !

— Deuxième peloton avec moi ! enchaîna l'autre major.

Déjà, le rugissement du bimoteur s'estompait. Il ne fut bientôt plus qu'un souvenir.

— Allez, au pas de course, les gars !

L'élan initial fut rapidement brisé par les bambous. Texture serrée. Indémaillable. La course se transforma alors en une sorte de parcours du combattant où il fallait rivaliser de souplesse pour progresser au ralenti dans ce chaos de longues tiges entrecroisées.

— Les ânes ne passeront jamais, dit Halimath.

— D'accord, agréa Brody. Prenez les bêtes et contournez l'obstacle.

L'Elfe hocha la tête puis retourna vers l'arrière de la colonne. Les autres guerriers du Sylvaniel ouvraient la marche, armés de leurs lames tranchantes. Malgré les efforts déployés, la troupe avançait difficilement. Il leur fallut quarante minutes pour couvrir les cinq cents mètres qui les séparaient du point de chute.

Et là-bas, une surprise de taille les attendait.

— Qu'est-ce que c'est que ce merdier ? éructa Foster.

Trois caisses reposaient à côté des corolles de tissu. Quelqu'un – ou quelque chose – avait mis en pièce les couvercles pour s'emparer du ravitaillement. Des débris de bois jonchaient le sol, ainsi que des restes de nourriture.

— Qui a pu faire ça ? lâcha Brody, stupéfait. Des Japs ?

— Non, répondit Kalir. Il y a des marques de griffes sur le bois. Les Japonais auraient fait sauter les cadenas à coups de crosse, plutôt.

Cealendar déglutit en repensant à son mystérieux visiteur de l'autre nuit… Il aurait donné tout ce qu'il possédait pour boire un verre de gin ou de scotch. Rien qu'un seul.

— Des fauves ? hasarda Tolkien.

Sceptique, Kalir montra une quatrième caisse encore suspendue aux branches d'un grand arbre, cinq ou six mètres plus haut. Elle était éventrée, comme les autres.

— Des singes, alors ?

— Des orangs-outans, peut-être, concéda le chef des Elfes. Il faut une force extraordinaire pour arracher les couvercles comme ils l'ont fait.

— Les orangs-outans ont des... griffes ? s'étonna Tolkien.

Non, décidément, quelque chose clochait.

— Vous entendez ? fit Alerius.

— Heu, non...

— C'est bien ce qui m'inquiète justement. Il n'y a aucun bruit.

Le tireur d'élite encocha une flèche dans son arc. Les hommes regardaient autour d'eux, dans les arbres, les buissons, à la recherche du moindre mouvement, aussi ténu fût-il.

— C'est étrange, dit Brody. J'ai l'impression d'être observé.

Les Chindits étaient habitués à provoquer le silence autour d'eux... mais dans un diamètre se comptant en dizaines de mètres. Or, cette fois, la forêt semblait se taire sur des kilomètres à la ronde.

— Tout cela ne me dit rien qui vaille, marmotta Foster, le doigt vissé à la détente de son colt réglementaire.

Cassiltir s'était mis en devoir d'examiner les débris disséminés dans les hautes herbes.

— Les traces ressemblent à celles de grands primates, en effet, confirma-t-il. Ils sont bipèdes, en tout cas... (Il se redressa, un sachet dans une main.) Et ils n'aiment pas la nourriture déshydratée. Ils en ont laissé plein partout.

Durant près d'une minute, personne ne parla. Chacun attendait en essayant d'évaluer mentalement les conséquences du désastre.

— On a de quoi tenir combien de temps ? demanda Foster au major Brody.

— Encore deux repas, en se rationnant...

— Nous irons chasser, intervint Kalir. Mais cela va nous ralentir... Et je doute que nous puissions nourrir deux pelotons entiers.

— Bon, grogna l'Américain. On va rappeler la frontière et leur demander de nous envoyer un nouveau largage au plus vite. (Il s'adressa aux fusiliers birmans :) Déployez un périmètre de sécurité. Ces foutus singes pourraient bien essayer de revenir nous piquer les quelques victuailles qui nous restent !

— Je ne crois pas, dit Harvanel, les yeux braqués sur la végétation luxuriante. Ils sont partis.

— Ouais, eh bien je préfère quand même prendre mes précautions. Exécution !

Les hommes se mirent en position, se parlant et se répondant par gestes, avec la rapidité et l'efficience de soldats bien entraînés.

Vingt minutes plus tard, une sentinelle cria :

— Qui va là ?

C'était Halimath. Il menait les animaux de bât, accompagné par une poignée de Gurkhas.

— Que s'est-il passé ? lança-t-il en découvrant la scène.

Ses amis lui résumèrent rapidement la situation.

— Des gorilles ? grinça-t-il, peu convaincu.

— Les conjectures seront pour plus tard, coupa Foster. J'ai réussi à joindre Imphal par radio. Des troupes japonaises convergent vers nous. On doit déguerpir.

— Et le prochain largage ?

— C'est la merde. Tous les avions sont réquisitionnés pour soutenir le front, plus au sud, en Arakan. Paraît que ça chauffe dur, là-bas. En résumé, nous voilà livrés à nous-mêmes.

— Vous avez essayé l'aérodrome d'Argartala ? questionna Brody.

— Même son de cloche. On dirait que nous ne sommes plus la priorité de ces messieurs de l'état-major !

La nouvelle résonna comme un glas. Les Chindits paraissaient assommés. Ils ruminaient en silence d'inquiétants scénarios.

— On bouge, on bouge ! brailla Brody.

Il savait que seule l'action pouvait empêcher le découragement de s'abattre sur les hommes.

Les jours suivants, la colonne se nourrit presque exclusivement d'animaux chassés par les Elfes. On complétait ces maigres parts de viande avec des pousses de bambou prises sur le stock réservé aux mulets. Ces rations quotidiennes auraient suffi à des hommes stationnés dans un camp, mais les Chindits marchaient dix-huit heures sur vingt-quatre, dans des conditions très difficiles, taraudés par une inquiétude permanente. Avancer, coûte que coûte. Se plier en deux. Enjamber. Rester à l'affût... Personne n'était épargné par la déshydratation. Les heures s'étiraient, interminables, ponctuées par de monotones coups de machettes. Rapidement, Brody et Foster décidèrent d'alléger les bardas : les sacs de couchage furent transférés sur le dos des ânes, puisque ces derniers n'avaient plus de ravitaillement à transporter. Curieuse vision que celle de cette équipée sauvage ! Les hommes étaient tous barbus et amaigris. Avec leurs vêtements malmenés par les broussailles – entrejambes déchirées, manches en lambeaux... – ils évoquaient davantage des bagnards évadés que des soldats en activité. Tolkien faisait partie des plus éprouvés. Il s'aidait d'un long bâton, comme lors des randonnées de sa jeunesse, dans les Alpes, mais sa résistance n'était plus celle de l'époque. Il tomba deux fois dans les pommes en moins de quarante-huit heures, et Brody dut organiser des haltes spécialement pour lui.

— Je vous ralentis, se lamenta l'écrivain à l'issue de l'un de ces arrêts forcés. Je suis désolé...

— Je trouve que vous vous en sortez très bien, tenta de le rassurer son ami.

Le major Foster consultait régulièrement ses cartes d'un œil soucieux. Il avait l'air d'un étudiant qui a mal appris sa leçon mais essaie de faire bonne figure devant l'examinateur. Fallait-il emprunter les sentiers ouverts par les bûcherons locaux – un embrouillamini de pistes qui, sur les plans les plus détaillés, étaient indiquées en pointillés ? Cela aurait facilité la progression de la troupe... D'un autre côté, les soldats de Kawabe empruntaient les mêmes layons. L'Américain hésitait. Pour couronner le tout, ses appels radio se soldaient par des échecs répétés.

— Les salauds ! enrageait-il après chaque tentative. Il paraît que Wingate fait des pieds et des mains pour nous obtenir un parachutage d'urgence, mais Slim et Wavell ne veulent pas céder ! Comment croient-ils qu'on va réussir cette mission si personne ne nous en donne les moyens ?

— On doit s'arrêter, plaida Brody. Faire une « vraie » pause.

— Qu'est-ce que vous proposez ?

— Vingt-quatre heures de repos total.

— Hors de question. Moins on bouge, plus on a de chances de se faire intercepter.

— Peut-être, mais les gars sont au bout du rouleau. Et il est encore plus dangereux d'avancer quand le niveau de vigilance descend sous un certain seuil.

La suite lui donna raison.

L'attaque survint le jour même. Foster refusait de déroger à ses principes. Les hommes ne s'étaient arrêtés qu'une brève heure. Les deux colonnes s'étiraient sur des centaines de mètres, et les éclaireurs du Sylvaniel ne purent déceler la patrouille japonaise qui, arrivant de flanc, fondait sur l'arrière-garde. Tolkien faisait partie des trainards ; aussi fut-il aux premières loges du combat.

— Couchez-vous ! cria un fusilier birman alors que claquaient les premières décharges.

Les rafales hachaient menu la végétation. Les balles traçantes fusaient comme des stries de feu. Tolkien plongea son nez dans la terre et l'odeur de l'humus pourrissant lui remplit aussitôt les narines. Ses ongles griffaient le sol. Il aurait donné cher pour pouvoir s'enfouir, disparaître. Un trio de grenades explosa, le bruit se répercutant en échos douloureux dans son crâne et dans tout le reste de son corps. Il nota que l'herbe brûlait aux points d'impact des projectiles. Les armes automatiques des Chindits répondaient aux auteurs de l'embuscade, mais de manière désordonnée. Les soldats qui portaient les pièces de mitrailleuses avaient été dispersés par les premiers tirs. La panique était totale.

L'écrivain rampa derrière une grosse souche. Son cœur battait à se rompre. Luttant de son mieux contre la peur, il essaya de se remémorer les cours de l'école de brousse : « Camouflage... Se fondre dans la nature. Faire le vide en soi... faire... » Trop de bruit. Trop d'adrénaline. Il était trempé de sueur. Des balles arrachaient à son bouclier naturel des morceaux d'écorce juteuse par poignées entières, quand elles ne sifflaient pas leur méchante ritournelle au-dessus de sa tête. De la poussière, de la terre et des graines lui rentraient dans le nez. Au bout d'une minute, il fut rejoint par deux Gurkhas. Les supplétifs tiraient, rechargeaient, sans discontinuer, avec un sang-froid que Tolkien ne pouvait qu'admirer. Mais l'un d'eux se découvrit une fois de trop, et une averse de balles traçantes bien ajustées transforma son buste en charpie. L'arrière de son havresac se déchira dans un jaillissement hétéroclite qui mêlait ustensiles en fer-blanc, casserole cabossée, bidon, cigarettes et bien d'autres choses encore. L'homme s'effondra ; mais il n'était pas mort. Tolkien roula sur lui-même pour atteindre le blessé. Le sang giclait à gros bouillons de ses multiples plaies.

— Je... je vais vous aider, hoqueta l'écrivain.

Il enleva sa chemise, puis pressa le tissu roulé en boule sur le torse déchiqueté. Aussitôt, la compresse de fortune vira au rouge sombre, presque noir, signe que la poitrine était touchée. Le Gurkha haletait comme un jeune chiot assoiffé. Son camarade continuait de faire feu, imperturbable. Quand son fusil s'enraya, il répliqua avec une arme de poing, le bras tendu, accusateur, en direction des fourrés. Tolkien essaya d'avaler sa salive, mais la peur lui avait asséché la bouche. Étaient-ils, à eux trois, les seuls survivants de l'arrière-garde ? Une bataille est un événement confus par essence, et dans la jungle encore plus qu'ailleurs. L'écrivain dut vite se rendre à l'évidence : il n'avait aucune idée de ce qui pouvait se passer aux alentours.

— On va s'en sortir, dit-il, autant pour lui-même que pour l'homme grimaçant qu'il essayait de maintenir en vie.

Puis il entendit une série de « poump », comme si de joyeux convives débouchaient à la chaîne des bouteilles de mousseux, un soir de nouvel an. Une voix brailla :

— MOOORTIERS !!!

Détonations sourdes, puis hurlements : un ou plusieurs Chindits avaient perdu à la grande loterie de la guerre.

Tolkien se boucha les oreilles, caressant le fol espoir de se soustraire au cauchemar en verrouillant ses sens. Il allait aussi fermer les yeux quand, soudain, un projectile fumant rebondit à deux pas de lui. L'objet n'était pas très gros et ressemblait à un suppositoire à ailettes.

« Je suis mort », pensa l'écrivain.

Les synapses de son cerveau lui criaient « Sauve-toi ! » mais il était pétrifié. De sa bouche filtrait un gémissement muet.

Aussi attendit-il, incapable de bouger, qu'un éclair aveuglant accompagné d'un grand « boum ! » veuille bien mettre le point final au roman de sa vie.

Au bout de trente secondes, il dut se rendre à l'évidence : l'obus avait fait long feu.

« Merci, mon Dieu… »

Oui, peut-être que Dieu existait, après tout ?

Une sensation humide et tiède, s'élargissant au niveau du bas-ventre, informa Tolkien que sa vessie s'était relâchée. L'explosif avait cessé de fumer. Il reposait, tel un gros œuf inoffensif, sur son nid d'herbes froissées.

Des cris arrachèrent Tolkien à sa muette fascination.

— Une charge *banzaï* ! annonça le Gurkha d'une voix blanche.

— Une charge ? répéta l'écrivain, incrédule.

Pourquoi les Japonais prendraient-ils le risque de s'aventurer à découvert ? Les charges *banzaï* avaient la réputation d'être des actes suicidaires… Qu'est-ce qui, dans le cas présent, légitimait une tentative aussi désespérée ?

Tolkien risqua un œil par-dessus la souche qui l'avait si bien protégé jusqu'ici.

Les petits hommes à la peau de bronze jaillissaient des buissons en hurlant, leur fusil tenu à deux mains, baïonnette au canon. Le Gurkha blessa un officier qui, armé d'un sabre, courait à la tête de son détachement. Une volée de flèches fit le reste.

Incroyable ! En quelques instants, les derniers Japonais s'écroulèrent, criblés de traits. Un coup de feu venu d'on ne sait où claqua, puis les armes se turent. C'était terminé. Le silence s'installa… bientôt rompu par le caquètement aigu de perruches et des aras perchés dans les frondaisons.

Mais était-ce vraiment fini ?

Aucun Chindit n'osait se relever. Après tout, peut-être qu'un *sniper* isolé attendait la moindre imprudence pour faire un ultime carton ?

Tolkien pivota sur sa gauche. Le gros de la colonne revenait vers eux. Brody et Foster menaient ces tardifs renforts.

— Qu'est-ce qui s'est passé ? grogna l'Américain.

— Ils nous sont tombés dessus, tout d'un coup, par le flanc, répondit Tolkien.

Kalir et ses guerriers sortirent des fourrés, l'arc prêt à servir. Pressés de question, les Elfes relatèrent leur action avec une froide concision :

— Dès les premières détonations, nous avons fait demi-tour et entamé une large courbe. Puis nous avons pris à revers la patrouille japonaise.

L'attaque au sabre avait déstabilisé l'ennemi qui, à cours de ruses, s'était lancé dans une charge courageuse mais condamnée à l'échec.

Du pied, les Elfes remuaient le corps des Japonais abattus. Ils étaient bien morts. Pas des « supermen », non. Des petits hommes malingres qui avaient connu la faim et la dysenterie. Trois Chindits s'étaient fait tuer durant les échanges de tir, et le double de blessés gisait à terre. Harvanel et le docteur Johansson leur donnaient déjà les premiers soins.

— J'ai besoin de cinq brancards ! cria le guérisseur.

Les hommes se mirent au travail. Le Gurkha fauché sous les yeux de Tolkien était malheureusement intransportable. Il rendit l'âme dix minutes après l'arrivée des secours.

Alerius avait ramassé le katana appartenant au chef des Japonais. Les Elfes se pressèrent autour de lui pour examiner le sabre tranchant, sa lame, son pommeau frappé de l'emblème sacré du chrysanthème impérial. Le regard de Tolkien glissa sur l'officier étendu au sol. Il avait une casquette de jockey et des lunettes rondes, toutes petites. Un fanion de combat en soie était noué autour de son biceps. L'empennage d'une flèche cassée sortait de son cou. Une autre flèche avait percé son sac de nourriture, et des grains de riz s'étaient répandus autour du corps, mélangés aux flaques de sang. L'écrivain déglutit, troublé. Cet homme avait essayé de les tuer, lui et ses compagnons. Pourtant il ne ressentait aucune haine à son égard. Plutôt de la curiosité. Comment s'appelait-il ? Aki ? Ryu ? D'où venait-il ? De la campagne ou d'une grande ville de la côte méridionale ? Était-il un fanatique endoctriné par les discours de la gent militaire, ou bien agissait-il à contrecœur, avec le sens du devoir propre aux gens de sa race ?

Le cœur de Tolkien se serra douloureusement.

« Je dois, à un moment ou à un autre, parler de tout cela dans mon roman, songea-t-il. La guerre ne se résume pas aux “bons” contre les “mauvais”... »

Les yeux d'Alerius allaient du sabre au cadavre. L'Elfe paraissait presque… admiratif. Oubliant que l'écrivain comprenait parfaitement sa langue, il dit à Kalir :

— Je me sens plus proche des Japonais que de nos alliés… Pourquoi devons-nous combattre ces gens ?

Kalir demeura muet. Son regard croisa celui de l'écrivain.

— Ne restons pas ici, fit-il, l'air ténébreux.

Le roulement du tonnerre prolongea sa phrase. Des trombes d'eau s'abattirent alors sur les vivants et les morts, diluant le sang versé dans de grandes mares boueuses.

15

Les deux journées suivantes furent deux jours de marche forcée.

Les guerriers du Sylvaniel n'avaient plus le loisir de chasser. Une véritable course pour la survie s'était engagée. Comme les mulets ralentissaient la troupe, on en tua la moitié et on les mangea. Halimath, le dresseur, refusa de toucher à la viande de ces animaux auxquels il s'était attaché. De leur côté, les humains n'eurent guère de scrupules à soulager leurs estomacs tenaillés par la faim. Mais cet apport en calories ne pouvait suffire à insuffler aux Chindits toute l'énergie dont ils avaient besoin. La jungle s'était littéralement refermée sur eux, comme le ventre d'un serpent qui cherche à broyer sa proie pour mieux la digérer. Par moment, hommes et Elfes étaient forcés d'avancer en crabe. La végétation se faisait si hostile, si dense, qu'on devait à présent se dégager un passage à coups de hache !

Trois des blessés moururent en cours de route. Leurs camarades les recouvrirent à la hâte de feuillages. Tolkien insista pour dire une prière à chaque fois, bien que le temps leur fût compté. Quand il s'adressait au Seigneur, les mots qui sortaient de sa bouche lui paraissaient creux, et il devait lutter contre lui-même pour ne pas sangloter. Le sentiment de total abattement qu'il avait pourtant réussi à surmonter lors de son séjour à Saugor revenait le hanter. Les mêmes sempiternelles questions harcelaient son âme sans répit, semblables aux nuages de moustiques qui s'accrochaient à ses pas : « Qu'est-ce que je fais ici ? Pourquoi moi ? Toute cette aventure a-t-elle un sens ? » Contrairement à ce qu'il espérait, l'action, l'adrénaline, ne l'empêchaient pas de ressasser doutes et craintes. Au contraire même, quand on marchait pendant des heures, on avait tout le loisir de réfléchir. Les pensées de l'écrivain le ramenaient invariablement vers son pays, sa famille. Il avait beau songer à ses personnages, Frodon et Sam, pour se donner du cœur au ventre, une chape de découragement lui faisait courber l'échine. Écrire dans son carnet était exclu. Les Chindits ne s'arrêtaient plus que pour dormir ou déféquer dans les taillis.

Au soir du second jour de cette fuite effrénée, les feuillages s'éclaircirent et la colonne abrutie de fatigue déboucha sur un vaste espace découvert.

— Un village, lâcha Brody sans oser y croire.

Pourtant, elles étaient bien là, ces paillottes d'où s'échappaient de petits nuages de fumée grise. Des enfants couraient en riant après des animaux laissés en liberté. Beaucoup de volailles ; quelques cochons noirs. Les femmes préparaient le dîner. Une odeur de poulet bouilli montait des marmites.

— Comment vont-ils nous recevoir ? s'inquiéta Tolkien.

— Les indigènes n'aiment pas les Japonais, répondit Brody. Enfin, en théorie...

Prudent, il envoya les fusiliers birmans. Supplétifs et villageois conversèrent durant dix minutes, puis les soldats firent signe à leurs camarades d'avancer. Soulagement général. Les Chindits jetaient des regards emplis de convoitise sur les poules et les porcs domestiques. Des grappes d'enfants piaillaient autour d'eux. Les adultes étaient doux, très souriants. Tolkien apprécia tout de suite les sonorités de leur dialecte. Ils appelaient les étrangers « kala » ou « kala-pyu » quand ils parlaient de leur peau blanche. « Bienvenue » se disait « Mingalo-ba », formule invariablement assortie d'une courbette, respectueuse sans être servile.

On guida Brody et Foster jusqu'à la hutte du chef, un quinquagénaire replet aux faux airs de bouddha. Le sergent Than, qui était le fusilier le plus versé en anglais, assurait la traduction.

— Le chef est d'accord pour que nous dormions ici, dit-il après avoir écouté patiemment une longue explication. Ils partageront la nourriture avec nous. Mais il faudra partir demain...

— Trop dangereux, acquiesça le gros homme. Japonais... si eux trouver vous ici...

Il fit le geste universellement connu de la gorge tranchée.

S'adressant à Than, Brody répondit :

— Qu'il se rassure. Nous ne voulons pas mettre la vie des siens en danger. Nous partirons demain matin…

Quand l'interprète eut traduit ces propos, le chef hocha vivement la tête plusieurs fois de suite.

— Venez, venez, dit-il en s'effaçant pour laisser entrer ses invités dans la grande hutte.

Ce fut une merveilleuse soirée.

Tolkien, Cealendar et les Elfes avaient rejoint les deux majors. Tous étaient assis, les jambes croisées, autour d'une natte sur laquelle on avait disposé la viande cuite, le riz, mais aussi du manioc et une jarre pleine d'alcool. Le demi-Elfe but un verre. Foster lui jeta un regard incendiaire et contracta ses mâchoires. Il hésitait à réprimander Cealendar devant leurs hôtes. Ce dernier savourait chaque lampée. Ses paupières se fermaient légèrement. Un bien-être qu'il avait presque oublié chauffait ses joues et enrobait d'ouate son esprit. La bête-qui-a-soif ronronnait d'aise.

Un feu brûlait dans un coin pendant qu'une odeur d'herbes médicinales embaumait l'air. La fumée sortait par un orifice directement aménagé dans le toit composé de palmes fanées. Les murs étaient faits de bambous. L'ameublement, sommaire, se résumait à deux hamacs et un coffre en bois laqué.

— Mangez, mangez, dit le chef.

Les Chindits plongèrent leurs doigts dans les plats de porc, de poulet, et remplirent les bols ébréchés qui leur servaient d'assiette. Quelques minutes plus tard, des jeunes filles apportèrent les plateaux de fruits. Pour seuls vêtements, elles avaient de longs pagnes. Leur tête était serrée dans un foulard en soie. D'épais cheveux noirs tombaient sur leurs épaules. Tolkien goûta à tout. Bananes et noix de cajou avaient été arrosées de sucre de palme. L'ensemble était délicieux. Une des villageoises ramassa une longue feuille de latanier qu'elle se mit à agiter avec nonchalance à quelques centimètres du foyer.

Le chef servit le thé à ses hôtes. Il versait d'abord le brouet vert dans les gobelets, puis ajoutait l'eau bouillante.

Le repas touchait à sa fin, mais la nuit, elle, ne faisait que commencer.

Un homme décharné, à la peau d'une tonalité ambre foncé, toute parcheminée, fit son entrée sous la hutte. Sa barbe blanche courait d'une oreille à l'autre.

— Il s'appelle Maung, expliqua Than. C'est une sorte de…

— Chaman ? hasarda Foster, qui voyait dans cet ancêtre une singulière ressemblance avec le sorcier rencontré chez les Elfes.

— Si vous voulez… mais je dirais plutôt « conteur ».

Le vieillard s'assit en tailleur et salua à la manière hindouiste : mains jointes, levées jusqu'au front. Il avait apporté avec lui des cigares de fabrication artisanale désignés sous le nom de *cheroot*. Les femmes distribuèrent les longues tiges vertes, passant de convive en convive. Bien qu'il préférât la pipe, Tolkien n'osa pas refuser.

— Qu'est-ce que c'est ? glissa-t-il à l'oreille de l'interprète.

— Du tabac, dans une feuille de maïs, avec des prunes séchées et de l'écorce d'orange.

Tolkien tira une première bouffée. Le mélange avait un goût très parfumé, pas désagréable du tout.

Plus personne ne parlait. La nuit était silencieuse et paraissait en attente d'un déclic. Maung savourait son *cheroot* les yeux mi-clos, l'air absent… Puis, sans transition, il déposa une pincée de pollen sur sa langue et commença à raconter une légende aussi vieille que le monde. Sa voix était monocorde ; son débit très rapide. Il se balançait mécaniquement d'avant en arrière, sans cesser de réciter son texte et sans regarder personne en particulier, comme si ses mots étaient adressés à la nuit elle-même. Than essayait de traduire au fur et à mesure, un ton plus bas, pour ne pas gêner le narrateur qui semblait plongé dans une sorte de transe :

— Il parle d'une malédiction qui remonte à la nuit des temps. Jadis, cette région, cette forêt, étaient sous la coupe d'un monstre redouté, un… un chinte. Le mot Chindit vient de là. (Un sourire, puis :) C'était une divinité effrayante, qui vivait dans une grotte. À chaque demi-lune, les villageois devaient offrir au chinte une jeune fille. Une vierge. Si jamais ils refusaient, la famine, la maladie et des maux sans nombre étaient censés s'abattre sur eux…

Captivé, Tolkien écoutait Maung d'une oreille et son traducteur de l'autre. Les Elfes étaient très attentifs, eux aussi. La fumée des cigares avait plongé la hutte dans une brume presque surnaturelle.

— Un jour, reprit Than, la fiancée d'un jeune cultivateur fut désignée par le tirage au sort. « À la prochaine demi-lune, elle sera sacrifiée ! » Ainsi s'était exprimé le chef du village. Mais le garçon promis à la belle n'était pas de cet avis. Il attendit la nuit fatidique pour passer à l'action. Quand on amena sa fiancée, droguée, à l'entrée de la grotte, il faussa compagnie à la procession et se cacha dans un arbre, parfait poste d'observation. Là, perché à l'abri des feuillages, il regarda les villageois déposer le corps inanimé de sa bien-aimée, avec quelques menues offrandes. Le groupe dispersé, il descendit de sa cachette et troqua ses pauvres vêtements contre ceux de la jeune fille, qu'il dissimula derrière un écran de buissons. Puis, il attendit. Une heure. Deux heures… Il était presque sur le point de s'assoupir quand le sol trembla. Le maître des lieux arrivait. Le jeune homme se crispa. Un voile cachait ses traits. Il tenait, serré sous les plis de la robe, un couteau à large lame… Le chinte abaissa sa gueule monstrueuse jusqu'au corps étendu et, méfiant, le renifla. À cet instant, le garçon planta son couteau sous la mâchoire du monstre : sa lame lui transperça la gueule ! Le chinte s'écroula sur le côté en vomissant des fontaines de sang. Il était mort. Alors, le jeune homme réveilla sa future femme, et ils retournèrent ensemble au village. Quand il eut fini de raconter son exploit, le héros fut porté en triomphe. Grâce à lui, la malédiction avait pris fin. Il devint le nouveau chef du village. Il épousa sa promise et…

— Ils vécurent heureux et eurent beaucoup d'enfants, compléta Foster avec amusement.

— Quelque chose comme ça, acquiesça Than.

— Décidément, tous les contes se ressemblent, conclut l'Américain.

— C'est vrai, intervint Kalir. Nous avons, nous aussi, dans notre folklore, des histoires très proches de celle-ci.

— Vraiment ? dit Tolkien. Racontez, je vous en prie.

Tous les regards s'étaient tournés vers le jeune Elfe, qui s'éclaircit la voix.

— Quand les nôtres sont partis en mer, pour le Grand Exil vers les Terres du Levant, la première moitié du voyage s'est déroulée sans incidents. Mais un jour, le vent est brusquement tombé, et un monstre marin a surgi devant la flottille des bateaux. Il s'agissait d'un animal gigantesque...

— Vos ancêtres n'avaient sans doute jamais vu de baleines, pouffa Foster. La légende aura transformé ce paisible mammifère en Léviathan.

— Le monstre a réclamé un sacrifice, reprit Kalir. C'était le prix à payer pour que le vent gonfle à nouveau nos voiles. La fille du roi, la plus belle créature que le monde eut jamais porté, a été désignée par le Gardien du Levant. Alors, un jeune guerrier nommé Lesendar a pris la place de la princesse et s'est laissé avaler par la créature. Dans son ventre, il a trouvé les épaves de bateaux dévorés, et les squelettes de leurs malheureux équipages.

— Comme dans *Pinocchio*, pouffa Foster.

Kalir ignora la grossière interruption :

— Un soleil intérieur éclairait ce monde de cauchemar. Un soleil qui palpitait...

— Le cœur de la bête ? hasarda Tolkien.

— Oui. Lesendar s'est glissé jusqu'au muscle, un tas de chairs flasques, gros comme un buffle, et il l'a pourfendu avec un mât brisé. Ensuite, notre héros est parvenu à sortir du monstre avant que celui-ci ne se laisse glisser vers les abysses. Le Gardien du Levant était mort. La menace écartée, les nôtres ont pu voguer vers le nouveau continent et le valeureux Lesendar épousa la fille du roi.

Than entreprit de traduire cette légende aux indigènes birmans. Le chef avait l'air ravi. Le vieux Maung hochait la tête, un peu comme s'il connaissait déjà ce récit et approuvait la manière dont il était mis en paroles. Régulièrement, sa petite barbe s'incurvait vers le bas, autour de sa bouche. Quand Than eut fini, le conteur écrasa son *cheroot* sur le sol en terre battue et se lança avec emphase dans une nouvelle histoire.

Cette légende racontait les aventures d'un prince qui, durant l'un de ses nombreux voyages, avait été attaqué par un monstre. À l'issue d'un affrontement sanglant, la créature avait préféré battre en retraite et s'était transformée en une énorme araignée.

— La bête, rancunière, décida de se venger en enlevant et en emprisonnant les sept filles du prince dans des grottes profondes et sombres, continua Than. L'accès à ce repaire était condamné par une solide toile. Mais il en fallait davantage pour décourager le prince. Il plongea dans un lac tout proche et, retenant sa respiration au-delà des limites humaines, il trouva un passage secret, un tunnel qui menait à l'intérieur de l'antre. Sorti de l'eau, il erra longuement dans les entrailles de la terre. Le chemin était étroit et sombre. Le prince progressait à tâtons, parfois à genoux, et il sentait les parois de pierre prêtes à l'effleurer. Un courant d'air lui soufflait sur le visage, brise lugubre venue du fond de la nuit. Enfin, il déboucha dans la caverne la plus secrète de la montagne. L'araignée ne s'attendait pas à une telle intrusion. Un coup d'épée porté à son point faible, l'abdomen, mit un terme à sa sinistre existence. Ses sept filles délivrées, le prince dédia ces grottes à Bouddha, pour le remercier de cet heureux dénouement.

« Il faut décidément que j'essaie de faire quelque chose avec une araignée monstrueuse », nota Tolkien dans un coin de sa tête.

— Depuis, termina Than, les grottes où s'est déroulé le sauvetage ont reçu le nom de *Pindaya*, d'après l'ancienne appellation *Pinkuya* qui signifie « tuer l'araignée ».

Une bête hulula dans la nuit, comme pour conclure le récit.

— Vous pensez à la même chose que moi, Ronald ? lança Brody, malicieux.

— *Beowulf*, en effet, répondit Tolkien… Repaires secrets, mondes souterrains ou sous-marins gardés par le monstre…

Maung lâcha une phrase interrogative.

— Il demande de quoi vous parlez, expliqua le sergent bilingue.

— Dites-lui que je me demande pourquoi il y a tant de grottes, de cavernes, dans toutes ces histoires, sourit Tolkien. Il doit bien y avoir une signification cachée, non ?

Le vieillard écouta Than, réfléchit un instant, puis entama un soliloque émaillé de nombreux gestes. Le fusilier birman essayait de suivre son rythme, mais sa tâche était difficile car Maung ne marquait que de courtes pauses :

— Il dit que la grotte est l'image du ventre fécond de la femme. Il dit que la grotte enfante d'un homme nouveau, plus accompli. Il y a deux sortes de récits : « desi » et « marga ». Le premier est un divertissement, le deuxième est un enseignement spirituel.

— Peut-il développer ? interrogea Brody.

Il y eut un échange assez long entre l'ancêtre et Than, ce dernier demandant plusieurs fois des éclaircissements, comme s'il craignait de mal saisir les mots du sage. Au bout d'une minute ou deux, Than parut suffisamment sûr de lui pour affirmer :

— Dans le premier type de récits, le héros se contente de terrasser le monstre. Dans le second, il apprend des choses sur lui-même. Il émerge changé de la grotte. Il y a eu mort et renaissance dans la Terre-Mère. Celle-ci dit : « Envoyez-moi des jeunes gens, je les mangerai et je les vomirai rénovés. » Maung prétend aussi que les légendes ont pour modèle premier la course du soleil : le héros solaire affronte la nuit noire avant de ressurgir, plus brillant que la veille. C'est un cycle naturel.

De nouveau, un hululement monta de la jungle. Soudain, ce long cri se transforma en couinement de détresse. Puis plus rien… Là, dehors, un animal était vraisemblablement passé de vie à trépas.

Foster s'étira :

— Tout ceci est fort intéressant, mais personnellement, je n'en peux plus. (Un bâillement à s'en décrocher la mâchoire, suivi de :) Il est temps de prendre congé de nos hôtes…

— Vous avez raison, concéda Brody. Nous avons tous besoin de sommeil…

En dépit de la fatigue, Tolkien aurait aimé poursuivre la discussion une heure ou deux… mais il ne protesta pas. On se salua en échangeant des sourires. Il y eut moult courbettes et remerciements, de part et d'autre. Le chef s'excusait sans cesse de la pauvreté de son accueil, et ce avec une telle insistance que Tolkien ne put s'empêcher de se demander s'il s'agissait là d'une formule d'usage, ou bien si l'homme était sincère.

En ce qui le concernait, l'écrivain avait passé un formidable moment.

16

L'aube naissante tira Tolkien de son sommeil. Il se tourna vers les formes allongées près de lui. Les deux majors dormaient encore, leurs couvertures remontées jusqu'au menton. Le professeur décida de sortir sans attendre leur réveil.

La lumière du petit jour était délicate. Aucune fumée ne sortait des paillottes à toits de palmes. Aucun souffle de vent. La brume recouvrait le sol, comme si on avait délicatement posé une couette blanche sur le village silencieux. Des îlots humains émergeaient çà et là, silhouettes roulées en chien de fusil dans des ponchos décatis. Les Chindits ronflaient au rythme paisible de leur respiration et Tolkien éprouva tout à coup une bouffée d'affection pour ces hommes. Ils avaient déjà vécu tant de choses ensemble…

Il aperçut Cealendar, un peu plus loin, assis en tailleur, aussi immobile qu'un yogi en pleine concentration. Le demi-Elfe avait été raisonnable, la veille. Deux verres, pas un de plus.

Tolkien eut un sourire et enjamba plusieurs corps. Frissonnant au contact de l'air frais du matin, il plongea une louche en bambou dans une sorte d'abreuvoir, but à la régalade puis s'aspergea la nuque d'eau glacée.

— Ah, bonjour, professeur, dit Cealendar.

— Bonjour. Comment allez-vous, mon ami ?

— Bien… enfin, je crois. (Il regarda autour de lui.) Cet endroit ressemble à un petit coin de paradis arraché au ciel, vous ne trouvez pas ?

— En effet. On a du mal à croire que le reste du pays est ravagé par la guerre.

Petit à petit, le village s'anima.

Chose étrange, les Chindits grognassaient, maussades. Ils avaient pris un roboratif petit déjeuner, brouet à base d'orge grillé. La nuit avait été calme et reposante. Ce n'était donc ni dans la faim, ni dans le manque de sommeil qu'il fallait chercher une cause à leur mauvaise humeur.

— Que se passe-t-il ? s'étonna Tolkien auprès de Brody.

— Les gars ne veulent pas partir, expliqua le major en se frottant les yeux. Ils veulent qu'on reste vingt-quatre heures de plus...

— Mais nous avons promis au chef... débuta Foster.

Brody l'arrêta d'un geste.

— Je sais. Personnellement, je pense qu'une journée de repos supplémentaire ne nous ferait pas de mal.

— Je suis d'accord, s'empressa d'ajouter Tolkien, à qui personne n'avait demandé son avis.

L'Américain hésitait.

— La voie ferrée sera toujours là dans un jour ou deux, argumenta Brody. Nos hommes ont besoin de recharger leurs batteries, Dale...

— En parlant de batteries, il faut que je réessaie la radio, maugréa Foster.

— Laissez-moi négocier avec le chef. Je pense que je peux nous obtenir un sursis. C'est un calcul gagnant, mon vieux. Le temps qu'on perd ici, on le récupérera avec des soldats plus frais, plus motivés. Rappelez-vous l'embuscade. On aurait sans doute pu l'éviter si on n'avait pas autant tiré sur la corde...

Foster tourna les yeux vers la place centrale du village. Des poulets grattaient la poussière de leurs petites pattes. Un groupe de fusiliers birmans tentaient de troquer un briquet contre l'une des volailles. Kalir, installé à l'ombre d'une véranda en bambous, fabriquait une poupée à base de tiges tressées sous le regard ébahi d'une petite fille. Ses guerriers montraient aux jeunes chasseurs comment se servir d'un arc elfique.

— D'accord, soupira Foster. Voyez ça avec nos hôtes. Je vais consulter les cartes et demander un nouveau largage par radio.

Il se baissa légèrement pour rentrer dans la paillotte. Brody lança :

— Souhaitez-moi bonne chance.

— On compte sur vous, sourit l'écrivain.

Son ami marcha d'un pas volontaire jusqu'à la hutte du chef.

Tolkien alluma sa pipe et s'assit sur un minuscule tabouret. Il rêvait de rester un peu plus longtemps dans ce havre de paix, discuter avec ses habitants, échanger des points de vue, des histoires... Celles du vieux Maung lui avaient remué les tripes.

« Tant de mythes à découvrir », songea-t-il.

Il avait l'impression de les connaître déjà tout en les entendant pour la première fois, comme lorsque l'on éprouve une sensation de déjà-vu en pénétrant dans un lieu pourtant nouveau.

L'envie de reprendre son manuscrit lui chatouillait les neurones. Sur une page blanche de son journal de bord, il nota :

« *Les mythes nous révèlent ce que les êtres pensants ont en commun, d'une époque à l'autre, d'un continent à l'autre. Seuls les ornements diffèrent.* »

— La suite de votre roman ? questionna Cealendar.

— Hum, non. Je griffonne quelques, hum, réflexions.

Le demi-Elfe lut les deux premières phrases et acquiesça.

— Nous avons tous besoin de comprendre les mystères de la vie, c'est vrai, dit-il. Humains, Elfes, Noirs, Blancs, Jaunes... Nous nous posons tous les mêmes questions au sujet de la mort et de l'au-delà. Ces thèmes sont éternels.

Tolkien était sur le point de répondre quand il vit Brody, qui sortait de la hutte du chef, un sourire de contentement sur le visage.

— Alors ? s'enquit l'écrivain.

— J'ai obtenu une nuit supplémentaire.

— Formidable ! s'exclama Cealendar.

— Il y a une contrepartie.

— Ah ?

Le major s'inclina vers Tolkien et confia :

— J'ai promis au chef et au vieux Maung que, ce soir, nous les régalerions avec des légendes de notre cru.

— Allons, mon cher, vous savez comme moi à quel point notre vénérable Angleterre est pauvre en récits mythologiques. C'est d'ailleurs l'une des raisons qui m'ont poussé à me lancer dans mes propres...

Brody préféra interrompre l'universitaire avant qu'il ne se lance dans un long exposé :

— C'est bien de cela dont il s'agit, Ronald. Je leur ai parlé de VOS légendes ; celles de la Terre du Milieu.

— Quoi ?

— Ils sont très curieux d'écouter ça.

Cealendar hocha la tête, enthousiaste.

— Excellente idée.

— Mais... je ne suis pas un conteur, protesta Tolkien. Et mon histoire de l'anneau n'est pas terminée. Je...

— Racontez-leur Bilbo, proposa le major.

— Non, non, non... Je n'oserais jamais.

Cealendar sourit :

— Je le ferai, moi, si vous voulez. J'ai lu le livre il n'y a pas si longtemps. Il est encore très frais dans ma mémoire. Et si jamais je me trompe, l'auteur en personne sera là pour me corriger, n'est-ce pas ?

— Je ne sais pas, bougonna Tolkien.

— Allons, pas de coquetterie, Ronald, le gourmanda Brody. Vos récits sont superbes et vous allez faire un malheur.

Levant les yeux en direction du demi-Elfe, Tolkien dit :

— Bon, d'accord. Mais, par pitié, prononcez les noms propres correctement. Je me suis donné beaucoup de mal pour les trouver.

L'après-midi, un rapide conseil de guerre réunit Brody, Foster, Kalir et Than, le sergent bilingue. Ce dernier traduisait les paroles d'un bûcheron birman qui connaissait parfaitement la région.

— D'après cet homme, le passage le plus court pour atteindre la voie ferrée se situe par ici, entre Bongyaung et Nankan.

Than traça de son ongle une route imaginaire sur la carte littéralement envahie par le vert de la jungle tropicale.

Foster, la bouche de travers, paraissait plongé dans un intense débat intérieur.

— Je propose que l'on monte plus au nord, dit-il. Là (son index pointa une rivière, à quarante kilomètres de la zone préconisée). Il y a un pont qui enjambe l'Irrawaddy. Si on le détruit, on pénalisera durement les troupes japs stationnées sur la berge orientale, à Katha.

Le jeune chasseur avait compris les intentions de Foster. Il se lança de son propre chef dans un discours enflammé.

— Il prétend que le pont est trop bien gardé. Les Japonais vérifient les piliers tous les jours. Pas possible de poser des explosifs.

— Il y a une solution, riposta l'Américain. On peut prendre le contrôle du train AVANT qu'il ne s'engage sur le pont. Ces convois sont bourrés de matériel et de munitions. Si tout saute au moment où la locomotive traverse la rivière, on fera d'une pierre deux coups !

Brody affichait une moue sceptique. La fatigue des derniers jours lui embrumait l'esprit. Pourtant, de l'acuité de son jugement dépendait le sort de nombreuses vies. Anxieux, il entrelaça ses doigts jusqu'à en faire craquer les phalanges.

— Cela peut-il être fait, d'après vous ? demanda-t-il à Kalir.

— Combien d'hommes dans le train ? rétorqua l'Elfe d'une voix quasiment indifférente.

— C'est variable, dit Foster... Entre cinquante et deux cents. Mais l'ordre des wagons est toujours le même. Et je sais où ils placent le gros des troupes.

Kalir parut peser le pour et le contre mentalement.

— Difficile, mais pas impossible, trancha-t-il après une dizaine de secondes.

Brody ne semblait toujours pas convaincu. Un nœud de mauvais augure se formait dans son estomac. Il essayait de trouver les mots qui convenaient.

— Je n'aime pas ce plan, reprit-il. On ferait mieux de s'en tenir à ce qui était prévu initialement : le sabotage de la voie principale. Le reste, c'est du bonus. Rappelez-vous les recommandations de Wingate : « Pas de zèle ! »

— Nous avons là une occasion unique de frapper fort, surenchérit Foster. Pensez au prestige qui rejaillira sur les Chindits, après un tel exploit !

— Sur les Chindits… ou sur vous ?

— Qu'insinuez-vous ?

— Que vous avez peut-être les yeux plus gros que le ventre, Dale. Après cet affront, Kawabe rameutera l'ensemble de ses divisions pour nous faire la peau. Chaque Jap disponible en Birmanie sera réquisitionné et viendra nous coller aux basques. Je doute que nous parvenions à rejoindre Imphal dans ces conditions.

Foster écarta l'objection d'un geste :

— Alors nous pousserons en sens inverse, vers l'ouest. Les tribus des monts Kachin nous hébergeront. De là, nous rallierons la Chine sans problème.

— J'envie votre optimisme… Je ne vous suivrai dans cette folie que si le Q.G. nous donne son feu vert. Vous avez réussi à les contacter ?

— Non, les signaux passent mal par ici. Nous sommes sans doute dans un endroit trop encaissé.

Le regard morne, Foster soupira :

— Bon. Très bien. Nous attendrons la prochaine liaison radio pour prendre une décision.

Il se sentait si las, si incroyablement las, que le seul fait de se tenir debout, à l'intérieur de cette hutte, lui extorquait un effort conscient. Foster, de son côté, semblait farouchement déterminé à obtenir gain de cause. Il enchaîna :

— C'est jouable. Faites-moi confiance. (Tout sourire, il posa une main sur l'épaule de l'Elfe en ajoutant :) Kalir a dit qu'il se chargeait du train avec ses guerriers, ça devrait vous rassurer, non ?

Visiblement, le fils de Fantilir n'appréciait guère cet accès de familiarité. Ses yeux étaient aussi durs que des éclats de silex. Le silence tomba entre lui et l'Américain tel un couperet. Foster retira sa main d'un mouvement vif et se racla la gorge, gêné.

— Nous passerons par ici, reprit-il en se penchant de nouveau sur la carte. Nous longerons la voie, au sud d'Indaw, et…

Soudain, un déluge de paroles le coupa dans son élan :

— *Dji nhva nîm puhlong seshmê, céplin dmakâlh, chal ! Céplin dmakrâlh !*

Than fit signe à l'indigène de s'arrêter. Celui-ci obéit, mais une espèce de peur mal contrôlée déformait encore ses traits.

— Il nous déconseille formellement de passer par là, traduisit le sergent. C'est un territoire maudit. Le territoire des mauvais esprits de la forêt… à moins qu'il veuille dire « mauvais génies », je ne suis pas sûr. Il emploie un mot bizarre, sans doute une déformation locale, que je ne connais pas.

Foster se fendit d'un sourire paternaliste.

— Remerciez-le pour nous. Les renseignements qu'il nous a fournis vont nous être très précieux. Et qu'il ne s'en fasse pas pour les mauvais génies (il tapota la gaine de son revolver), nous avons de quoi les recevoir.

À la nuit tombée, indigènes et Chindits partagèrent le repas du soir sur la place du village où l'on avait allumé un immense feu de joie. En comparaison, le disque de la lune, distant, irréel, faisait presque pâle figure. Les flammes dansaient au rythme des tambourins et des flûtes qui dispensaient une musique lascive, d'une envoûtante étrangeté. Les différents plats étaient présentés sur des feuilles de palme. Des brochettes circulaient de main en main. L'alcool avait abondamment coulé, comme en témoignaient les rires tonitruants des uns et des autres, ponctués de grandes claques dans le dos. Il faut dire que l'eau de vie birmane, baptisée *pinta* – un breuvage très fort, à base de sucre – montait vite à la tête. Cealendar en avait bu un gobelet, histoire de se donner du courage, et cette lave liquide avait cautérisé ses tripes en un instant.

Brusquement, sur un signal du chef, tous les Birmans se turent.

L'heure sacrée était venue.

Le vieux Maung dessinait des figures complexes dans la terre, avec un long bâton. Il psalmodiait à mi-voix, comme s'il était seul au monde.

— Que dit-il ? demanda Tolkien au sergent birman.

Ce dernier ne put qu'avouer son ignorance :

— Je ne connais pas cette langue…

Maung plongea les mains dans un sac de farine de maïs, puis il dispersa la poudre blanche devant ses invités, au premier rang desquels se trouvaient les deux majors, Than, Tolkien, Cealendar et les Elfes.

Brody murmura au métis :

— Je crois que ça va être à vous.

Et en effet, moins d'une minute plus tard, les mains qui tapaient sur les tambourins firent silence. L'ancêtre désigna Cealendar de l'extrémité de son bâton. Le demi-Elfe s'inclina, puis marcha au centre du cercle formé par les villageois et les Chindits. Than était avec lui. Narrateur et traducteur paraissaient en proie à un trac égal. Tous les yeux se braquaient sur eux. Toutes les oreilles attendaient. Cealendar avait conscience de jouer avec la patience du public, seulement... par où commencer ? Le monde forgé par le professeur Tolkien lui semblait soudain très complexe. Des trolls ! Des Hobbits ! Qu'est-ce que des indigènes birmans allaient bien pouvoir comprendre à tout ce charabia ?

— Cette histoire se déroula il y a fort longtemps, dans une lointaine région baptisée la Comté, débuta-t-il timidement. Là-bas vivait un peuple de petits hommes agiles et paisibles : les Hobbits.

Première pause. Cealendar jetait des regards envieux aux buveurs de *pinta*. Than se mit à parler au même rythme que lui, sur le mode déclamatoire. Son visage avait l'expression studieuse d'un homme confronté à une tâche ardue. Au final, il traduisit « Hobbits » par... Hobbits.

— Bilbo Saquet était l'un de ces petits hommes. Il habitait dans un trou, mais pas un terrier d'animal, non. Son trou à lui était aménagé avec des meubles, une cheminée pour le feu, et tout le confort dont un Hobbit put rêver... Un matin, on frappa à sa porte. C'était Gandalf, le magicien à la longue barbe blanche...

Et il continua ainsi durant une demi-heure, sollicitant du regard le professeur Tolkien lorsqu'il avait un doute. Ce dernier, nerveux, se tortillait sur son tabouret. Il intervenait ponctuellement, bras levé, le bec de sa pipe pointé sur le demi-Elfe. En dépit d'une évidente bonne volonté, Cealendar se trompait parfois dans une prononciation, ou bien il oubliait un détail important pour la suite de l'intrigue. Plus le récit progressait, plus les précisions apportées par l'écrivain – l'équivalent oral des notes de bas de page – se faisaient nombreuses et denses. Il fallait presque lui reprendre la parole de force pour l'empêcher de s'embourber dans de longues digressions. Than essayait de traduire l'intégralité de ces échanges, et ses capacités linguistiques étaient mises à rude épreuve.

Peu à peu, Cealendar se décontracta. Les Birmans avaient l'air d'apprécier les aventures du petit Bilbo. Les Chindits aussi, d'ailleurs. Kalir et ses guerriers commentaient le récit à voix basse. Ils souriaient aux bons endroits, et cette marque de contentement leur donnait une allure moins hautaine qu'à l'accoutumée. De temps en temps, Cealendar ouvrait son exemplaire du Hobbit à une page illustrée, pour mieux montrer de quoi il parlait. Tolkien ne savait alors plus où se mettre.

— Ces dessins sont très mauvais, marmonnait-il, la pipe soudée aux lèvres.

Le public réagit bruyamment durant l'épisode de l'attaque des gobelins, lorsque les affreuses créatures entraînent leurs prisonniers au sein des cavernes.

— Qu'est-ce qui leur arrive ? interrogea Cealendar.

— Je ne sais pas, répondit Than avec un haussement d'épaules. Ils parlent des « mauvais génies » qui vivent sous terre.

Les flammes du grand feu semblaient particulièrement agitées, elles aussi. Pourtant, le vent était calme et ne soufflait pas en rafales.

Cealendar se racla la gorge.

— Heureusement, poursuivit-il, Gandalf vint au secours de ses infortunés compagnons. Il tua le chef des gobelins, et les autres prirent la fuite.

Le soulagement du public fut nettement perceptible.

— Mais, dans la précipitation, Bilbo était resté là, évanoui. Quand il s'éveilla, livré à lui-même, il décida de suivre un chemin descendant et là, dans les ténèbres, il trouva un anneau doré qu'il fourra dans sa poche.

Vint l'entrée en scène de Gollum, vite suivie des trois énigmes. Les Birmans riaient de la malice de Bilbo et du bon tour joué à l'infortuné possesseur de l'anneau.

La suite fut un peu plus confuse, car Cealendar mélangeait l'ordre des péripéties. Ainsi, dans sa version, Beorn – et non pas le grand aigle – sauvait Bilbo et ses compagnons des loups, Gandalf disparaissait puis réapparaissait sans explication, le trajet de l'expédition devenait embrouillé, voire illogique…

— Non, non, ce n'est pas cela ! s'exclama Tolkien, n'y tenant plus.

L'écrivain se leva et reprit le récit en amont. C'était fascinant de le voir s'agiter, réciter des répliques entières d'une voix forte, éclaircir tel ou tel point négligé par le précédent narrateur. Ce dernier en profita pour s'éclipser, reculant lentement vers sa place d'origine, un sourire entendu au coin des lèvres.

Tolkien captiva l'auditoire sans peine. Découpée par les lueurs du feu, sa gestuelle prenait des aspects extraordinaires. Il savait ménager ses effets et, comme tout créateur digne de ce nom, il vivait véritablement son histoire de l'intérieur. Sa vision de la Terre du Milieu était dense et complète. Il scandait les tirades dans ses langues inventées puis, réalisant d'un coup qu'il était le seul à connaître le sens de ces mots, il s'empressait de les traduire en anglais. Than avait beaucoup de mal à coller au tempo imposé par l'écrivain. Son débit d'une rapidité légendaire – particularité qui désespérait certains de ses étudiants – et son articulation hâtive ne simplifiaient pas les choses.

— Pitié, professeur, finit par supplier le sergent. Moins vite ! Moins vite !

Tolkien obtempéra... pendant quelques minutes. Heureusement, Than avait fini par s'habituer à son élocution.

L'entrée en scène des Elfes, peu avant la grande bataille finale, suscita un vif émoi. Les villageois examinaient à présent la délégation du Sylvaniel d'un regard révérencieux. On frémit à l'évocation du dragon Smaug et de son effroyable colère. Comme si elles étaient elles aussi emportées par la magie du verbe, les flammes se réveillaient aux moments les plus dramatiques. Les gens écoutaient, les traits pétrifiés à force de concentration. Après que Tolkien eut narré le choc des armées et la mort héroïque du Nain Thorïn, un murmure de soulagement accueillit l'heureuse issue du combat.

— Ainsi, termina l'écrivain, le trésor gardé par le dragon fut partagé équitablement et, après avoir fait ses adieux à ses compagnons de voyage, Bilbo rentra chez lui accompagné de Gandalf. Il revenait dans son pays, riche non seulement de trésors, mais surtout de sagesse et de souvenirs.

Des applaudissements spontanés éclatèrent, ainsi que des cris de joie. Les gens semblaient heureux d'avoir partagé ce moment hors du temps, à la lueur du grand feu. Plusieurs villageois vinrent jusqu'au professeur pour le congratuler. Ce contact physique était plein de chaleur et d'admiration.

Tolkien serrait des mains en souriant. Il opinait à chaque phrase, même s'il ne comprenait pas un traître mot de ce qu'on lui racontait. À vrai dire, il était très surpris de l'impact que son histoire avait eu sur ce public si différent de celui pour lequel il l'avait écrite. Il se sentait à la fois ému et fier. Un chasseur revenant de la jungle avec une dépouille de tigre sur l'épaule n'aurait pas été davantage félicité !

Maung s'approcha à son tour du héros de la soirée. Après s'être planté, droit comme une sagaie, devant le professeur, il débita une longue tirade interrogative.

— Il vous demande si vous leur avez raconté une chronique d'événements réels, ou bien s'il s'agit d'une histoire inventée de toutes pièces, traduisit Than. Ce n'est pas clair dans son esprit.

— C'est une histoire inventée, répondit Tolkien. Mais traitée comme une chronique d'événements réels. Si l'auteur n'y croit pas en premier, comment peut-il espérer embarquer son public ?

Than répercuta ces propos en birman et le vieux sage acquiesça.

— Il dit qu'il a beaucoup aimé votre conte. Il demande s'il peut en reprendre certains éléments pour les adapter aux légendes de son peuple.

Tolkien sentit ses joues cuire, et pas seulement à cause de la proximité du feu.

— Assurez-le que j'en serais honoré. Moi-même, j'ai beaucoup aimé son histoire avec l'araignée, et il est fort possible que je m'en resserve un jour.

Un nouvel intermède en birman, puis :

— Maung vous remercie. Il dit que les légendes sont comme des graines portées aux quatre vents, et qu'elles ensemencent l'esprit des hommes.

— C'est une belle définition, approuva Tolkien.

L'ancêtre le salua une dernière fois, mains jointes sur le front, puis il s'éloigna, entouré d'un aréopage de jeunes suivantes. Kalir le remplaça aussitôt.

— Votre histoire est une bonne histoire, dit simplement l'Elfe… même si vous faites un peu trop la part belle aux Nains.

Un instant, Tolkien se demanda s'il n'avait pas perçu une amorce de plaisanterie dans cette dernière remarque. Le sourire de Kalir confirma ses soupçons.

— Votre peuple est la vedette, si je puis dire, de mon œuvre principale, expliqua l'écrivain en souriant lui aussi. Il s'agit d'une longue suite de récits et de poème baptisés *Le Silmarillon*. Les aventures de Bilbo ne sont que... qu'un amusement.

— Je serais très curieux d'écouter ou de lire vos autres textes.

— *Le Silmarillon* n'est pas encore achevé. Je crains qu'il me faille encore de nombreuses années si je veux espérer en tirer quelque chose de lisible pour le commun des mortels.

— Bien. Dans ce cas, le commun des mortels et celui des immortels attendront... (Il s'inclina.) Vous êtes un homme de grand talent, professeur Tolkien. Que la nuit vous soit douce.

La délégation elfique prit congé. Les villageois se dispersèrent progressivement, par petits groupes. Les Chindits aussi. Brody et Foster complimentèrent l'écrivain, puis ils partirent se coucher à leur tour. Than ronflait déjà, recroquevillé dans son sac à viande, à l'entrée d'une hutte. Sa performance l'avait encore plus épuisé qu'une marche forcée à travers la jungle !

Au-dessus du village, les étoiles scintillaient d'un éclat revigorant. La nuit était douce, porteuse de songes. Tolkien n'avait pas envie d'aller dormir. Il s'assit sous la véranda de sa paillotte pour y fumer une pipe bien méritée. Cealendar le rejoignit.

— Je peux ? lança-t-il.

— Bien sûr.

Le métis s'installa à côté de Tolkien. Celui-ci semblait s'être abîmé dans ses propres réflexions, mais le silence qui s'insinuait entre les deux compagnons n'avait rien de gênant. C'était plutôt un silence fraternel. Tolkien remarqua que son ami tenait un gobelet de *pinta* dans la main.

— Est-ce bien raisonnable ? fit-il, avec un fond de gêne dans la voix.

— Je maîtrise ma consommation, rétorqua calmement Cealendar.

Une réponse typique d'alcoolique. Tolkien choisit de ne pas insister. Après tout, il n'était ni le père ni le supérieur du métis.

Une minute s'écoula.

— Tout à l'heure, vous l'avez fait exprès, hein ? questionna Tolkien.

— Exprès de quoi ?

— De vous embrouiller…

— Oh, je n'aurais certainement pas agi ainsi si je n'avais pas senti que vous mouriez d'envie de reprendre le flambeau, professeur.

Tolkien pouffa en recrachant un nuage blanc :

— Vous êtes machiavélique, monsieur Cealendar…

— Ces gens étaient assez chanceux pour avoir l'auteur de l'histoire, en personne, sous la main. Il aurait été dommage de s'en priver !

— Voilà qui n'est pas très loyal.

— Qui mieux que vous aurait pu raconter les aventures de Bilbo le Hobbit ?

Tolkien ne répondit pas, se bornant à hocher la tête. Son regard restait accaparé par le feu mourant. Les flammes n'étaient plus que braises, cœur rouge palpitant dans la nuit.

— Il faudrait que je retravaille ce texte, confia l'écrivain, après un long moment. Certains détails ne collent plus avec la grande fresque que j'ai entamée. Et puis le ton est trop enfantin, en tout cas au début. Je le déplore.

— Attention au piège du perfectionnisme.

— Un monde, même s'il est imaginaire, réclame une cohérence parfaite… (Il soupira :) C'est le travail d'une vie complète, je le crains.

Cealendar but une gorgée et hoqueta un petit rire.

— Vous savez à qui vous me faites penser, professeur ?

— Heu, non…

— À ce Français, le Facteur Cheval.

— Pitié ! J'ai horreur des Français. Le peu que j'en ai vu en 1916 ne m'a pas séduit du tout. Et je trouve que leur cuisine est très surestimée…

— Je suis sûr que le Facteur Cheval vous aurait plu, lui.

— Qui est ce bougre ?

— Un original. Un excentrique. Durant des années, en dehors de ses heures de service, il a construit un palais dans son jardin…

— Un palais ?

— Oui, une sorte de monde en miniature… Comme vous avec votre Terre du Milieu. Il a bâti cet édifice, pierre après pierre, sans se soucier des gens du voisinage qui le prenaient pour un fou. J'imagine que vos collègues sont parfois déconcertés par vos œuvres de fiction, non ?

— C'est vrai… Il y n'y a guère que mon ami Jack Lewis qui daigne prendre ces récits au sérieux.

— Vous voyez, vous êtes le Facteur Cheval d'Oxford. Il a créé son « palais idéal », et vous avez créé votre « monde idéal ».

Tolkien médita en silence ces dernières paroles.

— Son édifice ne lui est jamais tombé sur la tête, à votre facteur ? demanda-t-il une fois sa pipe vidée et nettoyée. Le mien est tellement vaste et tellement branlant que je redoute parfois de le voir s'effondrer sous le poids de sa propre complexité.

— C'est un risque à courir, quand on se prend pour Dieu, non ?

— Que voulez-vous dire ?

— Chez vous comme chez Cheval, il y a, chacun à votre échelle, une sorte de toute puissance créatrice : vous êtes le « premier moteur » ; c'est comme cela qu'Aristote appelait Dieu ! « Au commencement, Il créa le ciel et la Terre. La Terre était vide et informe, et l'obscurité emplissait tout… »

— Vous connaissez la Bible ?

— Mes différentes familles d'adoption avaient un point commun : elles étaient très croyantes.

Tolkien gloussa :

— Moi, en tout cas, il m'aura fallu beaucoup plus de sept jours pour achever mon œuvre… (Une pause songeuse, puis :) Vous n'avez pas répondu à ma question. Le palais de votre hurluberlu… Il a tenu bon ?

— Tout à fait. D'ailleurs je crois qu'on peut le visiter. Je ne l'ai vu qu'en photo, et c'est déjà très impressionnant (il eut un rire sans joie). Cheval voulait être enterré sous sa création, mais la loi française l'interdit. Alors il a sculpté pour lui-même un immense tombeau, une sorte de mausolée, dans le cimetière communal.

— Il avait de la suite dans les idées, votre Français.

Tolkien se leva.

— Cette fois, je vais aller me coucher. Bonne nuit, et merci pour cette instructive anecdote.

— Bonne nuit à vous, professeur.

Tolkien disparut sous le toit de palmes, laissant Cealendar seul en compagnie des ombres de la nuit.

Des nuages défilaient à présent devant la lune, la cachant par intermittence. Entre ces longues traînées grisâtres, le ciel piqueté d'étoiles était d'un noir profond.

Le demi-Elfe regarda son gobelet et un mauvais frisson le parcourut. Vide. Plus une goutte. L'envie le reprenait. Ses oreilles bourdonnaient. Des griffes invisibles chatouillaient son âme et il ressentait des picotements sous la peau.

La bête-qui-a-soif trépignait.

Les tonneaux de *pinta* étaient entreposés à l'air libre, une dizaine de mètres plus loin. Personne ne le verrait. Personne ne le saurait.

La main qui tenait le gobelet se mit à trembler. Un tremblement de vieille femme.

— Fous-moi la paix ! cria-t-il.

Il le jeta très loin dans les fourrés.

17

Peu après le lever du soleil, les villageois au grand complet se rassemblèrent pour saluer une dernière fois leurs invités. La tristesse se lisait sur les visages, chez les autochtones comme chez les membres du commando.

Tolkien se sentait aussi ému que ses personnages au moment de quitter la Lorien. Il avait la curieuse impression de laisser derrière lui un lieu aimé de longue date et peinait à dissimuler son désarroi. Juste avant de sangler son sac à dos, il serra la main du chef, puis celle du vieux Maung.

— Merci pour tout, dit-il.

Puis il s'inclina à l'indienne. Than lui avait appris que ce geste signifiait « reconnaître la part du divin qui est dans l'autre », et il aimait cette façon de voir les choses. Ici, tout paraissait simple, évident. Foster et Brody exprimèrent également de sincères remerciements. Les Chindits reprenaient la route avec quelques forces recouvrées. Associée aux soins d'Harvanel et aux sulfamides de Johansson, la médecine locale avait aidé la moitié des blessés à se remettre d'aplomb. Armes et équipements avaient été nettoyés et graissés, précaution indispensable compte tenu de l'humidité ambiante. Les Elfes laissèrent en cadeau un de leurs arcs, ainsi que quelques flèches, geste qui fut grandement apprécié.

Lorsque la colonne se mit en marche, les villageois entonnèrent un chant mélancolique. Ces notes vibrantes firent monter les larmes aux yeux des plus rogues. Les enfants agitaient la main avec des sourires tristes. Les anciens hochaient la tête en égrenant des bénédictions à rallonge. Les soldats traînaient des pieds, alourdis en leur for intérieur. Ils abandonnaient la chaleur et la sécurité, tels des marins appareillant vers l'inconnu.

— Allez, mes braves ! les harangua Foster. Les lauriers de la victoire nous attendent !

Quelques mentons se relevèrent, mais le cœur n'y était pas.

Un Chindit inspecta des yeux le ciel chargé de menaces.

— On va encore se prendre la saucée, lâcha-t-il.

Et, en effet, moins de cinq minutes plus tard, la pluie commença à tomber.

Au début, ils empruntèrent une piste étroite puis, au premier coude venu, ils continuèrent tout droit, ouvrant un rideau de lianes aussi épaisses que des cordages à l'aide de sabres ou de machettes.

Les arbres retentissaient de cris perçants, comme si une bonne partie des animaux de la région avaient décidé de brailler sans raison.

Foster demanda à Halimath :

— Qu'est-ce qu'ils baragouinent comme ça ?

— Ils ont peur, répondit l'Elfe.

— De nous ?

— Non… D'autre chose.

Foster se frotta le nez en grommelant :

— Pourriez-vous, pour une fois, vous exprimer autrement que par des phrases sibyllines, s'il vous plaît ?

Les Elfes et leur froideur laconique, il en avait soupé !

— Je ne sais pas de quoi ils ont peur, compléta le dresseur. Les échanges sont très confus.

Un battement de cœur, puis le major opina, lèvres pincées :

— Je comprends. Excusez ma saute d'humeur. C'est juste que… le boucan et cette chaleur… ça me tape sur les nerfs.

L'incident était clos, mais le climat de fébrilité allait crescendo. Des formes rampantes s'enfuyaient au moindre craquement de branche. Tout n'était que bruits suspects… On aurait dit que la nature conspirait. Un grand ara eut l'imprudence de se montrer ; les Elfes l'abattirent. Un lézard qui escaladait un tronc d'arbre à toute vitesse connut le même sort. Les villageois avaient offert quelques fruits aux Chindits – mangues, bananes… – et un peu de riz. En échange, Brody leur avait signé, au nom de George VI, une reconnaissance de dettes. L'attention des autochtones était touchante mais, pour des hommes qui se dépensaient sans compter la majeure partie de la journée, la viande allait vite faire défaut. Bien qu'adressées à des dieux différents, les prières des soldats demandaient toutes la même chose : un nouveau parachutage !

Comme d'habitude, les ânes avançaient en queue de file, escortés par les Chindits les moins endurants. Tolkien faisait partie du lot. Cealendar était là, lui aussi. Brody et Foster l'avaient placé à l'arrière car ils pensaient que ses sens affûtés aideraient à prévenir une attaque en crochet semblable à celle de l'autre fois. Tirant chacun une bête par la bride, Tolkien et le demi-Elfe discutaient de légendes et de littérature. Seulement le cœur n'y était pas. Cealendar marchait d'un pas de plomb, l'air absent.

— Votre *Lai de Beren et Luthien*, comment se termine-t-il ? questionna-t-il sans oser regarder Tolkien dans les yeux. Il arrive bien un jour où Beren meurt et où Luthien se retrouve seule, non ?

— Hum, c'est plus compliqué que cela, marmonna l'écrivain. Après le décès de son aimé, la jeune Elfe s'aventure en esprit dans les cavernes de Mandos, où elle chante devant Mandos lui-même pour qu'il accorde une seconde chance au pauvre Beren. Son chant est tellement beau et émouvant que le juge des morts exauce son vœu… à la condition qu'elle devienne une mortelle, elle aussi. Luthien accepte. Et c'est ainsi qu'elle part vivre le reste de ses jours avec Beren, à qui elle donnera un fils, Dior, ancêtre des rois de Numenor… (Il adressa un sourire plein de sympathie à Cealendar.) Les descendants de Luthien sont comme vous, mon ami. Leur longévité dépasse de loin celle des humains ordinaires…

— La longévité… répéta le demi-Elfe, comme un sombre écho aux paroles de Tolkien. Une malédiction, si vous voulez mon avis.

Le terrain devenait de plus en plus difficile. Ils attaquèrent bientôt une pente assez raide. À certains endroits, les Chindits devaient former une chaîne avec les mains pour s'aider à passer. Selon sa corpulence, sa souplesse, chaque soldat s'adaptait comme il pouvait aux traîtrises du sol. L'effort autant que la tristesse assombrissait le visage de Cealendar. Après l'évocation du lai de Tolkien, le demi-Elfe n'avait plus proféré un mot. Au fond de lui, un fil invisible se tendait à outrance. Après tout, pourquoi se battre au côté des Alliés et des Elfes ? Pourquoi mourir pour eux ? En dépit de tous ses efforts, aucun de ces deux peuples ne l'avait accepté. Il n'était rien à leurs yeux. Il n'existait pas ! Bercé par la marche, il se laissa aller à rêver d'une vie simple, dans la jungle, au côté des villageois qui les avaient si bien accueillis. Là-bas, personne ne l'avait regardé de travers ; personne ne l'avait jugé…

Quelque chose remua dans son ventre. Il aurait bu n'importe quoi, même un flacon d'*Aqua Velva*.

En fin de matinée, l'expédition atteignit le faîte d'une colline bien dégagée. Vue d'ici, la région se résumait à une succession de vallées en creux et de grands fleuves. L'embrouillamini de la forêt semblait occuper chaque centimètre carré jusqu'à l'Irrawady. Le ciel prenait des teintes bizarres – vert, puis jaunâtre… – et une frange de nuages menaçants s'éventraient sur les sommets des monts Kachin, très loin à l'est.

Foster alluma la radio. Il écumait la bande passante de long en large, en faisant tourner sa mollette entre ses doigts humides de sueur. Ses lèvres articulaient des jurons blasphématoires qu'il n'osait prononcer à voix haute.

— Rien, pesta-t-il après plusieurs tentatives malheureuses. Rien que des foutus parasites ! Cette radio est morte, *kaput* comme disent les Boches !

Il se dressa et jeta ses écouteurs par terre en braillant :

— Putain de merde !

— Du calme, Dale, le sermonna Brody. Les officiers n'ont pas vocation à se donner en spectacle.

Tout le monde les observait. L'Américain acquiesça puis, baissant le ton :

— Vous avez raison. Excusez-moi… En attendant, et concrètement : sans ordres, sans parachutage, on fait quoi ?

Brody se rongeait le pouce. Le fardeau du choix – cette responsabilité qui pesait maintenant de tout son poids sur ses épaules – était presque palpable. Il cracha un bout d'ongle et dit :

— On va jusqu'à la voie ferrée par le chemin le plus court, on la fait sauter et on dégage.

Foster acquiesça mais il ne put s'empêcher d'ajouter :

— Je suis certain qu'avec le concours des Elfes, on arriverait à prendre le contrôle du train sans même tirer un coup de feu !

Brody grimaça. Il n'aimait pas ce plan. Il ne l'avait jamais aimé. Mais d'un autre côté, s'ils réussissaient...

— C'est la seule manière de couper en deux les forces de Kawabe, continua l'Américain, comme s'il lisait dans ses pensées. La clé de la victoire totale se trouve peut-être là, sous nos yeux. Pensez à ça, mon vieux !

— Un coup de poker, marmonna Brody d'une voix pâteuse. Vous me proposez de jouer la mission à quitte ou double, hein ?

— Mon idée est risquée, certes, mais pas irréalisable. Il y a un château d'eau, dix kilomètres avant le pont de Katha. Les convois sont obligés de s'arrêter là. C'est le lieu d'embuscade idéal.

Brody était d'une pâleur d'outre-tombe. Il se frotta les yeux avant de décréter :

— D'accord. Essayons ça.

Foster lui donna une tape.

— Merci, camarade ! Vous avez fait le bon choix. (Il se retourna vers le reste des hommes.) Allez, debout les gars ! On repart !

— Quelle direction, major ? demanda Than, premier levé.

— Par là !

Foster indiquait la trouée de l'Irrawady, au nord-est.

— Il y a un problème, expliqua le sergent, l'air gêné.

— Quoi ?

— Les copains ont discuté avec les gens, au village. Ils savent que ce secteur est maudit.

L'Américain soupira :

— Encore cette histoire de mauvais génies ?

Than opina.

— Vous voyez ce temple, là-bas ?

Foster plissa les yeux. Du vert, partout. Il n'apercevait aucun bâtiment. Than pointa le canon de son fusil sur un monticule que le major avait d'abord pris pour une colline semblable à celle sur laquelle ils se trouvaient.

— C'est là. Regardez mieux.

Brody lui tendit ses jumelles. Avec l'aide des verres grossissants, l'officier décela, sculpté sur le flanc occidental de la « colline », une espèce d'escalier en pierres moussues. Il déglutit. Là, un angle. Ici, un pan de mur écroulé. Et cette chose, ensevelie sous un amas de lianes, ne ressemblait-elle pas à une idole grimaçante sortie d'un cauchemar ?

— Ici vivent les mauvais esprits, déclara Than.

Des tremblements faisaient vibrer la voix du sergent.

— Je sens une présence obscure en ce lieu, confirma Kalir avec toute son autorité naturelle.

Plus personne n'osait parler. L'Américain leva les yeux au ciel. Il ne voulait pas s'aliéner les Elfes, mais il était clair que son capital de patience approchait du niveau zéro.

— On peut contourner cette zone, proposa Brody sur un ton conciliant. Il y a des convois tous les jours. Si on rate celui d'aujourd'hui, on attaquera demain. Ce n'est pas grave. (Il récupéra ses jumelles, gratifiant au passage son homologue d'un regard chargé d'acidité.) Et puis, il faut qu'on se donne un peu de temps pour la préparer, votre attaque surprise… camarade.

Conscient qu'il ne pouvait gagner sur tous les tableaux, Foster mit ses mains au-dessus de sa tête, paumes bien visibles, comme s'il se rendait à un ennemi plus nombreux ou mieux armé que lui :

— Très bien, dit-il. On contourne. Mais, s'il vous plaît, ne perdons pas de temps.

Il ramassa son barda et, donnant l'exemple, dévala en petite foulée la pente qui se jetait dans la jungle.

Les brodequins s'enfonçaient dans le sol putrescent avec un bruit de succion. Parfois, lorsque quelqu'un trébuchait sur une racine, un glapissement rageur éclatait, mêlé à un spasme de fatigue.

Les arbres de cette région étaient tous tordus. Il émanait d'eux quelque chose de malsain, et la couche de lichen moelleux qui recouvrait leur tronc n'arrivait pas à atténuer cette apparence torturée. Les lianes accrochées aux branches semblaient d'une consistance inhabituellement résistante. Foster se défoulait sur elles. Front en sueur, mâchoires crispées, il jouait du coupe-coupe avec rage. Pour rester à distance respectable de ce maudit temple, ils avaient allongé leur course d'au moins quatre kilomètres... « La peste soit de ces superstitions ! » pensait le major en taillant la végétation à tour de bras.

Brody donna le signal de la pause en milieu d'après-midi. Après un quart d'heure de détente, les hommes valides furent réquisitionnés pour cueillir les tubercules qu'un soldat avait repérés parmi le fouillis de ronces.

— C'est vraiment comestible, ça ? demanda Brody.

Les supplétifs Birmans acquiescèrent, et l'on chargea les mulets de toute la nourriture que l'on put glaner dans les parages, appétissante ou pas.

Intellectuellement stimulé par son séjour au village, Tolkien profitait de ces brefs moments de repos pour noircir à nouveau ses carnets. Il avait interrompu la partie « journal de bord » et se concentrait maintenant sur son histoire en cours. Ainsi, en se penchant sur son épaule, on pouvait lire des notes telles que :

« *She-lob*. Araignée femelle. Assez repoussant ? »

Ou encore :

« Scène de feu de camp. Ragoût de lapin ? »

Évidemment, à ce stade, pareilles phrases ne voulaient rien dire pour personne, excepté pour leur auteur.

Au moment de repartir, Tolkien se figea en position défensive. Le regard flamboyant, Cealendar brandissait une machette au-dessus de son crâne. L'espace d'une seconde, l'écrivain fût persuadé que son ami était victime d'une nouvelle crise de *delirium tremens*.

— Ne... commença-t-il.

La lame s'abattit sur la souche contre laquelle il était adossé.

— Hééée ! s'insurgea Tolkien, qui n'avait toujours pas compris de quoi il retournait. Qu'est-ce qui vous prend ?

Cealendar désigna du menton une forme lovée juste derrière l'universitaire, qui s'écarta vivement. La tête d'un reptile décapité tomba dans la boue, bientôt suivie par la longue glissade du corps annelé qui se déployait à la manière d'un interminable ruban.

Le demi-Elfe ramassa le serpent mort.

— Pour améliorer l'ordinaire, dit-il.

— Me... merci, bredouilla Tolkien.

Ils marchaient depuis une heure et demie quand le jour déclina. Chose étrange, plutôt que de tomber du ciel, l'obscurité parut s'épanouir à l'intérieur même de la jungle. Des poches d'opacité naissaient des creux, des racines, des taillis. Chacun usait de son souffle avec parcimonie, comme si l'air était devenu vicié.

— On approche de l'objectif, annonça Foster après avoir consulté cartes et boussole.

Alerius lui donna un coup de coude :

— Là-haut. Regardez, au milieu des branches.

Le major leva les yeux vers la canopée. Quelque chose de trop fin et trop rectiligne pour être une liane courait d'un arbre à l'autre.

— Le fil du télégraphe !

Kalir avait déjà dégainé son couteau.

— Non, jeta Brody, le stoppant d'un geste. Cela éveillerait les soupçons de l'ennemi.

— On devra prendre la station-relais par surprise et faire au moins un prisonnier, compléta Foster. On aura besoin de lui pour transmettre ou recevoir les messages codés.

La lame elfique regagna son fourreau.

Foster fit le signe « tous avec moi » et se lança dans les buissons.

Il leur fallut vingt minutes supplémentaires pour rejoindre la voie ferrée. Celle-ci avait tracé une saignée dans la masse compacte de la forêt vierge. Ses rails luisaient faiblement sous l'éclat de la lune.

Tout était calme, paisible, même si pareille empreinte de la civilisation semblait, en ce lieu, plutôt incongrue.

Les Chindits obliquèrent vers l'ouest. Ils longeaient la jungle, parallèles au chemin de fer. Pas de remblais de terre, ni à gauche, ni à droite. Les arbres étaient dressés si près des rails que certaines branches basses venaient chatouiller leurs traverses.

La progression des soldats alliés ne troublait que les oiseaux de nuit. Ombres parmi les ombres, ils avançaient en alternant pauses et courses successives. Tolkien suivait le mouvement à son rythme. L'adrénaline l'aidait à surmonter la fatigue.

Au bout d'un quart d'heure, le groupe de tête parvint en vue de deux constructions : une grande et une petite, chacune bâtie en bordure de voie. Le château d'eau se présentait sous la forme d'une grosse barrique posée sur pilotis. Une échelle permettait d'accéder à la plate-forme qui supportait la cuve. En dessous se trouvait une sorte de casemate en rondins, rustique, compacte. Un rectangle jaune se découpait sous son toit plat, sans cheminée. De temps en temps, une ou plusieurs silhouettes passaient derrière la fenêtre. Il était difficile d'évaluer combien d'hommes occupaient cette habitation. Sur un autre continent, celle-ci aurait pu évoquer une cabane de trappeur.

Foster traça un cercle dans l'air, avec son index, et les Chindits se rassemblèrent autour de lui, accroupis.

— On va les enfumer, dit-il. Rappelez-vous qu'il nous en faut un vivant. Nous utiliserons les arcs. Pas de coups de feu, compris ?

Les soldats firent « oui » de la tête.

— Messieurs, bonne chance.

Cassiltir, le maître du camouflage, rampa jusqu'à la casemate puis se colla contre un mur à la manière d'un lézard, ou plutôt d'un caméléon : sa cape de nuit avait pris la couleur des rondins, et l'Elfe était devenu quasiment invisible, même pour ses amis. Il revint vers le groupe après deux minutes d'immobilité totale.

— Ils sont quatre là-dedans, annonça-t-il. Ils écoutent un disque sur un vieux gramophone. Je crois qu'ils ont bu. Ils rient très fort.

En tendant l'oreille, on pouvait en effet percevoir des éclats de voix et une musique assourdie.

— Très bien, siffla Foster.

Alerius sélectionna ceux qui, à son avis, étaient les dix meilleurs archers parmi les Chindits.

— Vous me laissez le premier homme, déclara-t-il d'un ton roide. Je le blesserai à la jambe. Abattez les suivants.

Cassiltir vérifia le maquillage des tireurs au visage noirci de terre. Le professeur avait l'air satisfait de ses élèves. À son signal, ils traversèrent la voie pour aller se poster de l'autre côté des rails, face à la porte de la cabane.

— Encochez, siffla Alerius.

Dix cordes se tendirent.

— Ne bougez plus.

Pendant ce temps, deux autres Chindits s'étaient approchés de la casemate, dos courbé, en se faufilant parmi les hautes herbes.

Tolkien observait la scène de loin, mais il était aussi crispé que s'il participait lui-même à l'action. Il n'était plus du tout fatigué. Au contraire ! C'était comme si tout son corps était parcouru d'infinitésimales décharges électriques. Le goût métallique de la peur emplissait sa bouche.

Halimath, les mains en porte-voix, imitait le geai d'Amérique du Nord. Il y eut un instant de temps suspendu puis, quand un coup de crosse fracassa la vitre, tout alla très vite.

— Fumigènes ! lança une voix.

Tolkien vit que des formes s'agitaient près de la fenêtre. Une détonation retentit sourdement et la cabane se mit à vomir une fumée blanchâtre par tous ses orifices. La porte s'ouvrit. Un soldat japonais surgit du brouillard artificiel. Lui non plus ne ressemblait pas vraiment à un *superman* de la jungle. C'était juste un petit homme gesticulant et apeuré. Shlac ! Il roula au sol, la cuisse percée d'une flèche. Trois autres Japonais se bousculaient derrière le blessé. Un seul était armé d'un fusil. Ils furent tous criblés de traits, sans exception. Quand ils s'effondrèrent, quelques secondes plus tard, ils ressemblaient davantage à des pelotes d'épingles qu'à des êtres humains.

L'écrivain s'autorisa à exhaler un long soupir.

Plus rien ne bougeait.

La porte ouverte laissait filtrer une complainte, l'équivalent nippon du *Lili Marleen* allemand.

« À croire qu'une fois cantonnés au front, les soldats de toutes origines ont un faible pour ce genre de chansons mélancoliques et sirupeuses », se dit Tolkien.

Le soldat blessé se tordait comme une anguille, les deux mains pressées sur sa cuisse, et ses gémissements accompagnaient le refrain morose.

— Un succès complet ! se félicita Foster.

Sifflements en rafales. Les Chindits sortirent de leur cachette avec une économie de gestes et de paroles remarquable. En trente secondes, une partie des hommes sécurisa le périmètre. Un autre groupe entra dans la cabane pour vérifier qu'elle était bien vide. Johansson inspectait le corps des pauvres bougres hérissés de flèches. Ils étaient morts, cela ne faisait aucun doute. Harvanel, quant à lui, se pencha sur le Japonais touché à la jambe. Chacun savait quelle tâche il avait à accomplir. Tolkien se sentait gauche et désorienté au milieu de tous ces gens actifs. Il avança d'un pas hésitant jusqu'au lieu de l'embuscade.

— Vous n'allez pas tomber dans les pommes, hein ? lui demanda Cealendar.

— Non, non, souffla l'écrivain.

Il tenta de sourire, mais le résultat ne fut guère convaincant.

Harvanel cassa la pointe qui ressortait de la cuisse ensanglantée, puis il arracha le projectile d'un coup. Le Japonais gargouilla une plainte.

— Vérifiez qu'il n'a pas de grenades, recommanda Foster.

Harvanel s'exécuta.

— Il n'a rien sur lui, à part des cigarettes.

— Parfait, trouvez-moi un traducteur.

Un jeune Anglais nommé Thornill arriva au pas de course, son fusil serré à deux mains contre sa poitrine. Il portait des petites lunettes cerclées de fer et avait une tête d'éternel étudiant.

— Je veux savoir à quelle heure passe le prochain convoi, expliqua le major. Dites-lui ça.

Un bref échange en japonais, puis :

— Il prétend qu'il l'ignore.

Foster écarta Harvanel et appuya de son talon sur la cuisse du blessé, qui poussa un hurlement d'animal fou de douleur.

— Arrêtez ça ! s'insurgea Brody.

Au lieu de quoi le major remua le bout du pied. Le cri grimpa d'une octave dans les aigus. Brody tira l'Américain en arrière.

— Arrêtez ça ! répéta-t-il. Nous ne sommes pas des monstres !

Aussitôt, le prisonnier se mit à parler en regardant le jeune Thornill d'un air suppliant.

— Il vous demande de ne pas lui faire de mal. Il dit que le train passera demain, à 13 h 00. Un gros convoi. Avec beaucoup de munitions.

— Et l'escorte ?

L'interprète aboya la question. Le Japonais lui répondit du tac-au-tac.

— Une centaine d'hommes, reprit Thornill. Répartis dans deux wagons.

Foster se tourna vers Brody et le considéra d'un air légèrement railleur, comme s'il le mettait au défi de contester son autorité.

— Vous voyez ? Les méthodes les plus barbares ont parfois du bon.

Échange de regards. Les maxillaires de l'Anglais se raffermirent, une ligne dure lui barra le front… et ce fut tout. L'orage qui menaçait d'éclater s'était éloigné.

Foster s'accroupit au côté du guérisseur.

— Grave, cette blessure ?

— Il a perdu beaucoup de sang mais ça ira… si toutefois vous n'avez pas infecté la plaie avec vos semelles pleines de boue.

Foster hocha la tête d'un air pénétré.

— D'accord, dit-il. Soignez-le correctement. « Nous ne sommes pas des monstres », comme me l'a fait remarquer notre cher Brody. (Un soupir de fatigue, puis :) Allons voir ce qu'il y a dans cette cabane.

Une lampe à pétrole – bricolée avec une gourde en métal et une mèche d'étoupe – éclairait l'unique pièce du logis. Aux murs : un râtelier d'armes au deux tiers vide, un calendrier illustré par l'inévitable pin-up du mois et quelques feuilles de journaux constellées d'idéogrammes. Le télégraphe était posé dans un angle, sur un bureau plein de classeurs. Le couchage se résumait à des nattes de pailles roulées au sol. Au centre de la pièce trônait une table culottée et brunie par l'usage, encadrée de ses tabourets en bois. Cealendar lorgnait du coin de l'œil sur une bouteille de *Cerf Blanc* bien entamée. Il éprouvait un martèlement diffus dans sa tête, un martèlement que rien ne pouvait estomper. Il était étonné que les autres ne l'entendent pas.

« Assez ! »

La bête-qui-a-soif se calma. Un peu.

De son côté, Tolkien faisait chauffer du thé sur un poêle pendant que les militaires discutaient de l'opération à venir. Étaient également présents : Foster, Brody, Kalir, le jeune Thornill et le prisonnier. Assis par terre, la cuisse bandée par un linge souillé de sang, ce dernier regardait d'un air accablé le fusil que le traducteur braquait sur sa poitrine. Tolkien s'attarda un instant sur la physionomie du blessé. Il ressemblait beaucoup à Maung, le conteur, la barbe en moins. Sa maigreur accentuait les angles du visage et faisait ressortir les veines du cou. On pouvait difficilement lui donner un âge. Trente ans ? Quarante ? Quelque chose dans ces eaux-là… La bouilloire se mit à siffler. L'écrivain coupa le feu puis rassembla six tasses sur un plateau. Il entendait, provenant de l'extérieur, les bruits du bivouac en train de prendre forme : coups de maillets, ordres distribués par les sous-officiers, fourbi que l'on ouvre avant de tout déballer…

Tolkien posa son plateau sur la table constellée d'encoches de couteau, de traces de brûlures dues à quantité de marmites et autres casseroles trop chaudes. Chacun remercia le professeur d'un petit mot et se servit. Cealendar aurait tant aimé verser une goutte de whisky dans sa tasse. Rien qu'une goutte. Soudain, une certitude implacable le frappa avec la violence d'une gifle : la prédiction du vieux sorcier était sur le point de se réaliser. Demain, il allait y rester. C'était écrit ! Un vertige s'empara de lui.

« Calme-toi, bon sang… »

Il se vit, très nettement, cueilli par une balle, une éclaboussure rouge jaillissant de sa poitrine. Il ressentit la douleur fulgurante, véritable coup de marteau entre les côtes.

Puis la vision éclata.

Il plongea ses lèvres dans le liquide brûlant et se força à penser à autre chose, à peine conscient que Foster avait déjà commencé à parler.

— Voilà comment on va procéder, déclara l'Américain avec l'enthousiasme d'un bonimenteur de foire.

Il vida une boîte de cartouches à côté du plateau et disposa cinq douilles à la queue leu leu. Une pour chaque wagon.

— D'abord, on trouve la loco, bien sûr, et son tender. Ensuite viennent un premier wagon de soldats, puis une plate-forme avec sentinelles, mitrailleuse et sacs de sable, un wagon à ciel ouvert, quoi. En quatrième, voici la voiture qui nous intéresse ; je veux parler du fourgon de munitions. En dernier, un second wagon de soldats. (Il montra du pouce le Japonais blessé.) Si l'on en croit notre copain, il faut compter cinquante types par wagon.

Les autres écoutaient en silence, le visage encore noirci de terre, les yeux fatigués. Le gramophone émettait un bruit irritant, sorte de grattement répétitif qui sortait du haut-parleur en forme de coquelicot. Cealendar avait envie de fracasser l'appareil, au lieu de quoi il releva le bras du saphir resté bloqué en fin de disque, et le bruit cessa.

— Les convois sont toujours disposés ainsi, vous en êtes sûr ? questionna Kalir.

Foster acquiesça :

— Oui, et les Japs ne sont pas du genre à changer la procédure sans raison.

Thornill demanda confirmation au prisonnier, qui hocha la tête.

— On nous a appris beaucoup de choses à Saugor, risqua Tolkien, mais sûrement pas à conduire une loco. Qui va s'en charger ?

— L'un de mes gars était cheminot dans le civil, répondit Brody. Le deuxième classe Cavendish. On peut compter sur lui.

L'Elfe fixait les projectiles mis bout à bout, le poing collé au menton.

— Il faudra d'abord neutraliser les hommes sur la plate-forme au milieu du convoi, dit-il.

— C'est aussi mon avis, marmonna Foster en soufflant sur sa tasse brûlante.

— Le plus dur sera de décrocher le wagon de queue sans se faire repérer…

— Pourquoi décrocher ce wagon ? lança Tolkien qui, en matière de stratégie, avait l'impression de jouer le rôle du simplet de la fable.

Foster grimaça et tapota la deuxième douille :

— On aura suffisamment de soucis avec les cinquante gus enfermés dans ce compartiment.

— Hon-hon... Et moi ? Je fais quoi dans votre plan ?

— Vous restez enfermé ici, cher professeur, bien à l'abri avec Thornill et le prisonnier. Il faut quelqu'un pour réceptionner les messages du télégraphe et, le cas échéant, y répondre. (Un coup d'œil au soldat bilingue.) Si le Jap fait mine de donner l'alerte, descendez-le.

Thornill pâlit.

— Mais, major, si je tire un coup de fusil, cela risque de...

— Eh bien allez-y à la baïonnette ! le coupa Foster avec un soupir de mauvaise humeur.

Il pivota d'un bloc vers le reste du groupe, l'air de signifier « j'attends vos questions ». Chacun buvait son thé à petites gorgées. Après quelques secondes, Cealendar demanda :

— Avec quoi on déclenche le feu d'artifice ?

— Dynamite. Mèche longue.

— Et pourquoi pas du plastic ? intervint Brody. On a tout un stock de *Nobel 808*.

— On doit déclencher l'explosion APRÈS avoir sauté du train. Le cordon du détonateur pourrait se rompre durant la chute. Trop aléatoire.

Brody reposa sa tasse en grommelant :

— Parce que vous avez l'intention de sauter d'un train lancé à pleine vitesse, vous ?

— Parfaitement. Juste avant d'arriver au grand pont, la voie ferrée traverse un bras secondaire de l'Irrawady. L'eau y est peu profonde mais cela devrait suffire.

— On va se briser les vertèbres, ouais, bougonna Brody.

— Vous n'êtes pas obligé de monter dans le convoi avec nous, major, riposta sèchement l'Américain. Un officier doit demeurer sur place pour commander le gros de la troupe et s'occuper du wagon décroché !

Piqué au vif, Brody siffla :

— Je n'ai pas peur.

Il avait avancé d'un pas, les poings serrés. Cette fois, on était au bord de l'affrontement physique. Tolkien intervint :

— Personne n'a dit une chose pareille. Détendez-vous, l'ami.

Percevant qu'il y avait de l'électricité dans l'air, le prisonnier suivait la joute verbale avec intérêt.

Foster déglutit :

— Je ne mets pas en doute votre courage. Pardon si je vous ai froissé, Brody… Croyez-moi, venir à bout des cinquante Japs coincés sur place n'aura rien d'une sinécure. (Désireux de changer de sujet, il lança à la cantonade :) D'autres questions ? (Comme personne ne répondait, il reprit :) Dans ce cas, bonne nuit, *gentlemen*. Essayons de dormir. Demain sera une dure journée…

Cealendar ne put qu'approuver en son for intérieur.

18

Les Chindits démontèrent les tentes en début de matinée. Après la phase de rangement, ils se confectionnèrent un camouflage à base de feuilles et de branchages. Les canons des fusils furent soumis au même traitement : une couche de ramilles entortillées, quelques touffes d'herbes… Le tour était joué.

Puis vint le moment de prendre position.

La plupart des hommes patientaient du mieux qu'ils pouvaient, couchés au creux de petites fosses individuelles. Chaque fibre de leur corps réclamait l'action tout en la redoutant. Seuls les plus expérimentés, ceux qui avaient déjà connu de nombreuses fois l'épreuve du feu, parvenaient à gérer une telle contradiction.

Le soleil était haut dans le ciel. L'humidité de l'air rendait les paumes moites. Les fronts ruisselaient de cette mélasse tiède, parfumée au cuir chevelu, qui fermentait sous les chapeaux de brousse.

Quatre supplétifs birmans avaient enfilé l'uniforme des ennemis neutralisés la veille. Les taches de sang étaient dissimulées derrière une cartouchière ou un sac porté en bandoulière. Le bon déclenchement de l'opération reposait sur ces hommes qui faisaient les cent pas autour du château d'eau en fumant cigarette sur cigarette.

À l'intérieur de la cabane, Tolkien et Thornill surveillaient le prisonnier à tour de rôle. L'écrivain nota sur un carnet :

« Je ne suis pas censé prendre part au combat, mais nul ne sait ce qu'il adviendra une fois le premier coup de feu tiré. Edith, je pense à toi et je t'aime. S'il devait m'arriver quelque chose, dis aux enfants d'être forts. Je suis ici avec des amis. Je fais ce que j'ai à faire, même si ma présence en ce lieu demeure une énigme. Mon cœur est tourné vers l'Angleterre et vers vous tous. Vous me manquez, mes chéris. Adieu, peut-être. À bientôt, j'espère… »

Il data et signa, puis marqua, sur la première page :

À remettre à Edith Tolkien. 21, Northmoor Road. Oxford.

Son carnet refermé, il prépara du thé, histoire de se maintenir occupé. Le prisonnier était d'un calme absolu. Par le biais de l'interprète, Tolkien lui demanda son nom. Il répondit :

— Tatsuya.

— Tatsuya, répéta Tolkien.

Il se toucha la poitrine, paume ouverte, et ajouta :

— Ronald.

— Donald ?

— Non. Ro-nald.

— Ro… nald ?

— Oui, c'est ça !

Fatigué de voir le Japonais loucher sur son paquet depuis des heures, Thornill s'était laissé amadouer et avait fini par lui proposer une tige. Tatsuya fit alors une multitude de courbettes associées à des remerciements sans fin, puis il fuma en silence. La plupart du temps, il semblait perdu dans la contemplation de ses brodequins. Excepté son caleçon et son tricot de corps, c'était tout ce qui lui restait. Il avait des pieds si petits qu'aucun Birman déguisé n'était parvenu à rentrer dans ses chaussures !

Vers midi, le télégraphe crépita. C'était un message de routine, émanant du terminus de la voie ferrée, à Katha. Sous la menace d'une arme, le prisonnier répondit que « tout allait bien ». Une fois la communication terminée, il retourna s'asseoir dans son coin.

Et l'attente reprit.

Dehors, juste en face du château d'eau, Cealendar s'était installé avec les deux officiers. Il était ivre mais faisait de son mieux pour n'en rien laisser paraître. La bouteille de *Cerf Blanc* japonais se trouvait dans son sac. Il était parvenu à la subtiliser en douce, à la fin du meeting, puis avait consciencieusement entrepris de la vider durant la nuit. Mission accomplie. Le goulot pressé contre sa langue, ses dents... Et tout cet alcool qui se déversait en lui. Quel merveilleux souvenir ! Après tout, s'il était sur le point de mourir, autant se payer un peu de bon temps, non ?

Pour le moment, il avait la migraine – traduisez « gueule de bois carabinée » – et son corps était parcouru de frissons.

Foster consultait sa montre toutes les cinq minutes.

— Ils ont du retard, maugréa-t-il. C'est pas normal. Si le Jap nous a raconté des salades, je le découperai en lanières moi-même...

Cealendar rampa jusqu'aux Elfes.

— Vous entendez quelque chose ? demanda-t-il.

Kalir secoua la tête.

Toujours à plat ventre, le métis retourna vers Brody et Foster. Le duo portait toute son attention sur la voie ferrée. Cealendar essaya de les imiter... Il se sentait de plus en plus mal ; de plus en plus en plus fébrile. Des milliers d'épingles le piquaient de l'intérieur. Son cerveau brûlait d'un feu maudit. Il ne voulait pas être là. Il ne voulait pas du tout être là ! La patrie et le drapeau ? La liberté ? Le président Roosevelt ? Qu'est-ce qu'il en avait à foutre ?

Soudain, le caquètement des singes redoubla d'intensité. Puis, le chœur des autres animaux lui répondit. C'était comme si la jungle dans son ensemble trépignait.

— Les rats ! cria le demi-Elfe.

Une meute de rongeurs avaient surgi des bosquets, de l'autre côté du chemin fer. Les animaux détalaient, terrifiés. Cealendar les vit traverser la voie et foncer vers... lui !

— LES RATS !!!

Il se leva d'un bond, sous l'œil stupéfait des deux majors.

Le demi-Elfe trépignait, donnait des coups maladroits sur ses jambes, s'acharnant sur quelque chose qu'il était le seul à voir.

— Enlevez-les !!!

Il se giflait à présent la poitrine avec rage.

Brody ceintura le métis. Foster lui donna un coup de crosse sur le crâne, sans hésiter. Il perdit connaissance instantanément.

— Marre de ses conneries, pesta l'Américain.

— Le train arrive, souffla Halimath.

Brody et Foster dissimulèrent le corps inanimé.

Un bourgeonnement de fumée badigeonnait de suie le bleu du ciel. Les rails vibraient. Brody pouvait voir frémir les petits cailloux collés contre la voie. La bête approchait en grondant, mais sa respiration n'avait rien de naturel. C'était un staccato grave, d'origine indéniablement mécanique.

Les faux Japs réajustèrent leur uniforme comme si un gradé allait les passer en revue. Deux se postèrent sous le château d'eau. Les deux autres prirent position devant la cabane. À l'intérieur, Thornill lia les mains du prisonnier dans son dos et lui ordonna de rester couché sur le ventre. Tatsuya fit signe qu'il avait compris. Tolkien, dont le rythme cardiaque commençait à s'affoler, jeta un œil par la vitre cassée. La locomotive grossissait de seconde en seconde. Sa lanterne ressemblait à un œil cyclopéen. Elle dévorait les rails, poussée par un sentiment d'inexorable puissance. Tolkien n'avait jamais apprécié les trains, même en jouets. Il trouvait ces produits de la révolution industrielle bruyants, polluants, sales, et le spécimen qui venait droit sur eux ne faisait pas exception à la règle. Un sifflement strident lui arracha un sursaut. Pris de court, l'écrivain recula et faillit bousculer Thornill.

— Ne vous inquiétez pas, essaya de le rassurer le jeune soldat. Je suis sûr que ça va bien se passer…

Il tremblait et son sourire sonnait terriblement faux.

Quand le convoi ralentit, une interminable plainte aiguë se propagea jusque dans les entrailles des Chindits. Leurs nuques se hérissèrent. C'était aussi pénible qu'un crissement d'ongle sur un tableau noir. Entre chaque voiture, les tampons s'entrechoquèrent dans une succession de claquements secs, puis la locomotive s'immobilisa. Même au repos, sa respiration était lourde et haletante. Quelqu'un ouvrit les purgeurs. De la vapeur fusa au ras du sol et le convoi s'orna de liserés floconneux. Un nouveau jet assourdissant, un ouragan de fumée blanche, et la brume s'effilocha lentement. Alors, la machine réapparut, triomphante, sa carapace de tôles rivetées brillant comme la chitine d'un scarabée géant. Brody sentit la chair de poule lui grêler les avant-bras. Les visages avaient une expression crispée, tendue. La locomotive dominait les soldats alliés de toute sa masse et leur lançait un défi muet : « Allez-y, semblait-elle dire. Essayez de me conquérir, si vous l'osez ! »

Le mécanicien et son chauffeur descendirent par un marchepied, heureux de pouvoir enfin se dégourdir les jambes. Ils portaient une casquette à rayures et avaient la face pleine de charbon. Le conducteur était le plus grand des deux. Des lunettes à œillères de drap protégeaient ses yeux. L'autre, trapu, carré, paraissait beaucoup plus costaud que son partenaire. Des cigarettes dépassaient de l'une de ses manches retroussées. Il allait en proposer aux gardes en faction devant la cabane lorsque, tout à coup, des formes imprécises jaillirent des fourrés et lui sautèrent dessus. Il y eut une lutte très brève, puis les deux hommes furent littéralement aspirés par la végétation.

Tout ceci n'avait pas duré plus de cinq secondes.

Foster s'élança, suivi des Elfes. C'était le moment critique. Si jamais quelqu'un passait la tête hors d'un compartiment à cet instant précis, l'effet de surprise serait perdu.

L'Américain et ses compagnons s'entassèrent dans le poste du chauffeur, cachés du reste du convoi par la machine tender.

Pendant ce temps, les deux faux Japs postés sous le château d'eau avaient déplié le bras destiné à approvisionner la chaudière. Le soldat Cavendish sauta à son tour dans la loco. Manomètres et régulateurs de pression n'avaient pas de secret pour l'ancien cheminot. Sa main caressa le tableau de commandes puis les différents leviers, comme s'il cherchait à les apprivoiser.

— Vous vous y retrouvez ? demanda anxieusement Foster.

Cavendish opina. Les commandes d'une telle machine variaient peu d'un continent à l'autre.

Foster jeta un regard vers l'arrière : les Elfes avaient dépassé le tender et bondissaient sur le wagon suivant. Ils progressaient en foulées souples, pliés en deux, comme s'ils affrontaient un vent contraire. Leurs mocassins glissaient sans bruit sur le toit du compartiment rempli de Japonais. Foster décompressa d'un soupir. Jusqu'ici, le plan se déroulait sans anicroche.

Sur la plate-forme centrale, les deux servants assignés à la mitrailleuse n'eurent pas le temps de comprendre ce qui leur arrivait. Ils discernèrent un vague mouvement, tournèrent la tête dans la direction fatidique, et deux flèches les atteignirent en pleine gorge. Le premier soldat émit un bruit aqueux ; son camarade essaya de crier mais ce fut un coassement qui filtra de sa bouche remplie de sang. Ils tombèrent épaule contre épaule, la tête appuyée sur des sacs de sable.

Les Elfes descendirent au bord de la plate-forme, aussi silencieux que des chats. On entendait en sourdine le souffle poussif de la locomotive à l'arrêt. Et rien d'autre.

Cassiltir, Halimath et Harvanel enjambèrent les cadavres puis s'installèrent dans le nid de mitrailleuse. C'était le modèle standard utilisé par les Japonais : une *Hotchkiss*, avec un système de refroidissement à air. Le ruban de cartouches – des balles de 7,7 mm – était déjà engagé dans son chargeur. Les alliés avaient surnommé cet engin de mort *woodpecker*, car la régularité de son tir rappelait les coups de becs donnés par le célèbre oiseau. Alerius et Kalir récupérèrent leur flèche. Archaïques projectiles, certes, mais d'un usage bien plus discret que les armes modernes.

Le chef des Elfes indiqua du doigt la prochaine étape : la porte du wagon à munitions. Les poignées de chaque battant étaient reliées entre elles par une chaîne rouillée et un cadenas. Alerius sortit une énorme pince de sa musette. Trois enjambées plus tard, il atteignit l'extrémité de la plate-forme.

À l'avant du convoi, Foster rongeait son frein. Il tapait sans cesse du poing contre sa cuisse, comme si ce geste répétitif avait le pouvoir d'accélérer le cours du temps. Les deux faux Japs terminaient le remplissage de la chaudière. Le foyer ronflait. La loco était prête à repartir.

— Qu'est-ce qu'ils fichent ? marmonna Foster.

Un Elfe était censé le prévenir en imitant le cri du faucon, dès qu'ils auraient décroché le wagon de queue.

— Pfff, ça dure trop longtemps, reprit le major. On va se faire pincer…

Cavendish se borna à hocher la tête. La main refermée sur le plus gros des leviers, il attendait le signal de son supérieur pour relancer la machine.

Quarante mètres plus loin, Alerius achevait de régler son compte à un maillon récalcitrant. Il y eut un léger tintement lorsque la chaîne disparut entre la plate-forme et le wagon. Le tireur d'élite rangea sa pince, fit coulisser la porte vaincue… et se figea ! Des caisses occupaient presque tout l'espace disponible à l'intérieur du fourgon : grenades, obus de mortier, de bazookas, de tanks, lance-flammes, fusils en vrac… De quoi approvisionner un régiment entier pendant plusieurs semaines !

Ils se glissèrent dans ce canyon de grosses boîtes empilées, et ce parfois dans un équilibre précaire. Parvenu au bout du wagon, Kalir ouvrit la porte qui donnait sur la dernière voiture. La jonction entre les compartiments était assurée par une espèce de crochet passé dans une boucle grosse comme le poing. Le chef des Elfes s'assit à califourchon sur le petit pont de tôle, les pieds ballants.

Pas facile de désolidariser les deux éléments. De la graisse – ou de l'huile ? – les rendait aussi glissants qu'une savonnette. Des gouttes salées brouillaient la vision du jeune Elfe et lui piquaient les yeux. La crispation dessinait deux petites rides sous l'arête de son nez.

— Dépêche-toi ! intima Alerius.

— Je fais ce que je peux.

Dans la cabane, l'attente prenait des allures de supplice. Le jeune Thornill essayait de regarder dehors sans trop s'approcher de la vitre cassée. Tolkien observait Thornill… et plus personne ne songeait à surveiller le Japonais.

Tatsuya décida de tenter le tout pour le tout.

— Hé !? cria Tolkien.

Il avait vu le prisonnier sauter sur ses pieds, mais avec un temps de retard.

Tatsuya fonça sur Thornill, tête baissée. L'Anglais fût soulevé du sol par l'impact. Il partit à la renverse et hurla quand les tessons qui hérissaient le rebord de la fenêtre entrèrent dans sa chair. Son doigt pressa la détente du fusil dans un ultime réflexe.

« On est morts », pensa Tolkien.

Kalir venait juste de décrocher les deux dernières voitures quand le coup de feu retentit. Aussitôt, la porte du compartiment voyageur s'ouvrit. Un officier se tenait sur le seuil, ses petits yeux bridés écarquillés par la stupeur. Il porta la main à son pistolet mais Alerius ne lui laissa pas le loisir de dégainer. Une flèche se ficha dans son cœur, le tuant sur le coup.

Kalir n'était pas remis de sa surprise qu'une secousse, sorte de hoquet mécanique, le déséquilibra : le convoi redémarrait.

— Fonce, on y va ! aboya Foster, proche de l'hystérie.

Cavendish avait desserré les freins et poussé le levier d'inversion sur « marche avant ». De l'autre main, il lança la pression. La locomotive prit son essor, lentement d'abord, comme si elle quittait son arrêt à regrets, puis la vitesse augmenta.

Un bouquet d'étincelles explosa à quelques centimètres de Foster. Il se tourna et vit les deux Japonais qui le mettaient en joue depuis l'entrée de leur wagon, de l'autre côté du tender. Le major riposta. Trois de ses balles se perdirent dans la nature, mais la quatrième toucha l'un des Japs à l'épaule. Le soldat fit un tour sur lui-même, dans une sorte d'imitation maladroite d'un danseur de ballet, puis il bascula entre les deux voitures, happé sous les roues du train.

Tolkien et Tatsuya s'observaient mais ni l'un ni l'autre n'osaient bouger. Thornill était mort. Il avait laissé tomber son fusil aux pieds du Japonais. Ce dernier bloquait l'arme du talon, mettant Tolkien au défi de venir la chercher. De son côté, l'écrivain se sentait gagné par une paralysie grandissante. Il aurait pu tenter quelque chose – il avait ses deux mains libres, lui – mais non, il restait là, tétanisé par la peur et l'afflux d'adrénaline. Même avec ses poignets ficelés dans le dos, le Jap semblait aussi redoutable qu'un cobra. C'était un soldat expérimenté et il avait prouvé qu'il pouvait se montrer sacrément vif à la détente. Tolkien ne savait pas quoi faire.

« Je me jette sur lui ? Je cours chercher les autres ? Oui, mais s'il récupère le fusil entre-temps... »

Il tergiversait sans fin, les différentes options s'annulant mutuellement.

— Au secours ! brailla-t-il. Quelqu'un... À l'aide !

Les secondes passaient. On entendait des coups de feu et des cris provenant de l'extérieur. Ponctuellement, une balle s'incrustait dans les murs en rondins avec un petit bruit mat.

Tolkien dut se rendre à l'évidence : ses compagnons, si toutefois ils l'avaient entendu, étaient trop occupés pour venir lui prêter main forte.

Le Japonais déglutit :

— Toi, laisser-moi partir, dit-il.

— Tu parles anglais ? éructa Tolkien.

Il avait la bouche sèche, la langue pâteuse.

Les lèvres de Tatsuya esquissèrent un sourire menaçant :

— Je parle un peu. Laisser moi partir. Je pas vouloir faire de mal à toi.

Très lentement, le prisonnier avait reculé vers la fenêtre. Ses épaules, ses coudes remuaient, et Tolkien voyait clair dans son jeu :

« Il essaie de trancher ses liens avec le verre brisé ! »

Il fallait agir. Tolkien jetait des coups d'œil désespérés à la recherche d'une arme, quelque chose pour l'aider, n'importe quoi... et son regard tomba sur la théière ! De la fumée s'échappait encore du bec verseur. Il fit un pas de côté, sans quitter Tatsuya des yeux. Celui-ci avait compris. Il s'activa de plus belle. L'Anglais était maintenant tout proche de la table. Il tendit la main au moment où la corde tombait au sol. Tatsuya avait réussi ! Le Jap poussa un rugissement triomphal qui se transforma en cri de douleur lorsque Tolkien lui balança le thé bouillant en pleine figure.

Les deux adversaires s'empoignèrent et roulèrent par terre.

Autour de la voie ferrée, la bataille faisait rage. Les Japonais qui voulaient sortir du wagon immobilisé s'exposaient à un tir croisé redoutable et étaient impitoyablement éliminés. Ceux restés dans le compartiment canardaient au hasard, de tous les côtés. Les canons de leurs armes émergeaient des fenêtres latérales pour cracher une brève langue de feu ou une série de flammes quand ils utilisaient une mitraillette. Les rafales déchiquetaient la végétation, quelques centimètres au-dessus des Chindits dont la tête était aspergée de débris juteux. Profitant d'un temps mort entre deux détonations, Brody cria :

— Rendez-vous !

La toux saccadée d'une arme automatique lui répondit. Il se renfonça dans son trou.

— Foutu code d'honneur de mes deux, marmonna-t-il.

L'ennemi paraissait décidé à combattre jusqu'au dernier homme.

Kalir déposa son sac rempli de dynamite entre deux caisses, pile au milieu du fourgon à munitions. Il essayait de se souvenir des cours de sabotage qu'il avait reçus à Saugor, de calculer la bonne longueur pour la mèche… mais le martèlement sourd du train gênait sa concentration. Tout n'était que bruit, trépidations, cahots. Il avait l'impression de se trouver au cœur d'une forge, environné par des dizaines de marteaux tapant contre l'enclume.

— C'est prêt ? demanda Alerius.

Son chef acquiesça et se mit à dévider le cordon d'allumage.

Halimath avait braqué le canon de la mitrailleuse sur la porte du wagon numéro un. Cassiltir était paré à l'approvisionner en munitions. Quant à Harvanel, il guettait le retour de leurs compagnons occupés à l'arrière. Les minutes défilaient. Les trois Elfes attendaient, calmes, silencieux. Leurs longs cheveux flottaient au vent et se tortillaient pareils à un nid de vipères folles.

Soudain, quelqu'un poussa la porte du compartiment passager. Harvanel décocha une flèche et le Japonais partit à la renverse à l'intérieur du wagon. Deux autres soldats prirent sa place. Halimath ouvrit le feu sans hésiter. L'heure n'était plus à la discrétion. Le « tacatac » de la *Hotchkiss* vint ajouter sa partition au concerto du train en marche.

Le visage de Tatsuya avait viré au rouge vif. Il hurlait sans discontinuer, lèvres retroussées, mais n'arrivait pas à garder les yeux ouverts. Tout en essayant de maintenir Tolkien plaqué au sol, il tâtonnait à la recherche du fusil. À plusieurs reprises, ses doigts se refermèrent sur le vide, tout près de l'arme. De son côté, l'Anglais se débattait, les dents serrées, avec un acharnement sauvage. Il haletait sous l'effort mais n'avait pas lâché sa théière. Il frappa le prisonnier à la tempe, puis derrière l'oreille, et enfin sur le sommet du crâne. Ce dernier coup fut le plus efficace. La pression exercée par Tatsuya se relâcha. Le petit homme se cabra brièvement, puis sa tête s'affaissa sur la poitrine de Tolkien.

Après une ou deux minutes d'inertie, l'écrivain se libéra de l'emprise de son adversaire inconscient et roula de côté. Le souffle court, il se releva en titubant.

« Est-ce que je l'ai tué ? »

Non. Du sang coulait sur le visage du Japonais mais il respirait toujours.

Tolkien ramassa le fusil. La tête lui tournait et son cœur battait encore bien trop vite. Il tomba à genoux, comme un homme éprouvant un brusque besoin de s'adresser à Dieu.

— Rendez-vous ! essaya Brody pour la dixième fois.

Mais aucun drapeau blanc ne sortit du wagon transformé en passoire. Juste des balles.

— Ils sont encore combien, là-dedans, d'après vous ? demanda Than.

Les coups de feu s'espaçaient.

— Une dizaine, répondit le major. Quinze au maximum...

Than hocha la tête puis, sans prévenir, s'élança hors de son trou.

— Couvrez-le ! cria Brody.

Le Birman zigzaguait entre les balles en cavalant ventre à terre. Il se colla contre les roues du wagon et dégoupilla une grenade. Le tir de ses camarades avait redoublé d'intensité. Au vacarme de la pétarade s'ajoutait celui des carreaux pulvérisés, comme si une bande de fous furieux ravageaient une vitrine à coups de battes de base-ball. Les Japonais qui prenaient le risque de riposter le payaient généralement de leur vie. Le verre émietté cascadait sur les épaules de Than. Après avoir compté jusqu'à trois dans sa tête, il se dressa et jeta le projectile à l'intérieur du compartiment. Un « clang » métallique résonna sur le plancher. Le supplétif eut tout juste le temps d'entendre des exclamations paniquées, puis il plongea entre les roues, dans l'axe de la voie, mains plaquées sur les oreilles. Un officier nippon ramassa la grenade pour la lancer au loin. Initiative aussi héroïque que vaine : l'explosion le déchiqueta avant qu'il ait pu terminer son geste. Dans un espace confiné, les dégâts occasionnés par un projectile à fragmentation sont optimaux. Les Chindits tapis dans les fourrés virent un flash, de la fumée, puis un grand silence succéda au fracas, seulement troublé par les gémissements des blessés.

Le charbon du tender formait une colline noire, et ce bouclier relatif protégeait autant Foster que les Japonais embusqués à la porte du wagon passager. Les balles ricochaient, arrachant parfois des morceaux au monticule anthracite.

— On approche du petit pont, annonça Cavendish.

Le major se pencha vers l'extérieur, au mépris des tirs ennemis. Le buste dans le vide, il ne se retenait que par la main montoir rivée à l'angle du tablier. Le vent cinglait son visage et rabattait sur lui des tourbillons de fumée. Il plissa les yeux, flagellé par les escarbilles, et tenta d'évaluer les distances. Ils se trouvaient à trois cents mètres du premier bras du fleuve. Le convoi abordait une légère courbe. En bordure de voie, les arbres se faisaient moins nombreux.

— Hé, Cavendish, vous êtes prêt à sauter ? questionna Foster.

Son acolyte opina en bloquant la manette principale en bout de course. La locomotive sifflait et fumait comme jamais.

« Pourvu que les autres aient eu le temps de placer les explosifs », songea Foster.

Puis, d'un vigoureux coup de bassin, il se propulsa dans le vide.

Kalir et Alerius avaient rejoint leurs amis sur la plate-forme. Le chef des Elfes alluma la mèche qui dépassait sous la porte du fourgon. Concentré comme il l'était, il ne remarqua même pas que le convoi s'engageait sur le tablier branlant d'un petit pont, et Alerius dut lui secouer l'épaule pour le faire réagir.

— Hein ? glapit-il.

— On saute ! fit le tireur d'élite.

Il joignit le geste à la parole, aussitôt suivi par ses compagnons. Kalir quitta le train le dernier, non sans avoir jeté un ultime coup d'œil à la mèche rougeoyante. Suspendu durant une brève seconde dans les airs, il aperçut une silhouette floue qui, épaulant un fusil, surgissait de l'encadrement d'une fenêtre. Le coup de feu claqua, insignifiant. Du moins sur le moment.

L'instant d'après, le chef des Elfes s'enfonçait dans un grand tournoiement de bulles, tout son corps vivifié par l'eau fraîche. Quand ses pieds touchèrent le fond sablonneux, il donna une bonne poussée et remonta vers la surface à l'aide de fermes battements de jambes.

Foster avait déjà regagné la berge occidentale. Il aidait Cavendish à se hisser hors du courant. Lourd et trempé, l'ancien cheminot insultait tous les saints du paradis ; sa manière à lui, sans doute, d'évacuer la peur et de s'assurer qu'il était toujours de ce monde.

Kalir chercha ses compagnons du regard. Les guerriers du Sylvaniel avaient posé le pied un peu plus en aval. Ils se regroupaient autour d'un corps étendu dans l'herbe humide. Un corps qui ne se relevait pas. Un mauvais pressentiment givra le cœur du jeune Elfe. Il avait reconnu Harvanel. Une tache d'un rouge écarlate s'élargissait sur la tunique du guérisseur.

Il faisait sombre dans le wagon transformé en charnier. Than et deux autres fusiliers birmans remontaient prudemment la travée centrale, fusil en mains. Des flaques de sang et d'urine imprégnaient le plancher. Than avait noué un foulard sur la moitié inférieure de son visage. Une épaisse couche de fumée stagnait au niveau du plafond.

Soudain, un soupir douloureux monta du fond du wagon. Le sergent s'avança, sur le qui-vive, et retourna du bout de son canon un corps qui respirait encore. Le blessé râlait d'une voix éraillée. Il avait tout le côté gauche du buste brûlé.

Et tenait quelque chose dans son poing serré.

— GRENADE ! hurla Than.

Il sentit la chaleur de la déflagration, ainsi que l'effet de souffle, puis plus rien.

Le soldat qui avait tiré sur les Elfes s'appelait Michiko Yamamura. Il était sûr d'avoir fait mouche : sa cible avait tressauté au moment du coup de feu et c'était bien du sang qu'il avait vu gicler au point d'impact de la balle, juste derrière l'épaule – peut-être avait-il touché le cœur ? Le temps que les ennemis réapparaissent à la surface de l'eau, le wagon s'était de nouveau engouffré dans la jungle. Yamamura jura. Ses camarades paraissaient en état de choc. L'audace de l'attaque surprise leur avait fait perdre une bonne partie leurs moyens. Pour couronner le tout, l'officier qui les commandait avait été tué durant les premières minutes de l'engagement, en tentant de sortir de ce piège à rats.

— Ils ont sauté ! cria Yamamura. La voie est libre. Secouez-vous !

Mais les hommes refusaient de bouger.

— Crétins !

L'insulte piqua au vif un sergent plus âgé que la moyenne – il devait avoir quarante ans bien sonnés – et dont le visage était barré par une méchante cicatrice oblique.

— Toi, va à l'arrière, dit le balafré. Je m'occupe de la locomotive.

Yamamura acquiesça, soulagé d'avoir trouvé du soutien. Il se rua au bout du compartiment et déblaya non sans peine les cinq corps criblés de balles qui s'y entassaient. La porte était constellée de trous gros comme des culs de verre – l'œuvre des projectiles de 7,7 mm. Une fois le passage dégagé, le soldat sauta d'un bond agile sur la plate-forme centrale. Les cadavres des hommes assignés à la mitrailleuse étaient toujours là. Avec leur tête posée sur les sacs de sable, on aurait presque pu les prendre pour deux camarades en train de faire la sieste après un repas copieusement arrosé.

Un coup d'œil vers le wagon à munitions.

— Nom de…

Yamamura venait d'apercevoir l'extrémité d'une mèche.

Elle se consumait.

Fouetté de face par les rafales, le balafré s'agrippait de son mieux au tas de charbon. Chaque centimètre se gagnait de haute lutte car le vent opposait une résistance considérable.

« Allez, se dit-il, encore un effort ! »

Il atterrit sur la plaque de tôle reliant le tender à la locomotive au moment où le train surgissait de la jungle. La machine ronflait, crachait. De profonds tressaillements la secouaient. Les flammes jaillissaient du foyer bourré à exploser. Le métal de la porte était rouge, brûlant, et le verre des cadrans se gondolait sous l'effet de la chaleur. Les aiguilles en bout de course vibraient comme la pointe d'un sismographe affolé.

« Comment freine-t-on ? se demanda le sergent, les jambes soudain cotonneuses. Comment diminue-t-on la pression ? »

Son regard terrifié papillonnait de leviers en manettes, de manettes en volants. Il tira la tringle du sifflet, lançant à tout-va un signal d'alarme désespéré.

Des deux côtés de la voie, des soldats couraient et adressaient de grands gestes à celui qu'ils prenaient pour le conducteur. Le balafré leur répondait par des coups de sifflet en criant :

— Dégagez ! Dégagez !

Les mains en porte-voix, le garde-barrière sortit de sa cahute et hurla qu'il fallait impérativement ralentir la cadence. Au lieu de quoi le convoi s'engagea à toute allure sur le grand pont de l'Irrawady, pulvérisant comme si de rien n'était le point de contrôle qui marquait la jonction entre la terre et les premiers piliers de bois. Un instant, le sergent songea à sauter en marche. Les poutres parallèles aux traverses donnaient directement sur le vide. Il n'y avait ni balustrade, ni chemin de ronde pour sentinelles. Et, cette fois, vingt mètres séparaient le fleuve de la voie ferrée !

Aussi résistant fût-il, ce pont n'avait pas été conçu pour qu'on le franchisse à pleine vitesse : un tel outrage était capable d'ébranler sa superstructure.

« Vite, décide-toi imbécile ! » se tança le sergent.

Les piliers de soutènement tremblaient. On entendait l'échafaudage craquer comme les os d'un vieillard rudoyé.

En proie à la panique la plus totale, le balafré opta pour la manette du milieu, au hasard, et la ramena vers lui à deux mains.

Un bruit abominable, pareil à un long cri de détresse, fusa de sous la locomotive, puis les roues se mirent à vomir des étincelles plus spectaculaires que la queue d'une comète !

Michiko Yamamura était sur le point de sectionner la mèche enflammée avec son couteau lorsque le coup de freins l'envoya rouler cul par-dessus tête à l'autre bout du fourgon. Il se releva, sonné, et vit avec horreur le cordon crépitant disparaître dans le sac rempli de dynamite.

Le fourgon à munitions explosa, désintégrant une bonne portion du pont par la même occasion. Des débris de bois, de rails tordus, volaient dans tous les sens. L'arrière du convoi se souleva dans une violente embardée alors que l'avant versait sur la droite pour entamer une longue chute vers les eaux grises de l'Irrawady. Chaînes, portières, tampons, vitres... tout se brisait ! À l'intérieur du compartiment passager entouré d'écharpes de flammes, les soldats survivants étaient projetés dans un grand méli-mélo de bras et de jambes contre le toit défoncé, les cloisons ; et ils ne pouvaient que hurler leur impuissance. Yamamura avait trouvé la mort à la seconde même où son wagon était parti en fumée. Toujours cramponné au levier du chauffeur, le balafré disparut en même temps que la locomotive dans un geyser impressionnant de fureur. Des myriades de gouttelettes retombèrent lentement, presque au ralenti, pendant que, se repliant sur elles-mêmes, les entretoises du pont s'effondraient comme un jeu de mikado géant.

19

On entendit l'explosion de très loin.

Dans la cabane, Tatsuya eut une brusque secousse de réveil avant d'ouvrir un œil. Tolkien le tenait en joue.

— Le pont, hein ? questionna le Japonais. Vous avez fait sauter ?

— J'imagine, grinça Tolkien.

Aucune joie n'était perceptible sur son visage. Il fixait le prisonnier d'un regard soupçonneux. Le Jap était-il en train de mijoter un nouveau coup fourré ?

— Vous tapez fort, dit Tatsuya en frottant son cuir chevelu gluant de sang.

— Vous ne m'avez pas laissé le choix.

— N'importe qui faire pareil à ma place. (Il haussa les épaules, fataliste.) Je suis soldat. Mon devoir d'essayer.

Tolkien n'avait ni l'envie ni le courage de se lancer dans la controverse. Il murmura :

— Allez, debout.

Les deux hommes sortirent de la maisonnette. Tatsuya marchait le premier, sous la menace du fusil. La bataille était terminée. Pendant que le docteur Johansson s'échinait à sauver les blessés qui pouvaient encore l'être, les Chindits rassemblaient les corps de leurs camarades tués au combat. Huit cadavres s'alignaient déjà au bord de la voie ferrée, la tête perpendiculaire aux rails : deux Anglais, trois Gurkhas et quatre fusiliers birmans. Le cœur de Tolkien se serra douloureusement lorsque qu'il vit le visage de Than, paisible, les yeux clos, allongé parmi ses frères d'armes. Son uniforme était en lambeaux. Des éclats de métal pas plus gros que des balles de golf grêlaient son torse, mais il ne saignait pas. Le feu de l'explosion avait cautérisé les blessures instantanément. Tolkien repensa à cette soirée passée sous les étoiles à raconter les aventures de Bilbo, et les larmes lui montèrent aux yeux.

— Il est mort sur le coup, dit Brody.

Tolkien n'avait pas vu son ami s'approcher. Il tourna la tête. Le major mâchouillait un cigare éteint et semblait plus fatigué que jamais. Plus vieux aussi.

— Il n'a pas eu le temps souffrir, je crois, ajouta-t-il d'une voix morne.

Tolkien acquiesça, mais la tristesse voilait toujours son regard.

— Des survivants chez les Japonais ? demanda-t-il en indiquant le wagon à moitié détruit.

— Non, fit Brody. Suicide à la grenade.

Non loin d'eux, Cealendar reprenait ses esprits, blanc comme un cierge.

— Que s'est-il passé ? demanda-t-il, le bas du visage déformé par une contorsion de la bouche. On attendait le train, puis... je ne me souviens plus de rien...

— Vous avez été victime d'une hallucination, répliqua Brody. Vous avez crié, gesticulé... Un peu plus et vous faisiez tout rater.

Le demi-Elfe piqua un fard. Cette fois, il avait touché le fond.

— Je... je vous prie de m'excuser.

Sa voix tremblait.

— Qu'est-ce que vous aviez bu, bon sang ?

— Du whisky japonais... Je l'ai trouvé dans la cabane.

— C'est malin ! Il vous en reste ?

Cealendar secoua la tête. C'était douloureux. Les veines de ses tempes lui faisaient l'effet d'être des gros câbles palpitants et remplis d'acide.

— Je suis désolé. Je vous promets que cela ne se reproduira plus.

Brody soupira et reporta son attention sur l'écrivain :

— Où est Thornill ?

— Mort, souffla Tolkien. Le prisonnier l'a tué en essayant de s'échapper.

Tatsuya soutint avec morgue le regard incendiaire de Brody. Un grand gaillard anglais, qui venait d'entendre la fin de la phrase, se rua sur le Jap et le saisit à la gorge.

— Fils de pute !

— Moi, soldat, comme vous... essaya de se justifier Tatsuya.

Un coup de poing l'envoya bouler dans l'herbe, à côté des cadavres. Le Chindit hors de lui dégaina un pistolet automatique.

— Non ! cria Tolkien.

L'image de ses personnages, Frodon et Sam, lui était immédiatement venue à l'esprit. Il pouvait presque entendre la voix des deux Hobbits en train de débattre pour savoir s'il fallait ou non épargner Gollum.

Il s'avança vers le soldat furieux sans trop savoir ce qu'il allait faire ou dire. Tatsuya tremblait, le teint blême, et marmonnait une suite de mots qui ressemblaient à une prière. L'arme de l'Anglais était pointée sur sa tête, à quelques centimètres de son front. Cealendar essaya de s'interposer :

— Attendez, dit-il.

— Toi, le poivrot, ta gueule !

— Le tuer ne nous apportera rien de plus, martela Tolkien. La pitié vaut parfois mieux que la justice.

Mais le Chindit semblait sourd à toute discussion. Il fixait un point invisible, quelque part entre les deux yeux du Japonais, comme s'il cherchait à anticiper les futurs dégâts de la balle prête à jaillir de son arme. Ses traits frémissaient sous l'effet de tics nerveux.

— Ce... ce salopard a une blessure à la jambe, grogna-t-il. Il va nous ralentir.

— Pas plus que nos propres blessés, riposta Tolkien.

— Il mérite la mort. Thornill était... mon ami !

— C'est la guerre. Les gens meurent. On n'y peut rien.

À court d'arguments, Tolkien sollicita le soutien de Brody d'un regard.

— Allez, ça suffit, Jackson, soupira le major. Range cette arme.

Le deuxième classe Jackson se raidit comme s'il avait reçu un uppercut à l'estomac :

— Mais… Le général Wingate a dit qu'on pouvait faire comme les Japs ; exécuter les prisonniers si on en avait envie !

— Le général est loin d'ici et, sur le terrain, c'est moi qui prends les décisions. Range ton arme. C'est un ordre !

Jackson s'exécuta. Il salua son supérieur avec une moue de dégoût, puis s'éloigna sans se priver de bousculer Tatsuya au passage. Brody choisit d'ignorer la provocation.

— J'espère que nous n'aurons pas à regretter ce beau geste, dit-il à Tolkien. En zone de combat, le moindre acte de faiblesse peut être fatal.

— C'est un acte de générosité, pas de faiblesse.

— La limite est ténue. (Un silence puis :) J'ai fait ça pour vous Ronald, pas pour ce Jap.

— Je vous en suis reconnaissant.

Le major noua une corde autour du cou de Tatsuya puis tendit l'autre extrémité à Tolkien :

— À partir de maintenant, le prisonnier est sous VOTRE responsabilité.

— Très bien.

Brody fit quelques pas et cria pour l'ensemble de la troupe :

— Rassemblement ! On met les voiles dans deux minutes !

Tatsuya s'était rapproché de Tolkien. On aurait dit un animal domestique cherchant la protection de son maître.

— Merci, hoqueta-t-il.

L'écrivain ne répondit pas.

Le point de ralliement convenu avec Foster et les Elfes se situait six kilomètres au sud-est du château d'eau. Il s'agissait d'une zone marécageuse proche du bras occidental de l'Irrawady. Les Chindits avançaient arme à la hanche, les pieds dans la vase. Tolkien tirait Tatsuya derrière lui. Le Japonais boitait. Du sang frais souillait son pansement à la cuisse, mais il ne se plaignait pas. Personne ne parlait, et surtout pas Cealendar, qui n'osait plus croiser le regard de ses compagnons. On n'entendait rien d'autre que le bruit humide des brodequins pataugeant dans la fange.

À un moment, Tolkien aperçut une forme humaine, dans les arbres, qui se déplaçait avec l'aisance déconcertante d'un gibbon. Des singes jacassaient. Mais ce n'était pas un singe. Bien trop gros. La silhouette disparut aussi subitement qu'elle s'était matérialisée, ne laissant comme trace de son passage que quelques feuillages encore frémissants.

— Tu as vu ça ? interrogea Tolkien en prenant Tatsuya à témoin.

— Quoi ?

— Un homme, là-haut... (Il montrait le dais de lianes enchevêtrées qui formait un couvercle au-dessus de leur tête.) Enfin, je crois qu'il s'agissait un homme. Je n'en suis pas sûr.

Cealendar s'était approché, sa curiosité aiguillonnée.

— Poilu, votre homme ? demanda-t-il.

— Oui, fit Tolkien. Mais c'était tellement rapide...

Le Japonais esquissa un sourire ironique :

— Vous autres, Anglais, avoir trop lu Rudyard Kipling.

Tolkien se remit en marche, un peu vexé. Il était en queue de file, comme d'habitude, et redoutait de se laisser distancer.

Quelques minutes plus tard, la petite troupe découvrit un espace bien dégagé où les troncs de palétuviers déracinés formaient comme des bancs. Les hommes s'assirent. L'air était immobile, dense et saturé de relents putrides. Quand Cealendar, Tolkien et Tatsuya arrivèrent, tous les « bancs » étaient occupés. L'écrivain et son prisonnier se rabattirent sur un nœud de racines qui émergeait de l'eau stagnante couleur café au lait. Cealendar resta debout, à l'écart, mains dans les poches.

Tolkien fouilla dans son sac. Il y trouva un cadeau des villageois : une banane à moitié pourrie. Il partagea le fruit avec Tatsuya – Cealendar avait refusé d'un geste – qui le remercia en japonais. Puis il but et laissa le prisonnier s'abreuver à son tour. Installé un peu plus loin, le soldat Jackson les regardait d'un air mauvais. Brody interrogeait le cadran de sa montre toutes les deux minutes. Foster et les Elfes avaient du retard. Les Chindits semblaient bizarrement éteints. Leurs corps étaient couverts de coupures, piqûres d'insectes, bleus et croûtes plus ou moins purulentes. Chaque homme revivait dans sa tête le film de la bataille : « À quel moment le premier coup de feu a-t-il été tiré ? », « Est-ce ma balle qui a tué ce type dont la tête a explosé comme un melon trop mûr ? », « Aurais-je pu faire quelque chose pour sauver le copain couché à côté de moi ? », « Les autres ont-ils vu que j'étais mort de trouille ? »

Tolkien était en proie aux mêmes doutes, aux mêmes questionnements :

« Si j'avais surveillé Tatsuya d'un peu plus près... »

— Pourquoi vous avez fait ça, tout à l'heure ? demanda le Japonais en redonnant son bidon presque vide à Tolkien.

— Fait quoi ?

— Sauver vie à moi.

— Je suis chrétien. Dans la Bible, il est écrit : « Tu ne tueras pas. »

Tatsuya hocha la tête, songeur.

Soudain, un cri d'oiseau plus perçant que les autres fit sursauter les Chindits. Brody se leva et modula un sifflement interrogatif, auquel un nouveau cri répondit.

— C'est eux ! s'exclama le major.

Trente secondes plus tard, Kalir apparut, suivi de ses guerriers et de deux humains : Cavendish et Foster. Cassiltir aidait Halimath à transporter le guérisseur allongé sur une civière de fortune. Cealendar et Alerius fermaient la marche. Le tireur d'élite donnait de fréquents coups d'œil vers la jungle, l'arc bandé.

— On a une petite avance sur les hommes de Kawabe, dit-il. Ils nous pistent depuis le fleuve.

— Le pont ? lança Brody. Il a sauté ?

— Il y a de bonnes chances, oui, sourit Foster, très content de lui. Le fourgon de munitions, ça c'est sûr, à en juger par le bruit de la déflagration. Vous avez dû l'entendre, non ? Un sacré feu d'artifice qu'on leur a donné là... Et de votre côté ?

— Tous les Japonais sont morts. Huit tués et douze blessés chez les nôtres.

L'Américain opina.

— Des pertes honnêtes. On peut dire que l'opération est une belle réussite.

Tout à coup, il remarqua Cealendar, qui essayait de se faire aussi petit que possible.

— Vous ! aboya-t-il, l'index rageur.

— Je lui ai déjà fait la leçon, le stoppa Brody.

Ils avaient des soucis plus cruciaux que les égarements du métis.

Les Chindits s'étaient réunis autour de l'Elfe inconscient. Kalir agitait la main au-dessus de la tête du blessé pour chasser les mouches qui essayaient de rentrer dans sa bouche. La civière était posée en équilibre sur deux souches, à quelques centimètres de la vase.

— C'est grave ? s'enquit Brody.

— Je le crains, répondit Kalir. La balle l'a atteint au moment où nous étions sur le point de rentrer dans l'eau. Elle a pénétré juste derrière l'épaule et elle est ressortie plus bas, par la cuisse.

— Pas bon, ça, grimaça Johansson. Avec une pareille trajectoire, ça sera un miracle si aucun vaisseau fémoral n'est touché. (Il se mit au travail en grommelant :) Écartez-vous tous... laissez-lui de l'air. (Puis, à Kalir :) Il a perdu connaissance tout de suite ?

— Non, il a eu la force de se traîner sur le rivage.

— Hum, d'accord. Aidez-moi, je vous prie... Appuyez sur la plaie ; oui, voilà, comme ça...

Le médecin enfonça ses deux doigts dans la blessure, jusqu'aux articulations. Un jet de sang lui gicla à la figure. Aussitôt, Harvanel se réveilla, hurlant et se tordant dans un spasme de douleur.

— Il faut appuyer plus fort ! Vous autres, empêchez-le de remuer !

Deux Chindits attrapèrent les jambes du blessé. Un autre lui murmurait des paroles apaisantes à l'oreille. Ces dernières n'avaient que peu d'effets ; l'Elfe criait et se tortillait de plus belle. Ses hurlements franchirent un palier d'intensité supplémentaire lorsque Johansson se mit en devoir d'écarter la plaie à deux mains.

— Qu'est-ce que vous faites ? s'inquiéta Kalir.

— Je dois trouver l'artère pour la clamper, sinon il va y passer ! (Il se tourna vers un Gurkha pâle comme la mort.) Toi, regarde dans mon sac. Il y a un carnet avec tous les groupes sanguins.

Le supplétif obéit. Son doigt remonta sur la liste jusqu'à la lettre H : Hutchinson... Higgins... Harvanel.

— Il est O négatif.

— Est-ce qu'il y a un autre Elfe du même groupe ?

Le Gurkha secoua la tête :

— Non… C'est le seul !

— Merde ! pesta Johansson.

S'il utilisait du sang humain, le blessé risquait fort de faire une réaction à la transfusion. Quant à prendre des poches de plasma, c'était exclu. On avait fait des tests en Inde. Les Elfes étaient allergiques à la plupart des médicaments efficaces sur les simples mortels.

— Je suis O négatif, annonça Cealendar.

— Mais tu es à moitié humain, cracha Alerius.

— Et alcoolique, renchérit Foster.

Le médecin demanda :

— Quand avez-vous bu et en quelle quantité ?

— Cette nuit. Whisky. Une demi-bouteille, à peu près…

Les mots étaient sortis avec difficulté. La honte suffoquait Cealendar.

— On n'a pas le choix ! trancha Johansson. Vous avez dû éliminer une bonne partie de l'alcool.

— Trop risqué, siffla Kalir.

— Écoutez, c'est ça, ou alors l'hémorragie va tuer votre ami… Cealendar, vous êtes d'accord pour donner votre sang ?

— Oui.

— Alors la question est réglée.

Deux supplétifs birmans avaient suivi des cours de premiers soins accélérés durant l'entraînement. Ils effectuèrent la prise de sang pendant que Johansson refermait la plaie.

— Bon, ça y est, l'artère est clampée, déclara ce dernier après quelques minutes d'extrême concentration.

Il avait du sang jusqu'aux coudes et dut essuyer son front dégoulinant de sueur avec le biceps.

Un assistant lui apporta le petit sac transparent gonflé et rougi par le liquide vital du demi-Elfe.

— Merci.

Harvanel ne bougeait plus à présent. Il était tombé en état de choc. Johansson trouva une veine du bras sans problème et le transfusa. Les Chindits avaient retenu leur souffle durant toute l'opération. Des chuchotis de soulagement firent bruisser leurs rangs puis, tout à coup, quelqu'un leva un doigt au ciel :

— Corbeau !

Des flèches se pointèrent sur la cible volante.

— Non ! cria Halimath. Il cherche à me dire quelque chose.

L'oiseau noir émettait des croassements, parfois courts, parfois longs, qui n'étaient pas sans rappeler une phrase en morse.

— L'ennemi est tout proche, traduisit l'Elfe.

— Nombreux ? interrogea Brody.

— Oui... « Nombreux comme des abeilles. » Ils arrivent de l'est... et du sud aussi !

— Merde, ça, c'était pas prévu !

— On met les voiles ! aboya Foster. Debout tout le monde !

Les officiers tapaient dans leurs mains et scandaient :

— Go, go, go !

Les Chindits se rangèrent en colonne, fusil à l'épaule. Johansson donna la poche de sang à Kalir :

— Tenez-la bien en hauteur.

Cassiltir et Halimath agrippèrent chacun une extrémité du brancard puis soulevèrent leur ami en même temps. Le dresseur lança un cri de remerciement au corbeau qui disparut derrière les hautes frondaisons.

— En avant, marche ! ordonna Foster pour l'ensemble de la troupe.

— Et c'est reparti, soupira Tolkien.

Les Chindits se pressaient, les uns derrière les autres. À certains endroits, des fourmis pleuvaient sur leur chemise et leur poncho. Ils balayaient les insectes du revers de la main, sans même y penser. Les heures fusionnaient en un long combat contre la nature hostile. Les Gurkhas ouvraient la voie à coup de machette. Les soldats les mieux portants aidaient leurs camarades blessés à avancer. Chaque homme souffrait en silence. Sous la canopée, la chaleur était encore plus étouffante que dans le marécage.

— On n'arrivera jamais à semer les Japs à cette allure, grogna Foster lors de la première pause.

Cette remarque lui valut un regard sombre de Brody.

— Vous suggérez quoi ? fit l'Anglais après avoir bu une lampée de sa gourde. Qu'on abandonne les éclopés ?

— C'est une possibilité. Nous laisserions un mot aux officiers japonais en leur demandant de se comporter en hommes d'honneur. Le *Bushido* exige que les blessés soient traités avec dignité. Peut-être…

— Allons ! Vous savez comme moi qu'ici, en pleine jungle, il n'y a plus de *Bushido* qui tienne ! Ces salauds découperont nos gars, un point c'est tout !

— C'est un risque à courir.

— Je n'ai pas envie d'écrire à la famille de ces hommes : « Madame, monsieur, nous avons abandonné votre fils ou votre mari à l'ennemi en priant le ciel qu'ils ne leur fassent pas de mal. C'était un risque à courir ! »

Foster eut un petit ricanement de mépris :

— Parfait. On la joue « tous ensemble ou rien du tout ». Mais cela ne nous aidera pas beaucoup quand Kawabe et les siens nous tomberont dessus pour nous faire la peau jusqu'au dernier !

Brody pointa un doigt accusateur sur la poitrine de l'Américain :

— Alors ça, il fallait y penser avant, mon cher Dale, parce que s'il y a bien un responsable à cette situation, c'est VOUS ! Si on avait fait sauter la voie ferrée en douce, la nuit, on aurait pu plier bagages net et direct. Les blessés l'ont été durant l'opération que VOUS avez planifiée !

— Et que VOUS avez approuvée ! riposta Foster. Je ne vous ai pas obligé à vous lancer là-dedans avec un flingue dans le dos, que je sache ? De plus, pour l'instant, ne vous en déplaise, l'opération en question est un succès. Si vous décrochez une médaille au bout du chemin, ce sera grâce à moi, n'oubliez pas ça !

— Pour avoir une médaille, il faut déjà réussir à rentrer chez nous !

Plusieurs Chindits s'étaient regroupés autour de leurs chefs avec des yeux de parieurs prêts à s'échanger des biftons.

— Messieurs, intervint Tolkien. Il ne sert à rien de se rejeter la faute mutuellement. Tout ce qui compte pour le moment, c'est sortir de ce pétrin.

— Je suis bien d'accord, approuva Brody.

Foster renifla bruyamment et dut ravaler plusieurs fois sa salive asséchée avant de parler.

— Eh bien commençons par nous bouger les fesses au lieu de perdre du temps à bavasser. Colonne en rang par deux !

Au bout d'une heure, la végétation se fit moins dense. La vitesse de marche augmenta un peu. Quand ils fléchissaient, les hommes transformés en craintives bêtes de la jungle imaginaient leurs poursuivants – des officiers brandissant des sabres de samouraïs, des soldats équipés de baïonnettes... – et cette vision les aidait à garder le rythme.

Les mortiers furent sabotés et laissés en pleine nature. Trop lourds. Trop encombrants. Foster ne cessait de harceler les hommes à la traîne pour qu'ils accélèrent la cadence. Littéralement épuisés, la plupart des Chindits lui renvoyaient un regard meurtrier. Leurs mouvements étaient comme alanguis. Leurs gestes évoquaient une bande de vieillards arthritiques et nombre d'entre eux utilisaient leur fusil à la manière d'une canne. Tolkien lui-même faillit perdre son sang-froid quand le major le houspilla.

— Je ne peux pas aller plus vite, dit-il, mâchoires soudées. Vous exigez l'impossible.

— Vous savez ce que Napoléon répondait à ce type de jérémiades, professeur ? « *Impossible* est un mot que l'on devrait rayer du dictionnaire ! »

— Il faut être français pour proférer de telles stupidités, rétorqua l'écrivain.

Et il se retint d'ajouter « Ou américain »...

Le feuillage laissait filtrer davantage de lumière, signe que l'on approchait d'une clairière. Les taches jaune et or glissaient le long des troncs. Quand un rayon rencontrait un essaim d'insectes volants, il le transformait en nuage de particules scintillantes.

Soudain, un brouhaha aux accents d'altercation monta de la tête de la colonne. Tolkien vit les fusiliers birmans détaler en désordre. Ils répétaient tous :

— *Céplin dmakrâlh* ! *Céplin dmakrâlh* !

— Revenez ! criait Brody. Revenez !

Il leur courait après, tel un chien de berger obstiné.

— Les traîtres ! crépita Foster. Les lâches !

Les supplétifs terrifiés avaient disparu, littéralement dissous par la végétation.

Remorquant toujours Tatsuya derrière lui, Tolkien rejoignit les deux majors.

— Que se passe-t-il ?

Il eut la réponse à l'instant même où il terminait sa phrase : à travers les branches basses, on distinguait une succession de terrasses en pierres grêlées.

Un temple !

Tolkien sentit sa glotte se rétracter quand il essaya de déglutir. C'était l'édifice qu'ils avaient aperçu la veille de la grande attaque ; celui qui remplissait les autochtones d'une crainte irrationnelle.

— Je ne comprends pas ! fulmina Foster.

L'Américain se mit à quatre pattes et déplia sa carte par terre

— J'étais persuadé qu'on n'allait pas dans cette direction, reprit-il, toujours aussi irrité.

— Allons voir ça de plus près, grommela Brody.

Il se mit à couper les dernières lianes avec sa machette.

Encouragés par l'exemple de leur chef, les hommes sortirent de la jungle.

L'apparition, sorte de géant granitique endormi, se dressait au milieu de la clairière, sur un tapis de brume. Les Chindits ressemblaient à une bande de Lilliputiens craintifs osant à peine approcher ce monstre inconnu. La base du monument était de forme carrée. Chacune de ses faces donnait sur un point cardinal. Il y avait des escaliers de tous les côtés, recouverts de plantes grimpantes, lézardés par des fissures d'où jaillissaient des touffes d'herbe folle. La végétation s'infiltrait partout où elle le pouvait. Démantelés par la lente poussée de racines parasites, plusieurs blocs de pierre avaient roulé au bas des marches. Une série de corniches en stuc s'étageaient jusqu'à un dôme couronné d'une pointe menaçante. Les idoles de pierre, disposées de part et d'autre de chaque escalier, ne faisaient qu'accentuer l'aspect agressif de cette architecture. La malveillance transpirait de leurs traits roidis. On aurait dit des griffons croisés avec un autre animal, difficilement indentifiable mais assurément belliqueux.

— C'est ça, un chindit ? demanda Tolkien.

— Oui, enfin, des chintes, corrigea un Gurkha.

Kalir caressa la gueule mafflue de l'une des statues tournées vers le levant. Il semblait davantage intrigué qu'effrayé. Ses compagnons avaient encoché leur flèche, comme si un danger imminent planait sur la clairière.

Foster, qui était entré à l'intérieur du temple quelques instants plus tôt, réapparut et jeta :

— Je propose que l'on passe la nuit ici. De toute façon, il faut bien qu'on s'arrête.

— Cet endroit me fait peur, confia Tolkien.

— Il n'est pas très accueillant, je vous le concède, mais, au moins, il est facile à défendre.

— C'est vrai, reconnut Brody. On peut poster des hommes de tous les côtés, sur les corniches. On ne trouvera pas mieux à des lieues à la ronde.

— Si vous le dites, souffla l'écrivain.

Mais il n'était pas rassuré pour autant. Tatsuya, qui le suivait comme son ombre, avait le visage blafard.

— Pas dormir là, bredouilla-t-il. Pas bon. Temple hanté !

— On ne t'a pas demandé ton avis ! aboya Foster.

Les Chindits gravirent la volée de marches qui menait au perron de la façade orientale. Une paire de portiers difformes, posés sur des socles, gardaient l'entrée principale – portique en forme d'ogive orné de frises en relief. L'ouverture était plus large que haute. Tous les soldats, y compris les plus petits, durent incliner la tête pour pénétrer dans le lieu sacré. Le vestibule était peint d'un rouge sombre rappelant la couleur du sang. Des débris de poterie s'émiettaient sous la semelle des intrus. C'était comme de marcher sur un tapis de biscuits secs. Des galeries creusées de niches couraient autour de la grande salle centrale. Les bâtisseurs du temple avaient percé des petites fenêtres dans ces déambulatoires. Les murs y étaient décorés de carreaux vernissés de couleur verte, à moins que cette teinte ne fût le produit de la moisissure ambiante. L'air gardait son fort taux d'humidité, bien que nettement plus frais qu'en pleine jungle. L'odeur des siècles révolus, fruit d'une décomposition lente et baignée de ténèbres, vous rentrait dans les narines insidieusement. Pas désagréable au début, elle finissait par devenir écœurante à la longue.

Foster et Brody allumèrent des lampes, geste sacrilège pour toutes les petites bêtes qui vivaient là, accoutumées au pieu recueillement d'une nuit sans fin. Il y eut un bref remue-ménage – des grattements, des bruissements de pattes et des frottements squameux – puis le silence redevint le maître des lieux.

Les soldats se laissèrent tomber sur le sol en dalles de taille inégale, veiné de plantes rampantes. Tolkien remarqua alors une série de bas-reliefs qui couraient le long des parois. Il y avait également des linteaux de pierre sculptés et des inscriptions hiéroglyphiques un peu partout. Une fois son sac posé, l'écrivain gratta une allumette pour tenter de discerner les détails de ces cartouches singuliers. Tatsuya, qui ne l'avait pas quitté d'une semelle, ne put s'empêcher de geindre :

— Mauvais tout ça…

— On dirait que ça raconte une histoire, marmotta Tolkien. Un peu comme… la tapisserie de Bayeux…

— Moi, ça me fait plutôt penser à du Jérôme Bosch, compléta Cealendar, qui s'était approché à pas feutrés.

La frise principale mettait en scène une multitude de créatures bipèdes ressemblant aux statues de l'entrée. Ces hominidés se pressaient les uns contre les autres, à la fois grotesques et effrayants. Leurs postures tordues évoquaient des danses tribales, des sabbats, voire des ruts obscènes. Leurs bras semblaient plus longs que la normale. Ils étaient armés de massues mais ne portaient aucun vêtement, pas même un pagne.

— Des hommes-singes ? raisonna tout haut Tolkien.

Ces dessins se souciaient peu de la perspective, quand ils ne l'ignoraient pas carrément. La majorité des silhouettes se massaient autour de monstres ailés aussi corpulents que des éléphanteaux et dont les énormes mâchoires formaient un rictus dément. Les petites créatures se prosternaient devant les plus grosses. Des abats sanglants étaient posés sur des espèces d'autels de type mégalithique.

— Qu'est-ce que c'est que ça ? murmura Cealendar. Une cérémonie ?

— Aucune idée, répondit Tolkien.

Il avait parlé d'une voix curieusement dépourvue de toute intonation.

Son attention se porta sur des empreintes de mains rouges incrustées dans la pierre. On aurait dit des peintures rupestres.

Des pictogrammes ressemblant à des glyphes encadraient ces traces d'aspect sanguinolent.

— La signature de l'artiste ? hasarda Cealendar.

En d'autres circonstances, l'esprit affûté de Tolkien aurait essayé de comprendre la logique interne liant ces symboles, mais il se sentait trop exténué pour fournir le moindre effort intellectuel. Il s'installa dans un angle de la salle avec le prisonnier. Son sac à provisions était vide, comme son estomac. Les Chindits mirent en commun leurs restes et partagèrent la chair d'un gros rongeur aux incisives jaunes et au pelage cannelle qu'Alerius avait tiré durant l'après-midi. Chaque soldat reçut un morceau de viande pas plus épais qu'une crevette, puis cette chiche ration fut complétée par quelques fruits et même des écorces, pour les plus affamés.

— Nous retournons à l'état sauvage, dit Tolkien, en mâchouillant la fin de son « repas ».

Aucun rire n'émaillait les conversations. Le contrecoup nerveux de la bataille réclamait son dû aussi sûrement que la fatigue physique. N'en déplaise à Foster, la victoire avait un goût d'amertume et semblait bien précaire. Combien de temps faudrait-il à Kawabe pour retrouver les fous qui avaient osé l'humilier ?

Un autre problème était l'eau. Les hommes avaient bu abondamment lors de la récente marche forcée et leurs gourdes étaient presque toutes vides. On donna les dernières gouttes aux plus faibles, aux blessés. Johansson allait d'un brancard à l'autre, vérifiant le pouls de ses patients quand leur respiration se ralentissait de manière alarmante.

— Est-ce que vous pourriez jeter un œil à la jambe de Tatsuya ? demanda Tolkien lorsque le médecin passa devant lui.

— Bien sûr, professeur.

Il mit un genou au sol puis défit le bandage. Le prisonnier se mordait la lèvre inférieure et semblait retenir sa respiration.

— Alors ? s'enquit Tolkien avec un air de grand frère protecteur.

— Pas terrible. La chaleur… L'humidité…

Frangée par des replis de chair violacée, la plaie exhalait le fumet douceâtre d'une viande avariée.

— Je n'ai plus d'antibiotiques, se plaignit Johansson. Mais je peux saupoudrer la blessure de sulfamides.

Ce qu'il fit. Après quoi il noua un bandage propre autour de la cuisse toute gonflée.

— Dites-lui de prier son dieu pour que ça ne s'infecte pas davantage, soupira-t-il en se relevant.

— Merci quand même, lâcha Tolkien.

— Oui, merci, compléta timidement le prisonnier.

Le médecin opina, un sourire triste aux lèvres, puis il alla s'accroupir au côté de l'Elfe blessé. Ce dernier n'avait toujours pas repris connaissance.

— Vous êtes croyant ? questionna Tolkien à l'adresse de Tatsuya.

— Dépend des jours, fit le Japonais.

Il marqua un temps d'arrêt, comme s'il désirait ajouter quelque chose, mais finalement il se ravisa, se bornant à secouer la tête.

Tolkien se sentit envahi par un sentiment de gâchis absolu. Contrairement aux prédictions du vieux sorcier, il n'avait rien apporté à cette mission. Il s'était contenté de suivre le mouvement, de faire ce qu'on lui disait, passif, pitoyable… L'absurdité de cette situation le mettait au supplice. Il avait l'impression d'être le jouet d'une farce cosmique. Dieu, s'il existait, s'amusait à ses dépens !

« Les mulets, eux, au moins, ont porté de lourdes charges et puis donné leur viande. Je n'ai fait que ralentir le groupe. Je n'ai aidé personne, sauvé aucune vie… »

Il s'arrêta. C'était faux, et il le savait : il avait sauvé Tatsuya… Quelle ironie ! Épargner un ennemi avait été sa seule action honorable durant l'ensemble de l'expédition. Dans un sens, cela confortait l'hypothèse de la farce cosmique.

À quelques mètres de là, les Elfes se succédaient au chevet de leur ami inconscient. Ils murmuraient des prières en posant les mains sur sa poitrine.

Après s'être tenu en retrait du groupe durant une bonne partie de la soirée, Cealendar s'approcha et demanda au médecin :

— Comment va Harvanel ?

À travers son masque d'épuisement, le métis était visiblement inquiet.

— État stationnaire... En tout cas, il a l'air de supporter votre sang.

Alerius interrompit ses incantations et se leva.

— Laisse-nous, jeta-t-il à la face du demi-Elfe.

Celui-ci recula, mortifié.

— Je... je prends le premier tour de garde, dit-il.

Une fois dehors, affranchi du regard des autres, il pourrait s'abandonner aux larmes qui lui chatouillaient le coin des yeux.

— D'accord, lança Foster. Mais emportez ça avec vous. (Il ramassa un lot de bidons vides reliés entre eux par une cordelette.) S'il pleut cette nuit, ça nous fera toujours un peu d'eau.

C'était une bonne idée. Brody n'y trouva rien à redire. Une sorte de *statu quo* s'était instauré entre les deux officiers. Ils échangeaient des regards peu amicaux, mais ni l'un ni l'autre ne cherchait l'affrontement.

Cealendar jeta les récipients en travers de son épaule et se dirigea vers la sortie. Il gravit quelques marches avant de prendre position sur un balcon situé à mi-hauteur de la pyramide. Un muret de pierres ébréchées servait de balustrade. Il s'y accouda et posa les bidons. Aucun bruit ne troublait le silence ; à l'exception du vent, peut-être. La lumière de lointaines constellations nimbait le bâtiment d'une aura spectrale.

Cealendar inspira l'air chargé de parfums capiteux.

Il se sentait affreusement seul. Dans son ventre, la bête-qui-a-soif secouait les barreaux de sa cage. Il se plia en deux, les ongles enfoncés dans la pierre grêlée.

Au loin, le rugissement d'un jaguar aussi frustré qu'affamé monta vers les cieux, comme un vibrant écho aux souffrances du demi-Elfe.

Puis le calme revint.

20

La pluie arriva avec l'aube, et plusieurs Chindits sortirent pour aider l'homme de garde – en l'occurrence Cavendish – à recueillir cette eau providentielle.

Une fois les bidons ramenés à l'intérieur, on étancha en priorité la soif des blessés, puis chaque soldat eut droit à un demi-gobelet.

— Le meilleur verre que j'ai bu de toute ma vie, déclara Tolkien.

Et il ne plaisantait pas.

Des claquements de semelles résonnèrent dans la pénombre de la petite pièce qui servait de sas entre la salle centrale et l'entrée. Cavendish apparut :

— Y a du mouvement dehors !

Les Elfes et les officiers s'élancèrent dans un même élan. Cealendar les suivit. Quand ils arrivèrent sur la corniche de la façade orientale, un éclair déchira le ciel, comme pour les saluer. La pluie lavait à grande eau les pierres millénaires. Il fallait prendre garde à ne pas glisser sur les rebords dégoulinants.

— Qu'est-ce que tu as vu ? demanda Foster.

La sentinelle montra un bosquet situé à l'angle sud-est du temple.

— Dans ce coin, les buissons. Ils remuaient…

Le tonnerre secouait la cime des arbres, mais rien d'autre ne bougeait.

— C'était peut-être un animal ? hasarda Brody. Un fauve…

— Peut-être, concéda Cavendish. Ou alors mon imagination m'a joué des tours.

Il n'avait plus aucune certitude.

— Pas un animal, dit simplement Kalir.

Il sortit une flèche de son carquois. Alerius l'imita.

— Que se passe-t-il ? s'inquiéta Cealendar.

Aucun Elfe ne lui répondit. Leurs yeux étaient suffisamment éloquents. Kalir indiqua le sommet de la pyramide. Cassiltir hocha la tête et se lança dans une ascension rapide, gravissant les terrasses les unes après les autres jusqu'à atteindre le dôme, avec son socle cubique entouré de moulures décoratives. Après avoir escaladé cette coupole de forme bulbeuse, le dresseur agrippa la pointe qui jaillissait de son faîte. Il pivota ensuite dans le sens inverse des aiguilles d'une montre, une main en visière, balayant la jungle d'un regard périphérique. La pluie avait cessé mais le revêtement du temple était plus traître que jamais. En redescendant, Cassiltir faillit glisser dix fois. Ses amis retenaient leur souffle à chaque moment périlleux. Heureusement, l'Elfe retrouvait toujours l'équilibre ou bien se raccrochait *in extremis* à une pierre saillante.

— Alors ? fit Kalir.

— Ils nous ont encerclés.

Cealendar recula d'instinct vers la bouche sombre de l'entrée. Foster avait pâli. Brody se tourna vers lui, une lueur féroce dans le regard :

— Eh bien nous y voilà, Dale. Le moment de vérité !

L'Américain bredouilla :

— On pourrait tenter une sortie en force ?

— Et les blessés ?

Foster resta muet.

— Nous n'abandonnerons pas Harvanel, dit Kalir, inflexible.

— Dans ce cas, il ne nous reste plus qu'à vendre chèrement notre peau, répliqua Foster.

En moins d'une minute, les Chindits restés à l'intérieur furent mis au courant de la situation. Ils accueillirent la nouvelle dans un grand silence, avec le visage de marins à qui l'on annonce que leur navire est sur le point de sombrer. Certains baissèrent le front. D'autres firent un signe de croix.

— Quoi qu'il advienne, je voulais vous dire à quel point j'ai été fier de combattre à vos côtés, conclut Brody. Que Dieu vous garde...

— Attendez ! clama Foster.

Il avait repris contenance et paraissait électrisé.

— On a encore un joker à jouer !

Il traversa la salle, écartant avec des gestes d'impatience les Chindits plantés en travers de sa route. Il était clair qu'il savait précisément où il allait. Tatsuya jeta un regard angoissé à Tolkien quand le major dégaina son pistolet.

— Toi ! postillonna ce dernier à la face du prisonnier apeuré. Debout !

Tatsuya obéit. Tolkien baissa les yeux. Il avait compris ce que l'Américain mijotait.

— Tu viens dehors ! continua Foster.

Il saisit le Japonais par le col et le poussa devant lui en grommelant :

— On va voir si tes potes accordent de la valeur à ta vie !

Quand il arriva au niveau du vestibule, Brody lui serra le poignet ; il consentit à s'immobiliser quelques instants.

— Vous rêvez, Dale ! aboya l'Anglais. Vous croyez que les Japs vont nous laisser partir parce que nous tenons un prisonnier ?

— On peut toujours essayer, ça ne coûte rien. Et ça peut nous aider à gagner du temps... (Il donna un coup de pied dans les fesses de Tatsuya.) Allez, avance, toi ! On n'a pas la journée devant nous !

Tolkien ne savait plus quoi penser. Et si Foster avait raison ? Peut-être l'ennemi était-il disposé à négocier, après tout ?

Foster déboucha sur le perron, entre les deux portiers de pierre. Il se servait de Tatsuya comme d'un bouclier. Le canon de son arme faisait pression sur le cou du Japonais. De son bras libre, il enrobait sa taille, tel un fiancé amoureux. Sa respiration se limitait à des halètements.

— À quoi jouez-vous ? jeta Kalir.

Le major ignora la question. S'adressant directement aux rangées d'arbres les plus proches, il cria :

— Si vous attaquez, nous le tuerons, vous avez compris ?

Aucune réponse.

— Laissez-nous partir et on vous le rend !

Rien. Mais, du coin de l'œil, Foster aperçut un mouvement dans les buissons. Il avala sa salive puis :

— N'essayez pas de...

Soudain, ce fut comme si la jungle entrait en éruption ! Les balles se mirent à pleuvoir sur le temple, presque aussi nombreuses que les gouttes d'eau durant l'averse. Un projectile toucha Tatsuya au bras gauche. Un autre déchira le cuir chevelu de l'Américain. Les Elfes avaient plongé et s'étaient recroquevillés derrière l'antique balustrade... mais ce parapet ne les protégeait guère des ricochets qui fusaient de toutes parts. L'un d'eux arracha le petit doigt de Cassiltir. L'as du camouflage se plia en deux, la main serrée au creux du ventre. Un instant après, un éclat de pierre entaillait la joue de Kalir.

Foster et son otage détalèrent à quatre pattes dans le vestibule. Accompagné d'une vingtaine d'hommes – Anglais et Gurkhas mélangés –, Brody attendait là, tapi, qu'une accalmie fût perceptible. Pour le moment, toute sortie était exclue.

— Les négociations ont échoué, n'est-ce pas ? demanda le major, sarcastique.

Foster préféra se taire. Il avait le visage et le cuir chevelu en sang. Tatsuya se tenait le bras en grimaçant.

— Allez-vous faire soigner, tous les deux, dit Brody.

L'Américain secoua la tête :

— Non, ça va. C'est superficiel...

Tatsuya lui adressa un regard interdit :

— Tire-toi, confirma sèchement Foster.

Le prisonnier ne se le fit pas répéter.

À l'extérieur, le bruit de la pétarade commençait à diminuer. Une voix dotée d'un fort accent japonais aboya :

— Rendez-vous ! Sans conditions !

— Allons-y, grommela Brody.

Il sortit à la tête de ses soldats. Les Chindits progressaient courbés derrière le muret, de sorte que seul l'arrondi de leur dos dépassait. Évidemment, les tirs reprirent. Un Anglais s'écroula, touché à la colonne vertébrale. Une balle qui avait déjà ricoché plusieurs fois entra dans la fesse d'un Gurkha, lui traversa le bassin et fit éclater un testicule au moment où, jaillissant par la cuisse, elle éclaboussait le mur.

— Ramenez les blessés à l'intérieur ! cria Brody.

La fusillade n'avait pas commencé depuis deux minutes que déjà, Johansson était débordé.

— Professeur, dit-il à Tolkien. J'ai besoin de vous. Il faut trier les hommes quand ils arrivent. Les cas graves, à gauche. Les blessures légères, à droite.

— Mais je ne suis pas...

— Ne discutez pas, je vous en prie.

Le médecin examina rapidement l'épaule de Tatsuya.

— La balle est ressortie sans faire trop de dégâts. Vous avez de la chance. (Il lui donna une compresse.) Tenez ça sur la plaie. Appuyez bien fort. Voilà. Vous avez la tête qui tourne ? La nausée ?

— Non.

— Très bien. Alors vous allez m'aider, vous aussi.

L'homme atteint au dos était en piteux état. Johansson essaya le bouche à bouche, la ventilation, puis il injecta directement des médicaments dans son cœur. C'était peine perdue. Les yeux du Chindit luisaient comme deux éclats de porcelaine bleue. Il était mort. Celui qui n'avait plus qu'un testicule hurlait sans pouvoir s'arrêter. On bourra son pantalon de compresses et il eut droit à une piqûre de morphine ; après quoi il se calma.

Dehors, la situation empirait. Les Chindits se battaient à un contre dix, les oreilles remplies du bruit de la fusillade. Comme on devait s'y attendre, les Japonais attaquèrent les quatre côtés à la fois. Les Elfes tenaient toujours la face orientale. Deux groupes d'Anglais avaient pris position au nord et à l'ouest, respectivement sous les ordres des majors Brody et Foster. Les Gurkhas, quant à eux, occupaient la portion méridionale de la pyramide. C'était le coin le plus exposé.

Les hommes de Kawabe avaient d'abord risqué un assaut sur le mur défendu par les Elfes. La rareté des coups de feu provenant de ce côté constituait en effet une véritable invitation à la charge. Fatale erreur : une volée de flèches meurtrière avait obligé les assaillants à battre en retraite. Nombre d'entre eux s'étaient alors déportés vers le sud. Les Gurkhas avaient beau tirer posément, l'ennemi se rapprochait encore et toujours, pareil à la marée montante. Lorsque les Japs atteignirent la base de l'édifice, Alerius vint prêter main forte à ses camarades Gurkhas. L'arc du tireur d'élite semblait avoir le débit d'une mitraillette. Ses flèches striaient l'air sans interruption. Il ne donnait pas l'impression de viser. Son arme était comme une extension de son corps. Les soldats qui avaient entamé l'escalade roulèrent jusqu'au sol, percés à la gorge ou en plein cœur. Les autres refluèrent sous le couvert des arbres.

Les offensives frontales avaient cessé, mais le feu des tireurs embusqués ne connaissait aucune décrue. Cealendar n'osait pas bouger de derrière son bouclier de pierre. Il s'aplatissait, la peur au ventre. Des balles sifflaient au-dessus de sa tête pour aller se fracasser sur le vénérable sanctuaire. Petits bruits secs, au rythme saccadé. Le demi-Elfe avait une terrible envie d'uriner.

De temps en temps, un Chindit sursautait avant de s'effondrer en portant la main à l'endroit où il avait été atteint. Les éclats de maçonnerie et les balles en fin de course semblaient prendre un malin plaisir à débusquer la chair, où qu'elle fût, même dans les recoins les plus abrités. Brody courait maintenant d'une façade à l'autre pour coordonner l'évacuation des blessés. Des centaines de douilles vides jonchaient les terrasses et le soleil à son zénith allumait des reflets dorés sur leur enveloppe de laiton. Les assiégés tiraient tous azimuts, sans laisser à leur arme le temps de refroidir. Le stock de munitions diminuait en conséquence. Le major s'agenouilla auprès de Cavendish qui gisait, étendu sur le ventre, et le retourna doucement. L'ancien cheminot avait les yeux révulsés. Il ne respirait plus.

— Merde, lâcha Brody.

Ils allaient tous se faire descendre, un par un. Il en était intimement convaincu.

Soudain, il eut l'impression de recevoir une claque brûlante sur la main droite. Baissa les yeux et vit sa paume, ou plutôt ce qu'il en restait. De la charpie. Du rouge, partout. Sous le coup de la surprise, il faillit se couper la langue.

— Vous devriez vous faire bander, major, lui conseilla un simple soldat, un tout jeune homme d'à peine vingt ans, au visage constellé de taches de rousseur.

Brody balbutia :

— Je… je dois rester pour…

— Si vous vous videz de vot' sang, vous serez plus utile à personne.

C'était d'une logique imparable.

— Vous avez raison, soldat. Je reviens tout de suite.

Il se faufila jusqu'à l'entrée, sa main blessée coincée sous l'aisselle. La douleur l'élançait comme si on lui avait tapé dans le poignet avec une batte de base-ball. Il faillit tomber dans les pommes en pénétrant dans la grande salle. L'odeur du sang, des déjections humaines, les plaintes des mourants, Johansson qui s'agitait comme un fou furieux dans cette obscurité de sépulcre... Tout cela lui donnait le tournis. Il sentit qu'il sombrait, essaya de s'appuyer au mur avec sa paume sanglante. Aussitôt, la douleur le réveilla comme une décharge électrique. Tolkien l'attrapa et l'aida à s'asseoir sur le sol pierreux.

— Le docteur va venir. On va vous donner de la morphine...

Johansson était occupé à cisailler la godasse d'un Chindit touché à la cheville. Tatsuya essayait de bloquer les jambes et le bassin du blessé, mais celui-ci se tortillait.

— Comment ça se présente ? s'enquit Tolkien.

— Pas très bien, grinça Brody. On les a repoussés et ils ont compris la leçon. Ils s'amusent à nous dégommer depuis les taillis.

Tout à coup, les fusils firent silence, comme pour contredire l'officier.

— Qu'est-ce qui se passe ? marmonna Foster.

Cette soudaine embellie était, à sa façon, encore plus stressante que le vacarme de l'engagement.

Cealendar se glissa jusqu'à Kalir, dont la joue entaillée saignait toujours.

— Vous entendez quelque chose ? demanda le métis.

— Oui. C'est lointain mais...

Cealendar fit un effort de concentration. Il perçut d'abord un bourdonnement ténu, qui se mua en un grondement mécanique. Sous sa paume, la pierre vibrait.

— CHARS ! cria quelqu'un.

Des fumées noires, issues de moteurs diesel, vinrent confirmer le sombre présage. Les monstres de métal se frayaient lentement un chemin dans la jungle. Pliant sous leur implacable poussée, les arbres s'abattaient les uns après les autres.

— Machines maudites, siffla Alerius.

Son expression de marbre s'effritait. Il savait que ses flèches ne seraient d'aucune utilité contre pareil adversaire.

— Et on n'a même plus de mortiers, pesta Foster.

Il murmura un juron qui se perdit dans le grincement des énormes engrenages.

Le premier blindé apparut. C'était un modèle *Ha-Go*. Les Chindits en avaient étudié toutes les caractéristiques durant l'entraînement : sept tonnes, blindage de 12 mm, trois hommes d'équipage – un conducteur, un mécanicien-mitrailleur et un chef de bord –, deux mitrailleuses, un canon de 37 mm... Plus trapus que les tanks *Sherman* utilisés par les Alliés, les *Ha-Go* n'en étaient pas moins menaçants. Les chenilles de l'engin de tête broyaient buissons et broussailles en crissant rageusement. Sa tourelle arrondie pivotait d'un air vicieux, à la recherche de futures victimes. Le drapeau du Soleil Levant ornait chacun de ses flancs. Cealendar était comme hypnotisé par ce spectacle. Le canon effectua un quart de tour avant de se fixer sur la façade orientale du temple.

— À plat ventre ! hurla Kalir.

Mais le demi-Elfe ne parvenait pas à s'extraire de sa fascination. Il entendit la détonation et vit – ou crut voir – l'obus déchirer l'air avec un sifflement fulgurant. Le projectile fonçait droit sur lui, comme une pierre lancée par une fronde surpuissante. Il plongea au tout dernier moment, puis le monde parut exploser.

L'impact secoua le bâtiment de la base à son sommet. Dans la salle reconvertie en infirmerie, des pierres se décrochèrent du plafond pour rebondir sur les blessés. Il y eut des cris de panique. Tolkien, qui était tombé sur les fesses, se releva et demanda à Brody :

— Roquettes ?

— Non... Plus gros que ça... Il faut que j'y retourne.

— Votre main n'est pas encore bandée !

— Tant pis.

Le major prit appui sur son bras intact. Une autre explosion ébranla le temple à cet instant, et l'onde de choc le projeta au sol.

Tolkien leva un œil inquiet vers le plafond, de plus en plus fissuré. Des lézardes se dessinaient également sur les murs, les fresques millénaires, les…

Le regard de l'écrivain s'immobilisa. Il entrouvrit la bouche mais aucun son n'en sortit.

— Qu'est-ce qui vous arrive ? grogna Brody. On dirait que vous avez vu le diable en personne.

— Votre main, articula Tolkien.

— Quoi, ma main ?

— Sur la pierre…

Brody aperçut la marque sanglante qu'il avait laissée quelques instants auparavant, et cette empreinte n'était pas sans évoquer les primitives peintures rupestres.

— C'est peut-être complètement idiot, murmura Tolkien, mais il faut que j'essaie…

— Mais de quoi parlez-vous, bon Dieu ?

Sans mot dire, le professeur se dirigea vers la portion du bas-relief qu'il avait examinée la veille.

Cealendar roulait dans un chaos de blocs désagrégés, de fumée, de poussière… Hébété, il ouvrit un œil. Une odeur de cheveux brûlés empuantissait ses narines et sa bouche avait le goût du sang. Mais à part ces menus désagréments, tout allait bien. Il n'avait pas mal. Chacun de ses membres répondait « présent » quand son cerveau embrumé les sollicitait. Un vrai miracle !

— Sacrée culbute, hein ? lança Foster.

Le demi-Elfe acquiesça. Le temple paraissait au moins aussi secoué que ses défenseurs : l'angle d'une corniche avait entièrement disparu, comme si un géant s'était amusé à croquer un morceau de cette pièce montée pyramidale.

Précédés d'un craquement d'arbres déracinés, deux nouveaux tanks vinrent prendre place de chaque côté du *Ha-Go*.

— Repli ! cria Foster. Repli !

Le demi-Elfe se leva et se mit à courir au moment où deux obus partaient simultanément. Il avait vu le double éclair produit par les tirs et sentit le déplacement d'air lorsque l'un des projectiles le frôla. Cela ressemblait à la gifle que l'on reçoit au passage d'un camion quand on fait du stop au bord de la route. Puis les deux explosions se fondirent en une seule, cataclysmique. Cealendar fut soulevé dans les airs par un puissant poing de flammes. Il battit des bras et tomba sur le dos, gros débris parmi d'autres, étourdi par le choc. Il avait l'impression d'avoir reçu un uppercut au plexus solaire. Après avoir tout occulté durant une éternité, la fumée se dissipa et laissa réapparaître le bleu du ciel. Quelqu'un s'adressait au demi-Elfe qui n'entendait plus rien à part un sifflement continu. Il toussa. La poussière était rentrée dans ses narines et sa gorge.

— Z'êtes le plus grand veinard de la création !

Les paroles de Foster étaient lointaines, étouffées, mais intelligibles. Et le sifflement avait baissé de volume.

Cealendar se redressa au milieu d'une grappe d'hommes commotionnés. Ses os et ses muscles perclus lui faisaient l'effet d'un tas de douleurs enfermées dans un grand sac. Aussi inconcevable que cela pût paraître, son corps n'avait hérité que de quelques égratignures provoquées par des éclats. À côté de lui reposait Alerius. Mort ? Non, le tireur d'élite avait les yeux fermés, mais il respirait.

Les obus avaient percé deux trous dans l'escalier. L'une des statues de l'entrée avait volé en morceaux. Plusieurs cadavres aux membres épars indiquaient que les projectiles n'avaient pas déchiqueté que de la pierre.

— Tout le monde à l'intérieur ! brailla Foster d'une voix enrouée.

— Bon Dieu, mais qu'est-ce que vous fichez, professeur ? s'indignait Johansson.

Il avait besoin d'aide, maintenant plus que jamais, avec tous les nouveaux blessés qui arrivaient, mais Tolkien ne l'entendait même pas.

« Il a perdu les pédales », songea le médecin.

Cela arrivait, parfois, en plein combat. Des hommes sains d'esprit la minute d'avant accueillaient la folie comme un refuge, trop contents de pouvoir échapper aux horreurs de la guerre.

— Professeur ?

Tolkien caressait le mur couturé de fissures. Plus rien d'autre n'existait. Le monde aurait pu s'écrouler autour de lui… et c'était d'ailleurs le cas ! Un quartier de roc s'écrasa à deux pas de l'universitaire sans provoquer la moindre réaction de sa part.

— Professeur ? s'inquiéta à son tour Tatsuya. Parlez-moi.

Tolkien saisit les poignets du Japonais.

— Aidez-moi, je vous prie, dit-il avec un air de doux illuminé.

Il posa les mains du prisonnier sur la pierre, à un endroit où deux paumes de peinture rouge avaient déjà été imprimées en des temps immémoriaux, puis il fit la même chose de son côté.

— Poussez ! Allez-y !

Docile, le Japonais obéit sans discuter.

Et le mur pivota avec un raclement sinistre de caveau que l'on profane…

Les tanks s'étaient mis à tirer à la mitrailleuse. Leurs balles de gros calibre avaient des effets dévastateurs : elles pulvérisaient le parapet en fragments bondissants et, quand elles rencontraient une cible humaine, les membres perforés se volatilisaient dans un nuage de buée rouge. Les cris de terreur des Chindits se mêlaient aux jappements des projectiles. Emporté dans ce tumulte, Cealendar prit Alerius, toujours inconscient, sur son épaule. Il enjamba un corps réduit à l'état de gelée de groseille – vision si fugitive qu'il n'eut même pas le temps de l'assimiler – puis s'engouffra à l'intérieur du vestibule. Des balles traçantes déchiraient la pénombre noyée de fumée. Foster était déjà là et criait :

— Plus vite, plus vite !

Anglais et Gurkhas se bousculaient pour accéder à la grande salle. Kalir et les autres Elfes se replièrent en dernier. Leurs belles tuniques du Sylvaniel étaient déchirées, exposant la chair par endroits. Une couche de poussière poudrait de gris leurs longs cheveux décoiffés.

— Postez-vous là, le temps que j'amène une mitrailleuse, dit Foster. On descendra en enfilade tous les salauds qui essaieront d'entrer.

Kalir soupira :

— Ils n'ont même pas besoin de ça. Il leur suffit de tirer des obus sur le temple jusqu'à nous enterrer vivants !

— C'est vrai, mais je préfère quand même verrouiller ce point d'accès.

Le chef des Elfes haussa les épaules.

— Où est Alerius ? s'inquiéta Cassiltir.

Halimath montra du doigt Cealendar, qui avait rejoint les blessés et posait aussi délicatement que possible le tireur d'élite parmi eux. Le flot des survivants se déversait pêle-mêle dans les profondeurs du temple. Les Chindits titubaient et se soutenaient mutuellement. Un attroupement s'était formé contre le mur de la frise principale. Brody, qui avait aperçu Foster, agita le bras et cria :

— Venez voir ça !

L'Américain s'approcha en claudiquant. Des shrapnels lui avaient lacéré la cuisse et l'aine. Brody paraissait tout excité :

— Le professeur a trouvé une espèce de passage secret ! dit-il.

Foster fronça les sourcils. Il distinguait le trou dans la paroi, un orifice trop bien dessiné pour être l'œuvre d'un coup de canon. Large comme la bouche d'entrée située à l'extérieur du bâtiment, cette ouverture donnait sur un tunnel qui descendait en pente douce dans la nuit souterraine. Même avec l'aide des lampes à pétrole, il était difficile d'estimer la profondeur de ce puits de ténèbres. Deux silhouettes émergèrent graduellement de l'obscurité : Tatsuya et Tolkien.

— La galerie continue sur des centaines de mètres, annonça ce dernier.

— C'est notre seul espoir, cracha Brody en se tournant vers le médecin. Johansson, faites passer les blessés d'abord.

— Mais, on n'a pas assez de civières pour…

— Que ceux qui peuvent encore marcher prennent leurs camarades sur le dos ! Nous n'avons pas une seconde à perdre !

Un coup sourd fit trembler le temple sur ses fondations, et cette violente secousse entraîna la chute de blocs entiers.

— Ce tas de cailloux va finir par s'écrouler sur nous, lança Brody.

Le médecin hocha la tête et se mit à distribuer les consignes avec calme. Foster envoya chercher les Elfes.

— Plus personne ne garde l'entrée ? s'étonna Kalir.

— Laissez tomber l'entrée, déclara l'officier. Nous avons une… sortie de secours !

Kalir vit le trou dans le mur et manifesta son approbation d'une brève inclinaison du menton. Cassiltir et Halimath prirent chacun un homme sur le dos. En dépit de leur silhouette longiligne, ils paraissaient aussi costauds que des hercules de foire. Alerius s'était réveillé. Il tenait debout mais était encore trop sonné pour porter quelqu'un.

Lorsque tous les Chindits eurent abandonné la grande salle, Kalir et Foster s'engagèrent à leur tour dans le sombre couloir.

— Il doit bien y avoir un mécanisme pour refermer le passage, marmotta le major.

Ses mains palpaient la roche à la recherche d'une anfractuosité, d'une saillie… Soudain, une explosion plus violente que les autres l'envoya par terre. Sans prévenir, Kalir l'agrippa sous les aisselles pour le tirer en arrière. Le plafond de la galerie s'effondrait ! Une véritable avalanche de pierres ! La poussière soulevée par l'éboulement se dissipa lentement, à mesure que le calme revenait.

— On dirait que le passage est refermé, nota l'Elfe.

— Ouais, fit Foster. Espérons qu'il débouche à l'air libre, quelque part de l'autre côté.

Kalir aida l'officier à se relever. Un grondement profond roula au-dessus de leur tête.

— Il leur faudra combien de temps pour déblayer tout ça ? demanda Kalir.

Il montrait du doigt l'amoncellement de gravats, haut d'au moins deux mètres.

— Quelques heures sans doute, dit Foster après avoir toussoté plusieurs fois. À leur place, je n'utiliserais pas les explosifs ; ça nous laisse un peu de répit.

21

Foster et Kalir repartirent au pas de course. Un élancement aigu tiraillait la cuisse du major, comme si un sadique muni d'une aiguille en fusion fourrageait dans ses chairs. À certains moments, la pente devenait vraiment raide. Heureusement, les boursouflures du sol tenaient lieu de marches. À mesure qu'il avançait, le duo découvrit des coudes imprévisibles, de sinueux détours ; cependant, si l'on se fiait à la boussole, la direction générale ne variait guère : c'était l'ouest.

Après une descente à très forte dénivellation – quasiment un toboggan –, la galerie aboutit dans une première caverne d'importance, vaste salle aux roches sculptées par l'érosion. Les Chindits se retrouvaient là en territoire totalement inconnu. Aucune carte ne pouvait les aider. Une véritable planète étrangère !

Le plafond en forme de dôme s'arrondissait à dix bons mètres du lit pierreux sur lequel Johansson avait fait déposer les blessés. Ce décor était à la fois féerique et inquiétant. Partout où frappait le halo des lampes, il arrachait à la roche des couleurs pâles, évanescentes, étranges, car sans équivalent à la lumière du jour.

Les hommes paraissaient épuisés. Tous. Sans exception. Même les Elfes avaient perdu de leur superbe. Cassiltir se cachait les yeux de la main et tremblait comme sous l'effet d'un froid glacial. Assis sur un rocher, Halimath pleurait.

— Qu'avez-vous ? demanda Kalir, troublé par l'attitude de ses guerriers.

Alerius lui dit dans un murmure de le suivre. Il l'amena près du corps de leur ami Harvanel. Toute trace de vie avait déserté le guérisseur. Son jeune et beau visage fixait avec intensité les coulées de pierres torsadées qui pendaient de la voûte.

— Il s'est réveillé, il y a quelques minutes, dit Alerius d'une voix chevrotante. Il savait que c'était la fin. Il l'a accueillie sereinement.

Kalir resta sans expression, perdu dans un long moment de rêverie silencieuse. Il cligna des yeux, et deux larmes coulèrent. L'une d'elles roula sur son estafilade encore fraîche. Une subtile tension – comme un frisson de douleur – avait déformé ses traits, rien qu'une seconde. Puis le masque impavide retomba.

— Nous devons lui rendre un dernier hommage, décréta-t-il solennellement.

Alerius acquiesça.

— Je ne sais pas si nous en avons le temps, risqua Foster, qui s'était rapproché en catimini.

Les Elfes le cinglèrent d'un regard si sévère qu'il se rétracta aussitôt :

— Bon, très bien… Mais faites vite, je vous en prie.

De son côté, Brody avait passé en revue les effectifs, ou plutôt ce qu'il en restait : une douzaine d'hommes en tout et pour tout : quatre Gurkhas et le double d'Anglais. Déprimant. Ce chiffre incluait les blessés, dont certains tenaient à peine debout. Les chargeurs des fusils étaient au trois quarts vides. Au prochain engagement sérieux, il faudrait se battre avec des flèches ou à la machette.

Le corps d'Harvanel fut placé au centre de la grotte, en compagnie des autres Chindits qui avaient perdu la vie durant la dernière fuite. Trois cadavres, côte à côte. Un Elfe, un Gurkha et un Anglais. Alerius répandit autour des morts du pollen tiré d'une petite bourse pendant que ses amis édifiaient une sorte de cairn rudimentaire à l'aide de grosses pierres.

Kalir récita une prière en vieil elfique. Phrase après phrase, Tolkien traduisait les paroles pour le reste du groupe :

« *Celui dont le cœur ne bat plus a quitté les royaumes temporels pour entamer un long voyage. Nous célébrons l'esprit qui animait ce corps. Nous célébrons les souvenirs qu'il nous a laissés, et qui nous habiteront à jamais.*

Ô fils noble, au moment où ton corps et ton esprit se sont séparés, tu as connu la lueur de la vérité pure, glorieuse et radieusement éblouissante tel un mirage passant sur un paysage de printemps. Ne sois pas subjugué, ni terrifié, ni craintif. La mort n'existe pas. »

Tolkien conclut la cérémonie avec un Notre-Père. Sa voix remplie d'émotion rebondissait sans fin contre les parois de pierre, comme si elle cherchait une issue dans les replis de la caverne.

C'était la première fois, de mémoire d'Elfe, qu'un rite sacré unissait immortels et humains. Un sentiment étrange, déconcertant car inédit, germait dans le cœur de Kalir et de ses guerriers. Aujourd'hui, leur frère mort n'était pas le seul dépositaire de leur chagrin. Jamais auparavant ils n'avaient pleuré sur le sort d'un simple mortel... Ici, sous terre, loin des conflits de la surface, quelque chose avait changé. Un mur invisible, fortifié par des siècles de défiance réciproque, se lézardait.

Alerius s'adressa à Cealendar :

— J'ai des excuses à te faire, dit-il d'un ton neutre. J'ai été injuste. Tu as essayé d'aider Harvanel de ton mieux et, sans toi, tout à l'heure, je serais mort.

Il n'y avait nulle trace d'émotion dans sa voix. Et pourtant, l'espace d'un instant, cet obscur coin de la grande grotte parut rayonner de chaleur... humaine !

Cealendar ouvrit les lèvres, désorienté. Trop désorienté pour éprouver de la joie.

— Je... je... bredouilla-t-il. Merci.

— Tu n'as pas à me remercier.

Le tireur d'élite s'inclina, puis il retourna vers les siens.

Cealendar n'en revenait pas. Alerius était certainement le plus fier, le plus rogue des Elfes. Il n'aurait jamais imaginé entendre un jour de tels mots de repentance dans sa bouche.

Un sentiment étrange envahit le métis.

Oui, il allait peut-être mourir dans ces grottes – la prédiction du sorcier le hantait toujours – mais, au moins, il n'était plus seul.

Les survivants marchaient en silence, à la queue leu leu, dans ce monde hors du monde, ce temps hors du temps, avec la singulière sensation de s'enfoncer dans la zone floue qui marque la frontière entre l'état conscient et le sommeil… Faisait-il encore jour, dehors, ou bien le clair de lune s'épanchait-il déjà sur la jungle endormie ? « Jour », « nuit », « dehors » : autant de concepts qui paraissaient très abstraits à présent.

Une langueur ouatée s'était emparée de Tolkien. Il s'en remettait à ses dernières forces, sans plus rien redouter. Ni espérer, d'ailleurs. Son ventre gargouillait. Il avait affreusement soif. Ses facultés physiques étaient concentrées sur un objectif unique : mettre un pied devant l'autre. Ses pas résonnaient dans sa tête avec un bruit creux, mélangés aux battements de son cœur. Ses pensées dérivaient sans but. L'esprit humain a une étonnante capacité à jouer à saute-mouton avec la réalité. Dans le cas présent, c'était plutôt appréciable. Des souvenirs revenaient de manière anarchique : une longue randonnée dans les Alpes, l'obtention de son premier diplôme, des veillées au coin du feu passées à lire des contes aux enfants…

À quelques mètres de là, Brody conversait avec Cealendar. La prière prononcée durant la cérémonie avait éveillé sa curiosité. Sa paume blessée lui faisait un mal de chien, et discuter était le seul moyen qu'il avait trouvé pour refouler partiellement la douleur.

— Ce « long voyage » dont Kalir a parlé, vers où mène-t-il ? demanda-t-il. Il existe une notion de vie après la mort dans la religion elfique ? Un paradis ?

Cassiltir marchait juste devant. Il se massait régulièrement la main gauche, comme pour s'assurer qu'il lui manquait bel et bien un doigt. Contrairement au major, il semblait snober la souffrance. Il avait entendu la question et répondit à la place du métis :

— Nous croyons en une forme de réincarnation, dit-il.

— Vous pensez qu'Harvanel va renaître sous la forme d'un animal, d'une plante ou d'une pierre, selon son karma, comme les hindouistes ?

— C'est plus compliqué que cela. (Il inspira longuement.) Il existe une infinité d'univers. Des univers où notre peuple a prospéré et domine les humains. D'autres où nous n'existons même pas, alors que les dinosaures se promènent en liberté. D'autres encore, où cette guerre a été évitée et où les hommes vivent en paix. On peut tout imaginer. Nos âmes voyagent d'un univers à l'autre. Nous revivons des événements toujours identiques et toujours différents. Et à chaque nouvelle incarnation, il ne tient qu'à nous de ne pas reproduire les erreurs de nos vies précédentes. Nous ne nous en souvenons pas consciemment, certes. Mais la plus infime parcelle de notre corps a gardé en mémoire ce par quoi nous sommes passés...

Brody hocha la tête, pensif. Cassiltir ajouta :

— Ceux qui nous ont quittés ont encore à explorer une infinité de vies. D'autres temps. D'autres lieux...

— Halte ! glapit soudain Kalir.

Brody faillit entrer en collision avec le dos de l'homme qui le précédait. Le groupe s'arrêta silencieux, en attente. L'Elfe faisait glisser sa main le long de la paroi, de haut en bas puis l'inverse.

— De l'eau, dit-il simplement.

Cris de joie. Chose incroyable : un franc et large sourire éclairait l'expression hiératique de Kalir.

Les Chindits collèrent leur langue sur la roche suintante. Ils léchaient avec avidité les plus minuscules écoulements. L'eau avait un goût minéral d'une grande pureté. L'humidité redonnait vie à leurs lèvres noires et gercées. À défaut de remplir leurs gourdes, ils imbibèrent des tissus qu'ils pourraient toujours suçoter en cours de route.

— Allez les gars, on y va ! annonça Foster en ramassant son sac.

Il allait passer une première courroie par-dessus l'épaule lorsque quelque chose glissa d'une de ses poches latérales et rebondit sur le sol. La chose en question était plate, grosse comme un biscuit, et renvoyait de brefs éclats de lumière dans la pénombre

Le visage de Brody se décomposa.

— Un circuit imprimé ! dit-il d'une voix atone.

Foster écrasa la carte métallique du talon.

— Oh, ça ? Ce n'est rien, hoqueta-t-il avec trop d'empressement. Rien du tout.

Brody agrippa son homologue par le col avant de le plaquer contre la roche poreuse.

— Vous avez saboté vous-même la radio, n'est-ce pas ?

— Vous délirez ! (Il prit les autres à témoins.) C'est... c'est absurde, pas vrai ?

Un attroupement s'était formé autour des deux hommes mais les Chindits étaient trop intrigués pour songer à les séparer. Si un potentiomètre avait pu mesurer la tension accumulée dans cette portion de galerie à cet instant précis, son aiguille aurait pointé dans le rouge immédiatement. Le cerveau de Foster cherchait par tous les moyens une échappatoire. Il devait désamorcer la colère de Brody, sinon...

— Pourquoi aurais-je fait une chose pareille ? s'offusqua-t-il, indigné.

— Pour vous passer du feu vert de Wingate, bien sûr ! répondit Brody en collant son visage déformé par la haine tout près de celui de l'Américain. Vous la vouliez, votre fichue médaille, hein ?

Foster se rebiffa, essaya de se dégager, mais son adversaire tenait bon. Tolkien et ses compagnons étaient abasourdis.

— Lâchez-moi ! ordonna Foster.

D'une violente secousse, il repoussa Brody, qui riposta par un coup de poing. L'affrontement longtemps différé éclatait.

— Je vous relève de votre commandement ! aboya l'Américain en essuyant sa lèvre fendue.

Personne ne broncha.

Foster tremblait de rage.

— Je vous mets aux arrêts, Brody ! continua-t-il.

— Nous sommes du même grade.

— Cet homme est fou !

Foster lançait alentour des appels du regard, mais aucun Chindit ne lui répondit.

Kalir s'approcha, très calme, du moins en apparence, et demanda :

— Est-ce que le major Brody dit vrai ?

Foster prit une inspiration profonde. Il aurait donné n'importe quoi pour se téléporter ailleurs.

— Tout ce que j'ai fait, je l'ai fait dans l'intérêt de la mission.

Chacun interpréta cette tentative d'éluder la question comme un aveu. Les traits des uns et des autres se déformèrent sous l'effet de la colère et de la déception. À la lumière tremblotante des lampes posées par terre, les Chindits avaient pris un teint cireux. Leurs visages éclairés par en dessous – cernes et plis du front soulignés au fusain, creux des orbites transformés en sombres cratères – ressemblaient à des masques issus de films d'épouvante.

Comprenant que le silence qui s'installait ne servait pas ses intérêts, Foster enchaîna :

— J'ai pris les décisions qui me semblaient les mieux adaptées... sur le moment.

— Sur le moment ? répéta Brody, incrédule.

Il se jeta de nouveau à la gorge de l'Américain.

— À cause de vous, nous allons tous mourir ! lança-t-il, l'écume aux lèvres.

Cette fois, Kalir intervint :

— Nous ne sommes pas encore morts, dit-il en séparant les deux hommes.

Brody relâcha Foster. Celui-ci essayait de se composer une attitude indignée en réajustant son col de chemise froissé.

— Nous réglerons tout cela ultérieurement, menaça Brody en agitant son index.

— J'y compte bien, rétorqua Foster.

Sur la fin de la tirade, sa voix avait été sur le point de se fêler. Il remit son sac sur le dos. Les regards peu indulgents de ses compagnons le flagellaient cruellement.

— En route, dit-il.

Il partit le premier, avec une avance de quelques mètres sur le reste de la colonne, écart qu'il veilla à conserver en maintenant un rythme soutenu.

Les Chindits s'engagèrent sur un plan incliné, le halo des lampes repoussant les ténèbres comme un bouclier.

À certains moments, les stalagmites qui hérissaient le sol ressemblaient à des chandelles de glace ; à d'autres, elles évoquaient les tours de ces châteaux de plage que les enfants érigent en laissant glisser le sable mouillé entre leurs doigts.

Après un quart d'heure de marche, les Chindits traversèrent une salle étroite, sorte de narthex préhistorique, avant de pénétrer dans une immense excavation que leurs flammes vacillantes peinaient à éclairer dans sa totalité. Le sol était recouvert de gros galets qui, par endroits, formaient des monticules. D'imposants piliers – colonnes de pierre arrondies par des excroissances annelées – soutenaient la voûte. Lentement, le petit groupe s'avança au cœur de cette nouvelle caverne.

— Il y a des trous, là, dans les parois, murmura Tolkien, soudain mal à l'aise.

Des centaines d'alvéoles tapissaient le pourtour de la grotte et donnaient à l'ensemble un aspect de ruche. Chacune de ces cavités semblait ouvrir sur un nouveau tunnel.

Un Gurkha leva sa lampe au-dessus de la tête. Un courant d'air l'éteignit. Quelque part, goutte à goutte, de l'eau tombait dans l'obscurité.

— Tout cela ne me dit rien qui vaille, lâcha Cealendar.

Les mots moururent sur ses lèvres. L'air déjà frais de la grotte lui parut soudain glacial. Une odeur fade et désagréable montait du sol. Un gros caillou se brisa sous le pied du demi-Elfe avec un craquement lugubre. Il baissa les yeux et retint un cri. Il marchait sur des crânes aux orbites vides. Il y en avait de toutes les tailles, de toutes les formes. La plupart appartenait à des animaux de taille modeste – des singes ou des lémuriens – mais certains étaient d'origine indubitablement... humaine !

— Oh mon Dieu, gémit quelqu'un.

Un autre Chindit venait d'en arriver aux mêmes conclusions. Il y eut des glapissements ; un ou deux hoquets nauséeux. Un frisson de peur primale souffla sur les survivants épuisés. D'instinct, les hommes se rapprochèrent des Elfes qui avaient déjà bandé leurs arcs. Les guerriers du Sylvaniel scrutaient la périphérie de la grotte sans ciller, leurs pupilles dilatées à l'extrême. En vérité, ils n'avaient pas l'air beaucoup plus rassurés que les humains.

Une tête apparut au creux d'une alvéole, tache grise flottant dans les ténèbres. Puis une autre, et encore une autre.

Fortes mâchoires.

Front proéminent.

Nez tronqué.

— Je n'avais pas rêvé, l'autre nuit, murmura Cealendar.

Les mots s'étaient échappés de sa gorge sans qu'il les y invite.

Tolkien, de son côté, repensait à la silhouette aperçue dans les arbres.

Tatsuya déglutit bruyamment et vint se coller à son ami anglais.

— Qu'est-ce que c'est que ces... choses ? murmura Brody.

Il n'avait pas trouvé de terme plus adapté pour qualifier les êtres hybrides qui continuaient à émerger des galeries.

Faces sans expression, ni humaines, ni vraiment animales. Il y en avait plusieurs dizaines, maintenant. La lueur des lampes se reflétait dans les billes noires de leurs yeux mais leur visage restait impénétrable. Les créatures n'émettaient aucun grognement, pas plus qu'elles ne reniflaient ou ne bavaient. Elles se contentaient d'observer Elfes et humains avec une attention soutenue.

— Personne ne tire avant mon ordre, avertit Brody.

L'un des habitants de la grotte sauta au sol. Il était fort agile. Un enchevêtrement de muscles ondulait sous son pelage cendreux. Il avait des bras plus longs qu'un homme normal.

« Comme sur les frises du temple », songea Tolkien.

— Je suis sûr que si on cherche bien, on trouvera des restes de notre avant-dernier parachutage par ici, dit Foster.

— Vous comptez faire des réclamations ? demanda Brody d'une voix acerbe.

Les hominidés descendaient de leurs trous les uns après les autres. Une fois réceptionnés, ils adoptaient une posture arquée, leurs bras se balançant à quelques centimètres du sol. Un silence formidable était suspendu au-dessus de la scène.

— Ils nous encerclent, commenta froidement Kalir.

Il disait vrai : il y en avait partout, et leurs rangs grossissaient de minute en minute.

Tolkien essaya de maîtriser le tremblement irrépressible qui, partant du dos, montait dans ses mâchoires. Avec leur face aplatie, leur corps trapu mais solidement charpenté, ces créatures avaient quelque chose des Orques de ses romans, ressemblance qui n'était bien sûr pas faite pour tranquilliser l'écrivain. Il enleva la longe du cou de Tatsuya.

— Je crois que tu n'as plus besoin de ça, dit-il doucement.

Les hommes-singes se rapprochaient. Leur démarche était souple et chaloupée. Ils ne prenaient pas appui sur leurs phalanges, comme les gorilles. Le tapis d'ossements jouait des castagnettes sous leurs pieds nus. Tolkien évitait de regarder ce spectacle aussi effrayant qu'une tragique vérité qui se fait jour. Il n'avait pour seule arme qu'un coupe-coupe. Il l'extirpa de sa ceinture en priant le ciel pour que ce geste ne soit pas interprété comme une provocation. Une frayeur sans bornes s'était emparée de lui. Sans doute exsudait-elle par tous les pores de sa peau. Tatsuya avait peur, lui aussi. Collé dos à dos avec Tolkien, il tremblait de tous ses membres. Les créatures sentaient la terreur qu'elles inspiraient aux intrus. Elles semblaient s'en délecter, ivres de leur propre puissance, et commençaient à montrer des signes de fébrilité. Les deux trous qui leur tenaient lieu de narines frémissaient. Elles s'agitaient. D'épisodiques criailleries avaient remplacé le silence.

— Ne tirez pas, répéta Brody.

Ses paroles ressemblaient davantage à une prière qu'à un ordre.

Les piaillements des hommes-singes se répondaient, démultipliés par les anfractuosités de la grotte, et l'air s'emplit de l'odeur âcre de leur colère. Ils montraient les crocs en aboyant des menaces inintelligibles, surréalistes, impies. Enhardi par cette démonstration de force, un grand spécimen au pelage gris clair fit encore un pas en avant. Des traces de coups – fruit d'anciennes luttes pour s'assurer la suprématie du groupe ? L'exclusivité d'une femelle ? – marquaient son torse tailladé. Les autres suivirent. La masse grouillante se refermait graduellement sur l'îlot des explorateurs égarés. Les Chindits étaient si proches des créatures qu'ils pouvaient respirer leur haleine infecte. Le grand mâle gris cracha au visage d'Alerius, et les traits de l'Elfe se plissèrent quand des relents de charogne mal digérée lui fouettèrent la face.

— J'en ai autant à ton égard, dit-il en faisant chanter la corde de son arc.

La pointe de la flèche entra dans la bouche ouverte de l'homme-singe et ressortit à la base de son crâne.

Les vociférations cessèrent d'un coup.

La créature transpercée arborait un rictus figé, inhumain. Elle laissa échapper un borborygme puis tomba face contre terre.

Plus personne ne bougeait.

Deux respirations s'écoulèrent.

Sans transition, ce fut l'explosion de violence.

22

— Feu ! hurla Brody.

Chaque rafale pulsait des chapelets d'éblouissements saccadés. Les Chindits arrosaient de tous les côtés en même temps. Malgré ce dévastateur barrage de plombs, les créatures furent sur eux en un instant. Un tourbillon de mains essayait de leur arracher fusils, arc ou coupe-coupe avec une absolue férocité. Quand un ennemi partait en arrière, abattu à bout portant, un autre le remplaçait aussitôt.

Alerius avait été le premier à tirer ; il fut le premier à mourir. Fouettant l'air de son arc, il brisa l'arme sur le flanc d'un homme-singe, puis enfonça sa dague jusqu'à la garde dans un second poitrail velu. Soudain, un troisième attaquant plongea ses griffes dans la poitrine de l'Elfe et lui écarta la cage thoracique. Ses amis poussèrent un glapissement d'horreur. Ils voulurent secourir le tireur d'élite mais il était trop tard : son cadavre disparaissait déjà, enseveli sous un monceau de corps bondissants.

Pour Tolkien, la suite des événements se perdit dans une succession de cris et d'images confuses. Rugissement des armes mêlé à celui des monstres. Mâchoires étirées. Crocs jaunâtres luisants de bave. Griffes recourbées. Éclaboussures rouge sang. Yeux exorbités… Un monstrueux chaos !

Culbuté par une silhouette massive, l'écrivain frappa avec sa machette, au hasard. Un hurlement guttural lui indiqua qu'il avait blessé son agresseur, bien que ce cri exprimât davantage de fureur que de souffrance. Des mâchoires claquèrent à deux centimètres de son visage. Il frappa encore. Le sang gicla sur sa figure et l'aveugla. Il se dégagea prestement. Les détonations faisaient vibrer ses tympans douloureux. Il battit des paupières dans l'espoir de recouvrer sa vision. Comble de malheur, au moment où l'univers autour de lui redevenait moins indistinct, les lampes, sans doute lâchées par leurs porteurs, s'éteignirent, brisées sous le piétinement des créatures. Pour les combattants, la lumière se limitait maintenant à l'éclair des armes à feu qui trouaient les ténèbres de leurs flashs intermittents !

Noir.

Au cœur de la mêlée, Kalir exécute un ballet mortel en tournant sur lui-même un couteau dans chaque main.

Noir.

Les lames de l'Elfe ouvrent la gorge de tous les assaillants qui l'approchent.

Noir.

Un monstre a arraché la colonne vertébrale d'un Chindit et l'homme hurle sans discontinuer.

Noir.

Quelqu'un gratta une allumette. La lumière revint. C'était Cealendar, qui brandissait une lampe en chancelant. Ses yeux avaient une expression à la frontière de la folie.

Une voix cria :

— Grenade !

Une première détonation secoua le ventre de la caverne, accompagnée d'une seconde. Les deux fois, un mini-soleil illumina la nuit pérenne, figeant dans sa fulgurante clarté des visages simiesques épouvantés. Les deux fois, l'astre artificiel mourut aussitôt son énergie dispersée.

Il y eut un reflux sensible. Des espaces vides apparaissaient autour des grappes de corps gémissants, là où les deux projectiles avaient explosé… mais il semblait évident que ce répit n'était que momentané.

— C'est notre chance, dit Foster. Suivez-moi !

Profitant du flottement général, il s'élança. Il avait repéré un nouveau couloir, une galerie qui s'enfonçait dans la paroi située face à leur point d'arrivée, et s'y jeta tête baissée. Cealendar le collait, sa lampe virevoltant dans l'air à la manière d'un feu follet. Tolkien et Tatsuya se mirent à tricoter des jambes de concert, précédant d'une foulée les autres Chindits. Ces soldats d'élite évoquaient désormais de pitoyables pantins aux mouvements désarticulés. Les Elfes protégeaient la retraite du groupe en décochant leurs flèches sur les quelques créatures qui s'étaient déjà ressaisies et montraient des velléités de poursuite.

Une nouvelle salle. Encore une autre, puis :

— Cul-de-sac ! cracha Foster.

— Non, là ! hurla Cealendar.

Le rond de sa lampe éclaira la bouche d'une espèce de conduit horizontal ouvert au niveau du sol.

— C'est trop étroit, certifia Foster.

Le demi-Elfe secoua la tête :

— Non. C'est juste, mais, en serrant les épaules, ça doit aller.

— Et si ça se rétrécit au bout de dix mètres ? Si c'est une impasse ?

Les autres les avaient rejoints. Cealendar décapuchonna sa lampe. Quand il mit la flamme face au trou, elle se tortilla.

— On doit tenter notre chance, dit le métis en remettant la verrine en place.

Il se glissa sans attendre dans l'orifice, suivi de Johansson et de deux Chindits en loques… Foster éclaira la petite salle à l'aide d'un briquet. Il semblait toujours indécis. Un tic nerveux agitait sa joue gauche.

— Allez-y, ordonna-t-il à Tolkien et aux Elfes. Je passerai en dernier.

Kalir le considéra d'un air surpris.

— Je suis un peu… claustrophobe, confessa l'Américain.

— Qu'est-ce que vous cherchez à prouver ? lança Tolkien. Vous pensez vous racheter par un sacrifice héroïque, c'est ça ?

— Ne discutez pas, professeur. Ils arrivent.

En effet, un tumulte de borborygmes et de souffles rauques s'amplifiait de seconde en seconde. Le major affichait la morne résolution des hommes qui se savent condamnés. Il serrait sa mitraillette contre sa poitrine en respirant à longs traits. Kalir et les Elfes se coulèrent à leur tour dans l'ouverture. Il ne restait plus dans la salle que Tolkien, Tatsuya et Foster.

— Je vais les retenir aussi longtemps que possible, dit ce dernier. Ils ne pourront pas charger à plus de deux ou trois de front sans se gêner mutuellement.

Il se posta à l'entrée du précédent tunnel, bien campé sur ses jambes.

— Vous n'êtes pas obligé de faire ça, implora une ultime fois l'écrivain. Vous…

La fin de sa phrase se perdit dans le fracas guerrier d'une décharge. Plusieurs créatures hurlèrent à l'unisson.

Tolkien soupira. Il se mit à quatre pattes et se faufila dans l'ouverture, taraudé par la désagréable sensation de pénétrer à l'intérieur du larynx d'un géant pétrifié. Tatsuya l'imita avec quelques secondes de décalage.

Commença alors une angoissante reptation.

Les coudes et les genoux de Tolkien s'écorchaient sur la pierre. Il avait coincé son sac sous son bras et cela le gênait. Pas question, cependant, d'abandonner son travail, ses notes, ses carnets… Son crâne cognait régulièrement contre les aspérités du plafond. Très vite, son visage se couvrit d'une sueur saumâtre. Son cœur heurtait ses côtes qui résonnaient telle une peau de tambour. L'impression d'être avalé vivant ne le quittait pas. C'était comme de ramper dans les méandres d'un tube digestif. Deux rafales claquèrent à une seconde d'intervalle, puis vint une pause plus franche, brisée par l'éruption d'une kyrielle de cris à vous fendre l'âme. Une ultime volée de balles succéda aux voix. Il y avait de la profession de foi dans ce baroud d'honneur ; quelque chose d'à la fois enragé, désespéré et définitif. Le cœur de Tolkien se contracta quand il reconnut les hurlements de Foster. Des images de thorax ouvert et de membres arrachés l'assaillirent. Il aurait tout donné pour isoler son esprit de ces cris, mais il était difficile de ramper en se bouchant les oreilles. Il n'allait pas assez vite – ou bien peut-être était-ce l'aspect cauchemardesque de cette progression qui faisait paraître le tunnel plus long qu'il ne l'était en réalité ? Il n'avait aucune idée du trajet parcouru. Les Elfes avaient une bonne avance sur Tatsuya et lui. Il distinguait à peine Kalir qui se contorsionnait dix mètres plus loin. Le passage se rétrécissait dangereusement.

« Au moins, songea Tolkien, vu leur carrure, il y a peu de chance que les hommes-singes réussissent à nous suivre là-dedans… »

Néanmoins, il était plus sage de ne pas lambiner. Tatsuya l'avait bien compris et ses mains venaient souvent heurter les semelles de son protecteur.

— Plus vite, professeur, disait-il. Plus vite !

Soudain, ils furent bloqués. Kalir s'était arrêté.

— Que se passe-t-il ? s'inquiéta Tolkien.

— On dirait que ça coince, répondit l'Elfe.

L'écrivain plissa les yeux pour essayer de mieux voir. Les silhouettes entassées devant lui le gênaient. Elles fragmentaient la lumière dispensée par la lampe de Cealendar, source d'éclairage qui paraissait plus lointaine qu'une galaxie perdue aux confins du cosmos.

— Bouger ! couina Tatsuya. Il faut bouger !

Des grognements et des grattements se firent entendre derrière eux. Les créatures haletaient. Tolkien les imagina en train de se glisser tant bien que mal dans le tunnel.

« Non, non, calme-toi, c'est impossible... trop étroit... »

Pourtant, les bruits se rapprochaient.

— Les voilà ! cria Tatsuya, en proie à une panique irrépressible.

Il se mit à parler en japonais, très vite et très fort.

— Jackson est décoincé ! annonça un Chindit.

Tolkien avait cru reconnaître la voix de Brody mais il n'en était pas sûr. Miracle : Kalir bougeait à nouveau. L'écrivain prit un solide appui sur ses coudes endoloris et se propulsa vers l'avant. Ses bras et ses jambes s'activaient avec la vélocité de pistons. Il était certain de saigner à plusieurs endroits – au niveau des articulations notamment – mais peu lui importait. Le souffle de sa respiration emplissait son espace sonore. Tout à coup, il entendit Tatsuya crier :

— Ils sont sur moi !!!

Le Japonais poussa un hurlement de terreur d'une puissance inouïe et les cheveux de Tolkien se dressèrent sur sa tête. C'était à présent un enfant piégé dans un corps d'adulte qui hurlait de manière suraiguë : un enfant qui se confronte *pour de vrai* à toutes ces choses abominables qui peuplent les ténèbres !

La main du prisonnier se referma sur le mollet de Tolkien, qu'il se mit à serrer comme un forcené. Entre les lambeaux de pantalon, ses ongles s'enfoncèrent dans la peau à nu.

— Tatsuya ! hurla Tolkien en retour.

Sa liberté de mouvement n'excédait guère celle d'un homme-canon durant les secondes qui précèdent l'expulsion. Dans l'impossibilité de faire pivoter son buste, il se limita à essayer de regarder par-dessus son épaule. La pression qui broyait son mollet se relâcha et, en se dévissant le cou, il distingua – ou crut distinguer ? – le visage de Tatsuya, l'éclat livide de ses yeux blancs, ainsi que sa bouche grande ouverte qui poussait un cri déchirant. Puis le malheureux parut rétrécir, se dissoudre dans l'obscurité, pareil à un fondu au noir de cinéma, happé, agrippé, traîné en arrière par des mains invisibles et des mâchoires voraces.

Tolkien se mit à ramper comme un damné, ahanant sous l'effort. L'effroi avait transformé son corps en une machine aveugle, au bord du court-circuit général. Plus rien d'autre ne comptait que de mettre un maximum de distance entre lui et ces abjects bruits de mastication qui résonnaient depuis l'autre bout du boyau.

« Nous sommes tombés en enfer ! »

Il n'y avait pas de flammes, les monstres des profondeurs n'avaient rien de démons à queue fourchue. Et pourtant ! Tolkien peinait à concevoir qu'il pût exister un pire endroit ailleurs dans l'univers !

Peut-être que tout ceci n'était qu'un rêve affreux, après tout.

« Oui, c'est ça... Je vais me réveiller et Edith sera là, à mon côté. Un rayon de soleil entrera dans notre chambre, par la fenêtre qui donne sur le jardin. J'entendrai le chant des oiseaux. Oui, ce sera une belle journée... »

Il essaya de sourire mais ne parvint à produire qu'un rictus démentiel.

De nouveau, il entendit la respiration de ses poursuivants, entrecoupée de bredouillages hachés. De nouveau, la peur lui fouilla le ventre. Les aspérités de la roche lui étrillaient les côtes. Il n'arrêtait pas de gémir. Ce tunnel paraissait n'en plus finir. Il était démesurément long !

Crissement des griffes toutes proches. Grognements du prédateur qui touche au but.

Un rond de lumière, enfin. Bien net.

Encore un effort, une dernière traction des avant-bras !

— Sortez-moi de là ! hurla Tolkien.

Deux Elfes le saisirent par les mains et le tirèrent d'un seul coup.

— Han !

Le boyau accoucha d'un homme brisé, aussi bien physiquement que mentalement.

— Vous êtes sauf, professeur, dit Kalir.

Tolkien bavait, la bouche à peine ouverte, le regard fuyant.

Brody dégoupilla une grenade, qu'il jeta dans le conduit horizontal. Les Chindits s'écartèrent. Quelqu'un poussa l'écrivain de côté, car ce dernier semblait incapable de réagir.

Une détonation rauque, suivie de cris et de bruits de cailloux qui s'entassent et roulent comme le tonnerre. L'orifice expectora un nuage de poussière et ce fut tout.

— C'était ma dernière grenade, fit Brody. Au moins, on sera tranquille pour un moment.

Mais sa voix n'exprimait guère de soulagement.

Tolkien se sentait endolori de partout. Il avait mal jusque dans les tréfonds de son âme. Tatsuya était mort, et il n'avait rien pu faire pour le sauver. Son esprit était imprégné d'images indélébiles. Essuyant ses larmes, il inspira profondément et laissa son regard errer sur cette nouvelle grotte.

Elfes et humains se trouvaient sur une espèce de plage. La lampe de Cealendar éclairait une vaste étendue d'eau aussi lisse qu'une mer étale. Ce lac semblait occuper la majeure partie de la grande salle. Aucun pli ne ridait sa surface. Le sol de la berge, par contre, était hérissé de rochers pointus qui lui donnaient un aspect inhospitalier.

Brody fit le compte. Ils n'étaient plus que neuf. Outre lui-même, il y avait Tolkien, Cealendar, le médecin, les trois Elfes, un Anglais – Jackson, le soldat qui avait voulu abattre Tatsuya – et un Gurkha. Blottis comme s'ils cherchaient à se tenir chaud, les neuf survivants évoquaient les naufragés de la Méduse, le radeau en moins.

— J'arrive pas à y croire, répétait Johansson, les nerfs tendus comme des cordes à piano. C'est pas possible.

Les autres étaient aussi atterrés que lui. Certains inventoriaient leur équipement pour la centième fois, dans l'espoir de trouver une cartouche oubliée ou, mieux encore, un peu de nourriture. Dans l'espoir, surtout, de s'occuper l'esprit pour ne pas revivre en pensées ce qu'ils venaient de traverser.

Jackson se mit à laper l'eau du lac, à quatre pattes.

— On ne sait pas si elle est potable, grinça Brody.

— M'en fous. Trop soif.

Un à un, les hommes – et même les Elfes – se joignirent à l'Anglais. Tolkien plongea la tête sous l'eau. Quand il la releva, les gouttes glacées serpentèrent sur sa nuque, ses omoplates. C'était bon. Extraordinairement bon. Tous remplirent leur gourde ou leur bidon.

D'un courage jusqu'ici inaltérable, le docteur Johansson s'effondra d'un seul coup :

— Cette fois, c'est la fin... Si la soif ne nous tue pas, la faim s'en chargera... Et nous n'avons même plus assez de balles pour nous donner le coup de grâce...

La voix et les doigts crispés du médecin tremblaient. Il donna un coup de poing contre la roche. Les autres regardèrent ses phalanges pleines de sang mais ne firent aucun commentaire. Ils avaient les yeux hagards de fous traités aux électrochocs. La terreur, mêlée à l'épuisement, sapait leur capacité à se ressaisir et à réfléchir de manière cohérente. Quantité d'interrogations perturbaient le cheminement de leurs pensées. L'adrénaline avait dissout ce qui leur restait d'initiative.

Les minutes se succédaient.

Cealendar se mit en devoir d'explorer chaque creux de la paroi à la lueur de sa lampe mais il dut rapidement se rendre à l'évidence : en obstruant la seule voie d'accès possible, la grenade de Brody avait scellé leur sort.

— Enterrés vivants, murmura-t-il d'une voix sans âme.

La bête-qui-a-soif pouvait bien rugir et lui labourer le ventre de ses griffes de feu. Elle allait mourir, comme lui... Le vieux sorcier avait vu juste !

Quelqu'un renifla. Le quart d'heure suivant s'écoula dans le silence d'une rêverie macabre, chacun ressassant ses pensées. La catalepsie guettait le groupe. L'absence de Tatsuya, Alerius et les autres, se faisait cruellement ressentir. Celle de Foster aussi, même si le major avait fini par ternir son image avec ses manigances et ses rêves de gloire.

« Le malheureux a connu une fin atroce, songea Brody, une pointe de culpabilité fichée dans la poitrine. Peut-être l'ai-je trop durement jugé ? »

Une fin certes atroce… mais rapide. La lente agonie qui guettait les rescapés n'était guère plus enviable que celle endurée sous les crocs des hommes-singes… D'ailleurs, pouvait-on vraiment qualifier ces créatures « d'hommes-singes » ? Où se situaient-elles sur l'échelle de l'évolution ?

Chaque Chindit se posait la question.

— Qui sont-ils ? demanda Brody en mâchonnant le cigare éteint qu'il serrait entre ses dents.

— Ils pourraient s'apparenter à une famille d'australopithèques, risqua Johansson, sa lucidité ranimée par l'étincelle de l'intérêt scientifique.

Le demi-Elfe se frotta le nez d'un air sceptique et lança :

— Vous voulez dire des hommes de la préhistoire ? Comme dans *Le Monde perdu* de Conan Doyle ?

Il gardait un fort souvenir des dessins illustrant le fabuleux bestiaire de ce roman : mégalosaures, iguanodons, plésiosaures, et bien sûr les redoutables hommes-singes cachés au cœur de l'Amazonie…

— Et si c'était des hommes de Neandertal ? fit Brody.

— Non, trancha le médecin. Les hommes de Neandertal étaient nos proches cousins, alors que ces créatures… (Il s'interrompit, abîmé dans ses réflexions.) Ils n'avaient pas d'armes : ni pierres ni massues. Je… je crois que, dans la région, on a découvert des squelettes d'hominidés remontant à plusieurs centaines de milliers d'années !

— Et ce… cette race aurait survécu durant tout ce temps ? questionna Jackson, incrédule.

Johansson haussa les épaules :

— Je ne sais pas…

— À moins qu'ils soient autre chose…

C'était Tolkien qui avait prononcé ces derniers mots. Les regards de ses camarades pivotèrent vers lui comme autant de girouettes tournées par un même vent. Le professeur semblait étrange. Il avait tiqué lorsque Cealendar avait mentionné le roman de Conan Doyle, tout en se gardant bien d'interrompre la conversation. À présent, on aurait dit qu'il essayait de froncer les sourcils et de sourire en même temps.

— Toutes ces histoires, continua-t-il. Tous ces mondes. Toutes ces quêtes inventées par les conteurs depuis la nuit des temps…

L'écrivain paraissait fixé sur une image mentale, ou mieux : une vérité ultime, connue de lui seul.

— Le réservoir des mythes, poursuivit-il. Le cœur des légendes. L'âme humaine !

— Je ne saisis guère, professeur, intervint Cealendar.

Après s'être ménagé un silence dramatique, Tolkien éclata de rire et se dressa :

— Un groupe égaré en territoire ennemi ! Un groupe égaré, à la recherche d'un trésor… ou de lui-même ! C'est toujours la même histoire ! (Il ressemblait maintenant à un prédicateur habité par son prêche. Prenant Brody à partie, il récita :) « Puis le héros se retrouva dans une grande salle peu amène où il échappa à l'élément liquide, le plafond le mettant hors d'atteinte de l'assaut des flots… »

— « Il aperçut un foyer : la flamme claire brillait de tout son éclat », enchaîna le major. C'est en allant au fond des ténèbres qu'on trouve la lumière… Oui, je sais…

Cealendar, lui, perdait patience :

— De quoi parlez-vous, à la fin ? s'énerva-t-il.

— Vous n'avez jamais lu *Beowulf* ? fit Tolkien, un reflet malicieux au coin des yeux.

— Non. Et je ne vois toujours pas où vous voulez en venir.

Tolkien désigna le lac :

— Il faut plonger. Traverser « l'élément liquide ». Ainsi nous atteindrons la prochaine étape du voyage.

La grisaille qui lui embrumait le cœur depuis des mois se dissipait, chassée par les lueurs d'une aube nouvelle. Il cligna des yeux. Il se sentait rayonner d'un vif feu intérieur.

Cealendar articula une série de mots à mesure que l'idée se cristallisait dans son esprit :

— Vous voulez dire que nous sommes dans… une histoire ?

— Notre aventure en présente toutes les caractéristiques, non ? sourit l'écrivain. La mission. Les alliés. Les ennemis. Le ventre de la caverne et, au cœur des ténèbres… l'illumination !

Il avait l'impression de vivre une authentique révélation. Quelque chose de fondamental : une épiphanie !

— Si nous sommes dans une histoire, j'espère qu'il s'agit d'une de celles qui finissent bien, marmonna Brody.

Les Elfes n'avaient rien dit jusqu'ici. Kalir s'avança d'un pas.

— Nous faisons confiance au professeur. Uncas l'avait vu. C'est à lui de nous guider désormais.

— C'est de la folie pure ! objecta Johansson. Il ne s'agit que… que d'élucubrations !

Kalir avait enlevé son poncho. Ses guerriers firent de même, sans prêter attention aux sermons du médecin.

— Du calme, mon vieux, fit Brody en posant les deux mains sur les épaules de Johansson. Nous n'avons rien à perdre à essayer…

Les Elfes se glissèrent dans l'eau, torses nus. Ils ne montrèrent pas le moindre signe de frissonnement lorsque le changement de température les enveloppa. Ils nageaient avec une grande fluidité, allant et venant aux quatre coins du lac, sans efforts, pareils à un trio de dauphins en train de répéter une erratique chorégraphie.

Au bout de dix minutes, Halimath cria :

— J'ai trouvé !

Il sortit de l'eau, et tous se regroupèrent autour de sa silhouette dégoulinante.

— Là-bas, dit-il en montrant la paroi opposée. Un siphon. Je vais l'explorer, voir s'il est franchissable.

— Même si c'est le cas, je doute que la lampe survive à ce bain forcé, objecta Johansson.

— Elle va bientôt s'éteindre, de toute façon, soupira Cealendar. La réserve de pétrole est quasiment vide.

— Nos quarts sont hermétiques, fit remarquer Brody. On peut y mettre allumettes et briquets.

Le Gurkha avait pris l'initiative de nouer une corde d'escalade à sa taille.

— Je vais y aller, dit-il. Je suis le meilleur nageur du commando. (Il remit au major l'autre extrémité de la longe). Une secousse : « Donnez du mou. » Deux : « Je suis passé. » Trois : « Je reviens. » Plusieurs : « J'ai un problème… »

Brody acquiesça.

— Bonne chance à vous.

L'homme s'enfonça dans le lac en marchant puis, quand l'eau lui arriva au niveau des hanches, il plongea. Les Chindits le regardèrent barboter en direction de la paroi.

— Un peu plus à gauche, indiqua Halimath.

Le Gurkha obliqua.

— Je vois le trou ! cria-t-il au bout d'un moment. Je vois le trou !

Sa tête, petit point noir à peine discernable dans la pénombre, disparut. Brody sentait le chanvre rugueux filer entre ses doigts. Les secondes passaient. Les survivants avaient les yeux fixés sur les mains du major. L'improbable fil d'Ariane continuait de se dévider à un rythme régulier. Puis, brusquement : une secousse. Brody attendit quelques secondes avant de donner du mou.

— La corde ne sera jamais assez longue, pronostiqua Cealendar.

Pareil à un serpent lové en spirale, le tas diminuait à vue d'œil. Le cordon ombilical se tendait de plus en plus, raide comme la justice. Le major s'avança dans l'eau, histoire de gagner encore un ou deux mètres.

Deux secousses bien nettes.

— Il a réussi ! glapit Brody.

Il ne lui restait que quelques centimètres de corde à offrir.

Une pause, puis trois coups secs rapprochés.

— Il revient.

Le soulagement du groupe était palpable. Seul Tolkien paraissait rembruni.

— Qu'avez-vous Ronald ? demanda Brody.

— Après la plongée dans les ténèbres, vient l'ultime épreuve, répondit l'écrivain. L'affrontement avec le dragon...

— Que des australopithèques aient pu survivre durant des siècles est une chose, mon ami... Permettez-moi d'être plus sceptique concernant d'éventuels dinosaures...

— Je ne parle pas de dinosaures, marmonna Tolkien, énigmatique.

Soudain, un cri :

— Le voilà !

Le Gurkha regagna la berge quelques instants plus tard. Il grelottait.

— Le passage est trop serré pour nager la brasse, expliqua-t-il. Mais, avec des bons battements de pieds, on peut le franchir en moins d'une minute. Facile.

Moins d'une minute ? Ils avaient tous eu l'impression que son périple avait duré des heures !

— Et de l'autre côté, cela se présente comment ? questionna Kalir.

— Je ne sais pas. Trop sombre. Mais ça avait l'air grand, à en juger par la réverbération du moindre clapotis…

— Messieurs, dit Brody, vous savez donc ce qu'il nous reste à faire !

— Je… je ne suis pas très bon nageur, avoua Cealendar, confus. J'ai peur de bloquer tout le monde.

Kalir lui sourit :

— Tu te guideras avec la corde, frère. Et je serai derrière toi. Tout se passera bien.

« Frère ! » Il l'avait appelé « frère » ! Le demi-Elfe avait attendu pareil moment toute sa vie.

— Je… je vais faire ce que je peux, dit-il, le cœur battant.

Les Chindits étaient exténués, meurtris, transis… mais ils y allèrent. L'eau paraissait vraiment très froide, sans être paralysante. Elle exerçait une irrésistible attraction sur les corps : l'appel pressant de l'inconnu.

L'éclaireur Gurkha retourna dans le siphon. Les suivants s'agrippèrent à la corde laissée dans son sillage. Tolkien avait pris soin d'enrouler la toile imperméable de son poncho autour des notes et carnets, puis il avait fourré le tout dans son sac en priant le ciel pour que l'eau ne détruise pas ses écrits. Cealendar, quant à lui, repoussait sans cesse le moment de s'immerger. Quand il ne resta plus que lui et Kalir, l'Elfe dit gentiment :

— Allez, je te suis.

Cealendar inspira profondément et plongea. Il avait les yeux ouverts mais n'y voyait pas grand-chose. La corde était son seul lien tangible avec le monde réel. Ses jambes engourdies s'épuisaient en battements frénétiques. Il avait l'impression qu'un voile se refermait sur son cerveau, l'obscurcissant à la manière d'un obturateur. Un étau invisible lui broyait progressivement la cage thoracique. Le froid l'étouffait, et l'envie de purger ses poumons se faisait de plus en plus pressante.

« Ne craque pas. Pas maintenant… »

Son pouls s'accélérait et ses muscles se rigidifiaient. Le tunnel se resserrait. Il le sentait frotter sur son dos. La résistance de l'eau jouait contre lui, pareille à une membrane gluante. Elle le freinait. Il avait beau lutter, mètre après mètre, ses joues gonflées, prêtes à imploser, peinaient à retenir ses réserves d'air. La panique le gagnait, et la douleur – ce feu qui étreignait sa poitrine – devenait insupportable.

« Non... non... »

Il arriva un moment où les réflexes physiologiques furent plus forts que sa volonté consciente : il inhala !

En un instant, sa bouche et sa trachée s'emplirent. Terreur totale. Il se mit à gesticuler, à se débattre, comme s'il luttait contre lui-même.

« Je ne veux pas mourir comme ça ! »

Pendant dix secondes, il s'agita, et ce furent dix secondes d'horreur sans fin. Il sentit que Kalir le poussait, bien qu'il lui compliquât la tâche en lui donnant quantité de coups de pieds involontaires. Puis des bras le tirèrent. On le ramenait vers le haut. Il surgit à la surface dans une gerbe d'éclaboussures, en inspirant bruyamment. Les Elfes le conduisirent sur la terre ferme et il vomit dans un spasme une grande quantité d'eau. Tout son corps était affecté de tremblements musculaires incontrôlables.

— Vous avez réussi, fit une voix lointaine.

C'était Tolkien. Cealendar toussa, cracha tout ce qu'il put. Se calma, bien que son cœur battit encore trop vite. L'emprise de la mort se distendait. Ses fonctions vitales, elles, se réajustaient. Il sentait son cerveau les passer en revue, une par une.

— Tu nous as fait une belle frayeur, dit Kalir.

Un briquet allumé éclairait son sourire aux lèvres presque féminines tant elles étaient délicates.

On aida le demi-Elfe à se relever. Il voulut explorer des yeux cette nouvelle grotte mais, à peine dévoilée par de petites flammes, elle conservait tout son mystère. La berge paraissait plus échancrée que la précédente ; les contreforts d'une muraille de pierre s'élevaient à quelques mètres du rivage... c'était à peu près tout ce qu'on pouvait dire.

Les humains tremblaient de froid. Cassiltir glissa quelques mots à l'oreille de son chef. Kalir opina. Le roi du camouflage sortit un pain elfique de sa cantine en métal et le rompit.

— Mon dernier, dit-il.

Les Chindits se partagèrent ce trésor inestimable. Non content de leur apporter des calories, le pain de route réchauffait leur estomac. Cette tiédeur magique, apaisante, se diffusa ensuite dans tout le reste de leur corps.

— Merci, bredouilla Brody au nom de ses camarades.

Chacun savait quel prix les Elfes accordaient à cet aliment sacré.

Halimath avait trouvé une faille, sorte de grande cassure très évasée vers le haut qui formait un V dans la paroi dressée sur la berge. Une brise parfumée d'espoir embauma le cœur de chaque Chindit.

« On peut s'en sortir, songea Cealendar, ragaillardi par le pain elfique. Tout n'est pas encore fini… »

La petite troupe s'engagea dans la cassure sans même se concerter : il n'y avait tout simplement pas d'autre choix possible.

La progression était zigzagante mais, pour une fois, le passage s'élargissait au fur et à mesure que l'on s'y enfonçait. Un à un, les briquets rendirent l'âme. Puis ce fut au tour des allumettes frénétiquement grattées. L'espoir s'assombrissait. Un affolement croissant gagnait les humains. Contrairement à ceux des Elfes, leurs yeux ne pouvaient percer les voiles de l'obscurité.

— On va errer dans le noir jusqu'à la mort, gémit Johansson en louchant sur le dérisoire bâtonnet qui se consumait entre ses doigts.

— Non ! aboya Cassiltir. Concentrez-vous comme je vous l'ai appris. Rappelez-vous : il faut communier avec la nature. L'œil humain ne voit que la surface des choses.

Refoulant les tensions accumulées, Tolkien obéit et laissa son esprit totalement réceptif aux moindres *stimuli.*

Les ténèbres étaient sur le point d'étouffer définitivement l'allumette de Johansson.

Plusieurs secondes se succédèrent.

La petite flamme eut comme un sursaut et s'éteignit.

La nuit se referma sur les Chindits. Ils étaient livrés au noir total et à un sentiment d'abandon paralysant.

— Respirez lentement, recommanda Cassiltir. Posez vos mains sur la pierre… Elle vit. Comme vous. Vous ne faites plus qu'un avec elle. Écoutez-la ; elle vous parle…

Tolkien se laissa bercer par la voix de l'Elfe. Malgré la peur, il sentait une vague d'énergie positive se déployer depuis son sternum.

— On… on dirait que ça vient, dit quelqu'un.

Il y eut un petit rire nerveux.

En quelques battements de cœur, le décor réapparut, pareil à une photo plongée dans le bain du révélateur. Un voile mauve pâle filtrait tout le spectre des couleurs. La luminosité avait beau être réduite, l'écrivain pouvait discerner chaque contour de la roche avec une acuité presque comparable à celle d'une vision diurne. Presque, car les parois, le sol, se mettaient à créer des motifs aux teintes fantastiques. Plus étrange encore était sa perception des êtres vivants : la silhouette de chacun de ses compagnons générait une aura, orangée pour les humains et tirant nettement vers le jaune brillant pour les Elfes. Les mouvements des uns et des autres s'accompagnaient de légères rémanences, des traînées diaphanes.

— Vous voyez ce que je vois ? lâcha Tolkien.

Il sursauta. Son ouïe s'était également modifiée. À vrai dire, tous ses sens étaient mobilisés. Les sons et les odeurs se mélangeaient en lui jusqu'à créer une harmonie. Il était parfaitement en phase avec ce qui l'entourait. Un calme infini l'envahit.

— C'est incroyable, murmura Brody.

Les Chindits ouvraient de grands yeux et s'entre-regardaient comme des gosses émerveillés.

— Continuons, dit Kalir.

23

L'exploration reprit.

Les humains, encore sous le choc, avaient l'impression de traverser un rêve éblouissant de netteté. Tolkien ne se lassait pas d'aiguiser ses nouveaux pouvoirs. Il se sentait… hyperconscient ! Quand il fixait les chaussures de l'homme avançant devant lui, il voyait des marques au sol, comme lorsque l'empreinte d'un pied mouillé s'imprime sur des lattes, avant de disparaître, bue par le bois.

Au bout d'une dizaine de minutes, le passage gagna encore en envergure. Piquetées de reflets argentés, ses parois paraissaient avoir été modelées dans du papier d'aluminium…

« Voilà qui aurait ravi le Nain Gimli », se dit Tolkien, bercé par un amusement fatigué.

Le contact avec la pierre avait changé, lui aussi. Les angles les plus aigus s'émoussaient. Les roches multicolores étaient douces et tièdes au toucher.

Les pas des marcheurs résonnaient en notes cristallines. Progressivement, une pulsation sourde, menaçante, prit le dessus sur ces échos mélodieux. Cela provenait d'un endroit situé loin devant le groupe. Ils allaient déboucher sur un vaste espace. Ils en avaient l'intime conviction. Mais ce bruit sinistre – qu'ils percevaient de plus en plus distinctement – transformait en craintes leurs espoirs naissants. C'est donc avec une extrême prudence qu'ils se rapprochèrent de l'issue de la grande cassure. L'air frissonnait de vibrations. Une multitude de voix psalmodiaient une litanie archaïque qui semblait gonfler, retomber, puis grossir à nouveau, escaladant des tunnels verticaux issus des tréfonds de la terre.

Ils arrivèrent sur un balcon naturel, corniche située à dix mètres du sol et qui faisait le tour de la caverne. Une odeur de fauve saturait l'endroit, pourtant immense. La hauteur de la voûte, à elle seule, avait de quoi stupéfier les plus blasés. Des milliers de cristaux enchâssés dans le plafond dispensaient leur propre lumière. On aurait dit un ciel étoilé. Du moins, c'est ainsi que les Chindits « hypercevaient » les choses.

Quand ils atteignirent l'extrême bord de la corniche, les derniers survivants du commando purent enfin découvrir l'origine de ce brouhaha. Leur sang se remplit d'une glaciale incrédulité : rassemblés au creux d'une ample cuvette de pierre, des dizaines d'hommes-singes se prosternaient dans une même direction, pareils aux adorateurs de La Mecque. Le filtre de la vision elfique rendait la scène encore plus fantasmagorique qu'elle ne l'était en réalité ! Les créatures flamboyaient. Leurs mouvements étaient auréolés d'une traînée vermillon. Cœur battant, Tolkien chercha des yeux une idole, une peinture rupestre ou l'équivalent d'un officiant, mais il n'y avait rien de tout cela. À qui donc s'adressait la ferveur de ces hominidés ? La mélopée, de plus en plus intense, grimpait dans les graves. L'écrivain en avait des frissons le long du dos et jusqu'aux avant-bras.

— Regardez, à trois heures, chuchota Brody.

Tolkien pivota le menton d'un quart de tour vers la droite et vit l'entrée d'une nouvelle galerie. L'orifice était creusé en hauteur, au même niveau que la corniche circulaire.

— On pourrait attendre qu'ils aient fini leur… cérémonie ? risqua Johansson.

— Si nous restons collés à la paroi, ils ne nous verront pas, dit Cassiltir.

Mais personne n'osait bouger.

— Allons-y, trancha Brody.

Il se leva puis, dos plaqué contre la roche, il entreprit de se déplacer latéralement. Les autres Chindits le suivirent, leur souffle au ralenti. Tolkien était entre le Gurkha et Cassiltir. Il essayait autant que possible de ne pas regarder vers la fosse remplie de créatures. Leur chant suffisait à l'angoisser. Les ondes sonores qui montaient du sol le giflaient comme des vagues successives. Au début, il progressait à pas glissés d'aveugle, puis il réalisa que ses semelles émettaient un léger bruit de frottement. Aussi jugea-t-il plus avisé d'avancer en crabe, soulevant un pied après l'autre. La corniche avait l'air robuste et ne risquait pas de s'émietter sous le poids des Chindits. Par contre, à certains moments, elle se rétrécissait. Tolkien évalua sa largeur la plus fine à trente centimètres. La nécessité de fusionner avec la paroi se faisait alors plus indispensable que jamais. Ses paumes étaient littéralement ventousées à la roche. La courbe de son crâne raclait contre les saillies. Pied gauche. Pied droit. Encore et encore. La sueur imbibait ses omoplates d'une pellicule poisseuse. Inspirations et expirations se calquaient sur la succession régulière des mouvements.

Pourtant, petit à petit, une peur paralysante ankylosa ses muscles. Ses chevilles, en particulier, le tiraillaient de manière alarmante. Il éprouva soudain un impérieux besoin d'accélérer la manœuvre. Les prémices de la crampe étaient là.

« Oh non, mon Dieu… Pas maintenant ! »

Il se voyait déjà perdre l'équilibre, tomber dans la fosse et…

« Assez ! »

Il cligna des yeux plusieurs fois, réprimant des halètements désordonnés. Les couleurs se brouillaient. Il déglutit. D'épaisses ténèbres semblaient naître de chaque recoin, signe qu'il retrouvait sa vue lacunaire de simple humain. Il se força à se remémorer les mantras et les exercices respiratoires de Cassiltir. Peu à peu, la frayeur le quitta, ou plutôt elle glissa sur lui sans s'insinuer dans son système nerveux. L'aspect répétitif de ses gestes était un solide point d'ancrage pour sa concentration. Autour de lui, l'univers redevint d'une luminosité si baroque et variée que l'ensemble s'apparentait à un délire hallucinatoire.

Tout à coup, des cris plaintifs résonnèrent par-dessus le chant des hommes-singes. Les Chindits se figèrent, interdits.

Ils avaient reconnu la voix du major Dale Foster.

Tolkien jeta à Cassiltir un regard où se lisaient la peur et l'incompréhension. L'Elfe hocha tristement la tête, l'air de dire : « Oui, moi aussi je le croyais mort. »

Deux créatures traînaient un Foster à demi conscient vers le centre de la grotte. Le malheureux n'était plus vêtu que de son pantalon kaki. Il avait un bras en moins et ses autres membres pendaient, flasques, pathétiques. Ses cris s'étaient transformés en gémissements. Selon toute vraisemblance, il suppliait pour que l'on mette un terme à son calvaire. En retour, les hommes-singes ne lui témoignaient guère plus de considération que s'ils avaient remorqué la dépouille d'un gibier.

Un rugissement monta de la fosse.

Aussitôt, les créatures cessèrent de chanter.

Le corps désarticulé de Foster fut jeté au sol. Les deux hominidés qui l'avaient amené reculèrent précipitamment jusqu'à se fondre dans la masse de leurs congénères.

On n'entendait plus que les râles du major qui, hoquetant, tordu de douleur mais incapable de se mouvoir, ne pouvait que contempler le plafond de la caverne avec des yeux enfiévrés.

Un deuxième rugissement arracha des frissons à l'assistance. Quelque chose approchait, venant à pas sonores d'un tunnel latéral.

Tolkien s'était mentalement préparé au pire. Cependant, ce qu'il vit sortir de l'ombre dépassa de loin ses craintes les plus folles.

Quadrupède. Une gueule ornée de crocs étincelants. Des yeux jaunes comme des topazes. Le monstre mesurait près de trois mètres au garrot et tenait à la fois du fauve et de la chauve-souris. Il avait un pelage fourni – Tolkien le percevait roux, éclatant, mais il était difficile de deviner sa véritable couleur. Des ailes grisâtres traînaient de part et d'autre de son poitrail qui palpitait d'une rumeur grondante. Ses appendices membraneux paraissaient si fins, si délicats – un peu comme des élytres de coléoptère – que l'écrivain doutait qu'ils puissent l'aider à s'élever dans les airs. Impression accentuée par sa bedaine frôlant le sol. Dernière touche d'effroi : des griffes aussi recourbées que des serres terminaient des pattes, elles, incontestablement léonines.

« Un démon jailli des mondes infernaux », songea Tolkien, tout son être révulsé par l'hideuse apparition.

Il tremblait frénétiquement. Les battements de son cœur devenaient assourdissants. C'était comme si les bas-reliefs du temple s'animaient pour prendre vie.

Cealendar était au moins aussi choqué que le professeur. Lui voyait dans ce monstre la vivante incarnation du fauve tapi au fond de ses tripes depuis tant d'années : griffu, terrible, tout-puissant. La bête-qui-a-soif était sortie de son corps, mue par une force et une rage libératrices. Et maintenant elle allait tous les tuer ! Le diaphragme du demi-Elfe se paralysa. Il pouvait à peine respirer.

Les hommes-singes s'aplatissaient et babillaient de plus belle d'incompréhensibles louanges. Le brouhaha atteignait des crêtes paroxystiques.

Foster se déboîta le cou pour voir l'origine de toute cette agitation. Ses yeux doublèrent de volume et il poussa un hurlement de terreur pure.

Brody avait atteint l'entrée de la galerie repérée quelques minutes plus tôt. Il se laissa happer par la bouche de pierre, peu désireux d'assister à la suite du spectacle. Les Elfes le suivirent sans bruit. Juste avant de s'engouffrer à son tour dans le tunnel, Tolkien jeta un dernier regard au supplicié. Et ses entrailles se liquéfièrent.

Giclant de bave, le mufle du monstre touchait presque Foster. Les deux yeux jaunes se plissèrent, devinrent deux fentes. Le prédateur reniflait la proie offerte. Il exposa ses crocs hors normes et rugit d'une manière effroyable. Le major ne pouvait s'empêcher de crier, lui aussi, ce qui réjouissait fortement les hommes-singes. Il ne voyait plus rien d'autre qu'une sorte de grotte baveuse pleine de dents. Soudain, sa tête hurlante disparut sous un collier de poils roux et l'on entendit un infâme bruit d'os broyés. Le cri cessa aussitôt. Articulé par cent bouches, un triomphal hourvari salua la mise à mort. Le corps de Foster fut secoué d'un spasme. Le dernier.

C'en était trop pour Tolkien : il se jeta dans la galerie puis vomit tripes et boyaux, à genoux.

Les autres le relevèrent.

— Ne restons pas ici, murmura Kalir. Les sons portent loin dans ces tunnels.

Les survivants s'éloignèrent en toute hâte, louvoyant entre les stalagmites qui sortaient du sol.

Cealendar marchait comme un somnambule. Son regard brûlait d'une étincelle démente. Il répétait :

— La bête. Elle est venue pour moi. Pour moi.

Le tunnel grimpait pendant une dizaine de mètres avant de continuer à plat. Elfes et humains s'allongèrent un instant pour souffler. Ils avaient tous le teint marmoréen et l'esprit brouillé comme une radio qui ne parvient pas à se fixer sur une fréquence.

Brody semblait mortifié.

— Foster, expulsa-t-il dans un suprême effort. On aurait dû essayer de le sauver. On n'avait pas le droit de le laisser comme ça, à la merci de ces monstres…

— On ne pouvait rien faire, vous le savez bien, rétorqua Kalir. Ils étaient trop nombreux. Sans grenades, impossible de semer la panique. Et puis, cette chose…

— Cette bête… c'était un « chindit », enfin un chinte, non ?

— Ne dites pas d'idioties, soupira hargneusement Johansson. Les chintes n'existent pas.

Brody haussa les épaules :

— Et pourquoi pas ? Il paraît que les légendes naissent toujours d'un fond de vérité.

— Les chintes n'ont pas des ailes de chauve-souris, que je sache ! aboya le médecin, les yeux chavirés, avec une sorte de colère misérable tournée contre tout le monde et personne à la fois.

— C'est la bête-qui-a-soif, déclara Cealendar. Je la connais je vous dis… Elle est venue pour moi. Elle me veut. Je mets en danger le reste du groupe.

— Chinte, griffon, Fáfnir, Balrog ou bête-qui-a-soif, appelez-la comme vous voulez, déclara Tolkien, qui paraissait vieilli de vingt ans. Cette chose EST, tout simplement.

Chacun médita les paroles mystérieuses de l'écrivain, à la recherche de réponses cachées dans le silence, et rien ne se passa durant cinq minutes.

— Vous avez vu ses ailes ? questionna abruptement Jackson. Elles avaient l'air comme… atrophiées.

— Peut-être est-ce dû à des siècles passés sous terre, avança Brody. Il n'y a guère d'espace pour voler, par ici…

Il s'attendait à une nouvelle diatribe de Johansson mais celui-ci resta coi, jambes repliées le long du corps, la tête entre les genoux.

Kalir se leva.

— Il faut repartir, dit-il.

Personne ne bougea.

— Tout cela… tout cela n'était pas censé arriver, bredouilla Johansson.

Il avait été entraîné pour soigner des gens, dans le cadre d'une mission militaire. Une mission de sabotage. Il avait été entraîné pour évoluer dans la jungle… Au lieu de quoi, il se retrouvait perdu dans un cauchemar éveillé, un délire dantesque. Confronté à l'impensable ! Les autres Chindits semblaient tout aussi désemparés. C'était comme si chaque survivant avait franchi son point de rupture individuel.

Ce fut Tolkien qui donna l'impulsion :

— Nous avons atteint le cœur de la nuit, je crois, fit-il dans un soupir las. L'aube ne doit plus être bien loin.

Kalir lui sourit. Les Chindits se levèrent, un par un. Ils avaient des gestes lents de convalescents mais se sentaient portés par quelque chose de plus fort qu'eux.

— Vous voyez, professeur, dit Kalir. Vous n'êtes plus à la traîne.

— En effet, grommela Tolkien.

Ils passèrent par des ouvertures successives, plus ou moins larges, se baissant, rampant, avançant courbés quand cela s'avérait nécessaire. Derrière cette série de goulets, ils durent escalader quantité de pentes anfractueuses et de gros blocs qu'on eût dit jetés par un sadique en travers de leur chemin pour achever de les éprouver. Le sol était recouvert de scories, morceaux de roche concassée qui mettaient durement à contribution les tendons des chevilles. Tolkien marchait devant, cahin-caha, la respiration serrée, les bras ballants. Il avait maintenant un sentiment de responsabilité envers le reste du groupe. La sueur perlait puis coulait le long de son visage et de son cou. On aurait dit que les murs transpiraient eux aussi. Ils brillaient d'un éclat rosé. L'assoupissement guettait l'écrivain et il luttait contre une torpeur grandissante. Le goût du pain elfique imprégnait encore sa bouche alors que son estomac criait famine.

« On ne fait jamais assez ressentir la fatigue et la faim des personnages dans les romans, songea-t-il. Je dois garder cela en tête. Ne pas l'oublier… »

À deux ou trois reprises, il fut saisi d'étourdissements et dut s'arrêter, sur le point de flancher pour de bon. À chaque fois, les autres attendirent qu'il ait recouvré quelques forces pour continuer leur lente errance.

Enfin, après un laps de temps indéterminé – mais qui leur parut plus long qu'une vie d'humain –, les neuf derniers Chindits débouchèrent dans un décor inédit, curieux caprice de la nature apparemment sans toit ni fond : une crevasse trop large pour être sautée d'un bond leur barrait la route, alors qu'en face et derrière eux s'élevaient des murailles naturelles, impressionnantes de raideur. Très loin sur la gauche – la distance exacte était difficile à évaluer –, leur vue perçante capta la silhouette d'une arche minérale qui marquait un trait d'union entre les bords opposés de la faille.

Malgré la fatigue, Tolkien ne put s'empêcher de sourire.

Oui, le pont au-dessus du vide était la suite logique de leur équipée.

Sans perdre de temps en conciliabules, les Chindits choisirent d'aller vers ce passage inespéré. Pour cela, il leur fallait longer la crevasse d'un côté et la paroi de l'autre. La corniche sur laquelle ils évoluaient était comme un palier entre deux marches géantes. Beaucoup moins étroite que la saillie entourant la salle du sacrifice, elle semblait néanmoins prise en sandwich, écrasée entre ces à-pics d'une parfaite verticalité. Précautionneux, les explorateurs avançaient en se serrant le plus possible sur la gauche, côté paroi. Celle-ci était couturée de fissures béantes, voire de cassures encore plus affirmées, jumelles de celle par laquelle ils étaient venus.

Soudain, une forme floue jaillit de l'une de ces ouvertures. Elle atterrit souplement sur la corniche, queue fouettant l'air. La file des survivants était scindée en deux par cette apparition : Tolkien, Cealendar, Johansson et Brody d'une part, les Elfes, Jackson et le Gurkha de l'autre. Le chinte tournait sur lui-même, gueule grondante, empêchant toute jonction entre les deux groupes.

Rugissement, pareil à un coup de semonce.

— Fuyez ! cria Kalir. Allez au pont !

— Pas question ! répliqua Brody. Pas sans vous !

Mais la bête faisait barrage de son corps. Sa crinière hirsute bougeait dans tous les sens, rutilant de mille feux. L'animal regardait autour de lui comme s'il se livrait à de sombres calculs, ses ailes fines parcourues de frémissements. Vu de près, il était plus affreux que jamais ! Terrifié, le Gurkha fit un écart et tomba dans le vide. Son long hurlement glaça le sang de ses compagnons. Ils n'étaient plus que huit.

Les Elfes bandèrent leurs arcs et trois flèches ardemment décochées mirent un terme à ce round d'observation. Deux projectiles se fichèrent dans la masse de poils ourlant l'encolure. Le troisième perça la panse ventrue. Le monstre rugit et donna un coup de patte dans la direction de ses agresseurs, qui l'évitèrent. Brody et Cealendar se ruèrent en hurlant, machette brandie. La bête fit volte-face et les envoya bouler contre la paroi d'un revers négligent. Le demi-Elfe et l'humain rebondirent sur la roche, sonnés. Mais la charge n'avait pas été complètement inutile. Kalir profita de la diversion pour sauter sur le dos du chinte. Cassiltir et Halimath se glissèrent sous ses pattes, couteau tiré. Jackson brandit son fusil à la manière d'un club de golf et frappa de toutes ses forces. Assailli de partout, l'animal poussa un aboiement de fureur inouï. Il se contorsionnait. Ses ailes se déployèrent et il se cabra, pareil à un cheval sauvage. Désarçonné, Kalir tomba de côté. Du bon côté ! Tolkien l'aida à se relever. Dans le même temps, Brody et Cealendar reprenaient leurs esprits.

Brusquement, le monstre se détendit et sa mâchoire se referma sur l'Anglais qui l'attaquait à coups de crosse. Jackson brailla. C'était comme de se retrouver pris dans un étau garni de lames de sabre. La bête lui brisa la nuque d'un frénétique va-et-vient de son mufle. Son corps ne fut plus alors qu'une poupée de chiffons dont les bras et les jambes dépassaient de la gueule dégoulinante de sang. La créature ne prit même pas la peine de l'avaler. Elle balança le cadavre mou sur ses ennemis qui s'étaient de nouveau réunis en une grappe de silhouettes compacte.

— Partons, souffla Kalir.

Ils coururent avec pour seul objectif, seul point de mire... le pont !

Derrière eux, le chinte attendit une poignée de secondes, ramassé sur ses pattes, puis il se lança dans un bond félin, à la fois gracieux et puissant. Johansson, qui clopinait à la traîne, n'eut pas le temps de crier, de comprendre ce qui lui arrivait, ni même d'avoir mal. À vrai dire, il n'eut le temps de rien du tout. Son corps fut englouti par une tornade de poils roux.

Les autres sprintaient à en perdre haleine sans jeter un regard derrière eux.

Kalir se lança sur le pont le premier ; les survivants traversèrent le gouffre à la queue leu leu. L'équilibre des Elfes était parfait. Celui des humains laissait à désirer. Ils tendaient les bras en balancier, pour former un T avec le reste du corps et avançaient à pas hésitants. Tolkien ne put réprimer un frisson quand il s'aperçut que l'arche de pierre était bien moins solide qu'il n'y paraissait au premier coup d'œil. Elle s'effritait, se craquelait, envoyant quantité de fragments pierreux se perdre dans les ténèbres. Même la vision elfique était impuissante à sonder le fond du gouffre qui semblait vouloir s'enfoncer jusqu'au centre de la Terre. Un vertige s'empara de l'écrivain. Il vacilla et Brody dut le tirer par la manche pour l'empêcher de tomber. Tous deux plongèrent sur la corniche d'en face où ils roulèrent, exsangues, dans les cailloux.

Le chinte achevait de mettre en pièces Johansson. Il leva sa gueule, pétrifiant ses dernières proies du regard. Une rage indicible brillait dans ses yeux jaunâtres. Il délaissa le corps déchiqueté pour s'avancer vers le pont.

Les survivants battirent en retraite, acculés à une nouvelle paroi, escarpement abrupt haut d'une vingtaine de mètres environ.

— Je ne pourrai jamais grimper là-haut, dit Tolkien, étrangement calme.

Il donna sa sacoche à Brody. Ce dernier fronça les sourcils.

— Vous remettrez mon manuscrit et mes carnets à ma femme, reprit son ami. Vous le ferez, n'est-ce pas ?

— Mais, Ronald, vous…

— Promettez-le-moi.

— Je… je vous le promets.

La bête venait de s'engager sur l'arche. Les Elfes commencèrent à escalader l'à-pic tout en sachant très bien que peu d'entre eux arriveraient au terme de l'ascension : propulsé par ses pattes prodigieuses, le monstre aurait beau jeu de leur sauter sur le dos avant même qu'ils aient atteint la moitié de la falaise. Cealendar ne savait pas quoi faire. Il rejoignit Brody et Tolkien, à deux pas de l'arche. Le professeur se laissa aller à un sourire mélancolique :

— Ne vous inquiétez pas pour moi, dit-il à ses amis. Si, comme je le pense, nous sommes dans une histoire, cela signifie qu'il y a quelque part un « grand scénariste »... Quelqu'un veille sur nous.

Puis il se détourna, sans laisser aux autres le temps de répondre.

Le chinte avait déjà dépassé le milieu du pont, qui se craquelait de manière préoccupante. Des lézardes apparaissaient à chaque fois que l'animal posait une patte sur la roche, aussi marqua-t-il un temps d'arrêt, figé dans l'expectative. Tolkien revint sur ses pas et se posta devant lui, au-dessus du vide. Il tremblait et s'efforçait de ne pas regarder vers le bas. Il n'avait pas le droit de faiblir. Pas maintenant. La chute de petites pierres résonnait sans fin sous ses pieds.

— Arrière, dit-il.

Le monstre le toisa, intrigué. Comment cet insecte osait-il le défier ? Il n'avait jamais rien connu de pareil.

— Arrière démon ! répéta Tolkien, et sa voix avait des accents d'autorité que lui-même, jusqu'ici, ne soupçonnait pas. Retourne dans tes Enfers !

Le temps parut s'arrêter.

La bête grondait. Elle se replia de tous ses membres, tassée au maximum.

— Je t'attends, souffla l'humain.

Durant une seconde, il crut voir son propre reflet dans les yeux jaunes comme des flammes.

Brody et Cealendar n'en revenaient pas. Qu'espérait donc leur ami ? Il n'avait aucune chance de...

Le chinte se jeta en avant d'un bond délié.

Brody hurla un avertissement.

Tolkien, qui n'avait pas bougé, accueilli l'animal bras ouverts, comme s'il voulait l'étreindre. Il y eut un grand fracas quand, au moment de l'impact, le tablier de pierre se désintégra sous lui. Les supputations de l'écrivain étaient justes : les ailes trop frêles de son adversaire battirent inutilement, vaincues par les lois de la gravité.

Le monstre et sa victime disparurent dans l'abîme en tourbillonnant avec une étrange lenteur, mortellement enlacés.

Brody tomba à genoux. Cealendar recula, incrédule, les yeux papillotants. Les Elfes avaient stoppé leur ascension. Tous fixaient l'endroit où, encore l'instant d'avant, se trouvait le pont.

Tous avaient le cœur transi d'effroi.

Tolkien n'avait même pas poussé un cri.

Pourtant il était mort. C'était terminé.

Brody s'avança au bord du gouffre, son regard perdu dans une béante contemplation. Ses yeux le cuisaient. Vint le chagrin, pareil à cette vague immense dont le professeur rêvait parfois. L'espace d'une seconde, Brody eut envie de le suivre. À quoi bon vivre dans un monde où existaient de telles horreurs ?

Son esprit repassait en boucle les derniers instants de son ami.

Qu'avait voulu dire le professeur, juste avant de mourir ?

« Un grand scénariste ! »

Était-ce sa manière à lui d'évoquer Dieu ?

Brody fit un pas vers le vide, comme hypnotisé. Soudain, il sentit la présence de Cealendar à son côté.

— Venez, dit le demi-Elfe. On ne peut plus rien faire.

Il ramena le major vers les autres, vers la vie.

Loin, très loin, résonnaient les échos d'une chute interminable

24

Pour Brody, la suite s'apparenta à un long songe confus.

L'escalade, d'abord.

Ses mains s'accrochaient à des arêtes plus ou moins aiguisées sans qu'il cherchât à en éprouver la solidité. La blessure de sa paume s'était rouverte mais, curieusement, il n'avait pas mal. Ses orteils exploraient de petites cavités. La roche était schisteuse ; il pouvait la creuser en lui donnant des coups de pied répétés. Une brise fraîche, venue de nulle part, caressait son corps. Son esprit semblait flotter hors de lui. Il se sentait détaché de tout, sauf de la paroi. C'était étrange de voir la pierre d'aussi près, avec le support de la vision elfique. Étrange et très beau. Chaque grain brillait aussi intensément qu'un diamant. Étalée sur la surface rugueuse, sa sueur ressemblait à une coulée de glace fondue. De la glace au citron. Le sang, lui, virait au rose fuchsia. Il se mit à rire tout seul. Son organisme drainait de l'énergie dans une sorte de générateur de secours. Cette réserve finirait bien par s'épuiser, elle aussi. Et après ? Il tomberait. Sans doute. Il accueillait cette perspective avec une lassitude teintée de fatalisme.

À mi-parcours, il fit une pause sur une avancée relativement large. Il massa sa main au bandage plein de sang. Un regard pour les Elfes et Cealendar. Ils s'en sortaient bien.

La deuxième partie de l'ascension n'offrait pas de difficulté majeure, si ce n'est que l'acide urique produit par la fatigue commençait à le chauffer au niveau des articulations. Ses forces déclinaient. Des tremblements de plus en plus sensibles agitaient ses mollets. Heureusement, il trouvait des prises, comme par miracle, avec l'assurance d'un grimpeur professionnel. « Quelqu'un veille sur nous », avait affirmé Tolkien, juste avant de mourir, et ces paroles tournaient sans arrêt dans sa tête.

Haletant, il se hissa jusqu'à la dernière saillie.

Ses compagnons l'y attendaient, couchés sur le dos ou de côté. Leur respiration était courte mais régulière. Brody s'allongea, lui aussi. Il n'avait plus un seul muscle qui ne lui fît pas mal. Lentement, son cœur reprit un rythme normal.

Un long moment s'écoula. Tout danger paraissait écarté.

— Il s'est sacrifié pour nous, hoqueta Cealendar, brisant le silence.

La pause dura plusieurs minutes. Quand chacun fut certain d'avoir récupéré le minimum de forces nécessaires à la poursuite de l'expédition, les survivants se levèrent et repartirent, guidés par une rumeur de plus en plus concrète. C'était la musique de l'eau vive qui s'écoule et s'éventre avec un bruit continu sur des rochers. Ils arrivèrent à la rivière souterraine dix minutes plus tard. Le promontoire sur lequel ils se trouvaient descendait en pente douce vers le cours d'eau d'un vert opalescent. L'écume scintillait comme des particules de poussière accrochées par un rayon doré. À première vue, l'autre rive n'offrait aucune issue : sa paroi s'incurvait vers le haut pour rejoindre le plafond voûté.

— Il faut se laisser porter par le courant, lança Cealendar.

— Et s'il nous ramène dans la grotte du lac souterrain ? frissonna Brody. Tout sera à recommencer…

— Le professeur a dit que nous avions fait le plus dur, que l'aube était proche… J'ai confiance.

Il s'avança dans l'eau, et des forces invisibles l'accueillirent. Il bascula sur le dos. La sensation de total abandon était jouissive. Il avait l'impression de flotter dans une grande poche de vide. Les autres le rejoignirent. Brody se laissa envelopper par la traction paresseuse du courant. L'eau froide lui faisait l'effet d'un baume anesthésiant. Elle endormait ses blessures en même temps que ses craintes.

Le groupe franchit un long tournant, puis le courant gagna en autorité, parut accentuer son emprise, et tout s'accéléra.

Les Chindits passèrent de petits rapides, peu profonds mais fougueux. C'était comme de filer dans l'espace, tels des météores. Métamorphosées par les artifices de la vision elfique, les cavernes traversées prenaient des allures de galaxies, nébuleuses, nuages célestes.

La rivière devint torrent. Son chant se mua en percussions de cataracte.

À présent, le plaisir de Cealendar se teintait d'effroi : il n'était plus du tout persuadé que la chance allait lui sourire jusqu'au bout. Un rocher pointu se dressa sur sa trajectoire ; il l'évita d'une impulsion des mollets. Un autre obstacle le cogna à l'épaule quelques secondes plus tard. Il roula sur lui-même et but la tasse. Du talon, il prit appui sur une pierre qui affleurait à la surface et donna une poussée. Ce reflexe lui permit de se déporter légèrement. Il esquiva le rocher suivant, masse compacte qui arrivait droit sur lui. Où étaient les autres ? Il avait la sensation d'être seul au monde, aspiré vers le néant !

Il y eut un court répit puis la pression du courant se fit de nouveau impitoyable. Garder la tête hors de l'eau relevait de l'exploit. Cealendar se cramponna à son désir de vivre, les bras refermés sur la poitrine. « Là, ça passe ou ça casse », songea-t-il dans une explosion de lumière destructrice.

La terre le recracha. Il glissa sur sa langue, cascade d'écume étincelante, et plongea dans une espèce de grand bassin à ciel ouvert.

Lentement, ses yeux se réhabituaient au soleil.

Le courant, de nouveau ami, apaisé, le poussa vers une berge boueuse.

Il roula sur le dos, visage tourné vers les chauds rayons tombant des trouées. Brody pataugea jusqu'à lui. Il n'avait pas lâché le sac de Tolkien. Les Elfes avaient échoué un peu plus loin. Sains et saufs.

Cealendar avait envie de sommeiller. Juchés dans les branches, au-dessus de lui, des oiseaux le regardaient d'un œil curieux. Des oiseaux ! Des arbres ! Il avait presque oublié que toutes ces choses existaient bel et bien. Il sourit aux volatiles.

Sa conscience vacillait. Néanmoins, avant de sombrer, il pensa, très distinctement : « Émerveille-toi de la vie, ouvre-toi à l'enchantement de vivre, réconcilie-toi avec la joie pure d'exister ! »

Ils campèrent sur cette rive accueillante durant cinq jours. Brody et Cealendar pêchaient du poisson. Les Elfes préféraient chasser des oiseaux ou du petit gibier. Provisions faites, gourdes remplies, ils choisirent d'un commun accord de repartir vers l'ouest. Leur projet était de rejoindre le village indigène qui les avait si bien reçus, quelques siècles plus tôt.

Ils allaient à une allure lente mais régulière, progressant la nuit. La prudence était de mise. Leur route ne croisa qu'une seule patrouille japonaise. L'ennemi passa tout près d'eux, sans les voir, exactement comme lors de la première rencontre, à l'aller.

La longue marche trébuchante se poursuivit sans obstacle notable deux jours durant. Les derniers Chindits avaient tout du gueux, l'odeur incluse. Les orteils de Brody dépassaient de ses brodequins rongés de pourriture.

Kalir menait le groupe. Il privilégiait les couloirs naturels, le lit des cours d'eau. La musique des ruisseaux était une agréable compagne et, là où il y avait de l'eau, il y avait toujours du gibier.

À l'aube du troisième jour, ils gravirent la colline sur laquelle ils s'étaient arrêtés pour prendre des repères, peu avant l'attaque de la voie ferrée.

— Nous sommes sur le bon chemin, confirma le major avec un intense soupir de soulagement.

Quelques heures plus tard, une jeune indigène qui revenait de sa toilette matinale s'immobilisa aux abords du village. Elle s'appelait Dway. C'était la fille du chef. Elle avait perçu un mouvement, dans les buissons. Sa main se porta naturellement au couteau qu'elle prenait toujours soin d'emporter avec elle lorsqu'elle s'éloignait des habitations. Elle avait rencontré une panthère noire, une fois, au détour d'un sentier forestier, et n'avait dû son salut qu'à l'arrivée tapageuse de bûcherons accompagnés d'enfants. Les premiers avaient agité leurs haches pendant que les seconds jetaient des pierres à l'animal, qui s'était enfui en feulant. Depuis cet incident, la jeune fille n'oubliait jamais de prendre une arme avant de s'aventurer hors du village.

Des branches basses craquèrent. Dway cria quand la jungle s'ouvrit, pratiquement sous son nez. Pas de peur, non. De surprise !

Cealendar, où plutôt son fantôme, tomba dans ses bras. Un humain et trois Elfes couverts de blessures le suivaient de près, la machette à la main. Ils avaient tous le regard creusé, vibrant réceptacle d'images abominables.

— Bonjour mademoiselle, fit Brody en prenant appui sur un tronc.

C'était une aube claire et joyeuse.

Brody et les Elfes avaient troqué leurs vêtements en loques contre des tenues de paysans, discrètes et fonctionnelles. Leurs sacs étaient plein de riz. Seuls les arcs portés sur l'épaule rappelaient leurs attributs guerriers.

Un mois s'était écoulé depuis leur arrivée au village de Dway. Un mois passé à se reposer, à reprendre des forces. Aucun des survivants n'avait reparlé des grottes, et encore moins de ce qu'ils y avaient rencontré. Par moment, Brody doutait de la réalité de ses souvenirs. Jusqu'à l'entrée dans le temple, l'enchaînement des événements était à peu près cohérent. Mais après ? La fièvre et la déshydratation pouvaient expliquer beaucoup de choses… Ils avaient perdu un grand nombre de leurs camarades sous terre. C'était à peu près tout ce que l'on pouvait certifier. Peut-être leur esprit avait-il inventé ce monde infernal ? Peut-être avaient-ils été victimes d'une hallucination collective ?

Les blessures physiques, elles au moins, s'étaient cicatrisées. La pâleur de la mort avait quitté les joues des cinq derniers Chindits. Ils se sentaient frais et dispos. Apaisés.

C'était d'autant plus dur de partir.

— Vous êtes sûr que vous ne voulez pas venir avec nous ? demanda Brody en serrant la main du demi-Elfe.

Cealendar secoua la tête :

— J'ai trouvé ma place, dit-il. Je reste.

Le major regarda les poules qui picoraient la terre devant les maisonnées, les enfants en train de jouer. Les femmes se livraient déjà au ballet rituel de la corvée d'eau. Elles allaient et venaient, avec une démarche chaloupée. Leurs hanches, leurs têtes enturbannées, étaient chargées de gros pots en métal ou de jarres. Les champs cultivés formaient un bouclier protecteur entre la jungle et le village. Ici régnait la paix.

— Je comprends, sourit le major.

Kalir se racla la gorge :

— Sache que tu seras toujours le bienvenu au Sylvaniel.

Il serra le métis dans ses bras. Cealendar le remercia. Ils avaient les larmes aux yeux, tous les deux.

Cassiltir et Halimath donnèrent l'accolade au demi-Elfe chacun leur tour.

— Nous ne t'oublierons pas, frère, dit le dresseur.

— Je ne vous oublierai pas non plus, assura Cealendar en posant son poing serré contre son cœur.

Il ne servait à rien de prolonger les adieux plus longtemps.

Les trois Elfes et l'homme firent volte-face et disparurent dans la jungle sans plus de cérémonie.

ÉPILOGUE

Northmoor Road.

Une banale maison dans une rue tranquille d'Oxford. La ville et sa célèbre université ne semblaient pas avoir trop souffert des bombardements. Sans doute la matière grise n'étaitelle pas une cible privilégiée pour les nazis…

Brody s'arrêta devant la porte, au numéro 21 de la rue, le poing levé, sans oser frapper. Un trac terrible le saisit. Il s'était juré de se montrer courageux, solide, réconfortant, mais sa résolution fondait. Il avait soudain une folle envie de faire demi-tour et d'abandonner cette famille à son chagrin… Surmontant sa peur, il toqua. Un jeune homme en uniforme lui ouvrit. La ressemblance avec Tolkien n'avait rien de flagrant mais elle existait, dans les attitudes, les subtilités de la gestuelle, cette manière franche de serrer la main. Le père et le fils avaient quelque chose de typiquement… britannique. Oui, c'était encore le qualificatif qui leur convenait le mieux. Le sourire était proche, également.

— Ma mère vous attend, dit le garçon.

Il s'effaça pour laisser entrer Brody, puis il l'amena au salon. L'endroit baignait dans un clair-obscur imputable aux lourds rideaux à demi tirés. Le militaire foula de ses pieds un tapis moelleux que plus jamais son ami ne foulerait, et découvrit une femme immobile, vêtue de noir, que plus jamais son ami n'étreindrait. Edith Tolkien se tourna vers lui. Brody songea qu'ils devaient former un couple bien assorti. On sentait la veuve habitée par une grande force ; une grande mélancolie, aussi, tristesse endémique que le deuil n'avait fait qu'accentuer.

— Bienvenue, major, dit-elle en prenant les mains de l'officier dans les siennes. Ronald parlait beaucoup de vous dans ses lettres. J'ai presque l'impression de vous connaître déjà.

Brody sourit en se maudissant intérieurement de son air idiot. Il ne savait pas quoi répondre.

— Ronald vous considérait comme un véritable ami, poursuivit la veuve de Tolkien.

— Oui, nous étions amis, confirma Brody. Je l'aimais beaucoup.

— Asseyez-vous, je vous en prie.

Une adolescente à la chevelure aussi brune et fournie que celle de sa mère apporta un plateau avec deux tasses et une théière. À peine assis, Brody se releva.

— Notre cadette, Priscilla, fit Edith.

— Enchanté, mademoiselle.

La jeune fille salua poliment l'invité avant de s'éclipser.

L'horloge du salon sonna les cinq coups de l'après-midi. Edith servit le thé.

— Puis-je vous demander, fit-elle au bout d'un long moment, comment… (elle hésitait) comment est-il mort ? Le courrier du général Wingate reste très flou sur ce point. Est-ce qu'il s'agit d'un secret d'état-major ?

— Non. Pas du tout.

Brody reposa sa tasse brûlante.

— Eh bien, ça a été très rapide, commença-t-il avec embarras. Nous marchions dans une grotte. Il était derrière nous. Et, tout d'un coup, il a disparu. Je crois qu'il a été happé par une faille, dans le sol. On ne l'a… jamais retrouvé.

Sa voix mal assurée trahissait son trouble.

Edith hochait la tête, pensive, le regard absent. Des larmes qui ne voulaient pas couler accentuaient la brillance de ses yeux dans la grise lueur du jour finissant.

— Votre mission a-t-elle réussi, au moins ? questionna-t-elle après une lente inspiration.

— Oui, c'est un succès, acquiesça Brody. Nous avons détruit notre objectif. Quelques semaines plus tard, le grand conseil des Elfes s'est réuni et ils ont accepté d'envoyer plusieurs dizaines de leurs meilleurs guerriers sur le front du Pacifique. La reconquête de la Birmanie a démarré. Plus rien ne pourra l'arrêter…

— Fort bien, fort bien…

Elle touillait son thé mécaniquement, du bout de la cuillère, tapa deux fois sur la tasse pour l'égoutter, puis la posa sur une petite soucoupe. Un silence gênant s'installa.

— Je… je vous ai ramené ceci, dit le major en fouillant dans sa mallette de cuir.

Il en sortit des feuillets dactylographiés ainsi que des carnets reliés par des élastiques, le tout protégé dans un emballage plastique transparent.

— Toutes ses notes sont là.

Edith prit le paquet sur ses genoux. Elle se pinçait les lèvres pour garder bonne contenance.

— Merci, major. Merci beaucoup. Je sais à quel point son monde imaginaire comptait pour lui. Un jour, il m'a confié qu'il rêvait de voir son travail inspirer d'autres artistes : des peintres auraient posé ses paysages sur leurs toiles ; des musiciens auraient composé des opéras à la gloire d'Aragorn et Frodon ; des poètes auraient pu jouer à loisir avec les sonorités de ses langues inventées… Chaque discipline se serait répondue et enrichie mutuellement, et la Terre du Milieu aurait été la communauté réunissant tous ces créateurs.

Brody toussa dans son poing et dit :

— Votre mari avait un talent exceptionnel.

— J'en suis convaincue. Je pense que, s'il avait vécu plus longtemps, il aurait pu devenir un très grand écrivain.

Brody esquissa un sourire :

— C'est probable, en effet. (Une pause, puis :) Vous savez, les Elfes croient que nous vivons tous une infinité de vies dans une infinité de mondes parallèles. Ils sont persuadés qu'en mourant, nous glissons d'un univers à l'autre… (Il déglutit, essayant de ne pas se laisser submerger par l'émotion.) Pour ma part, je veux croire qu'il existe au moins un monde où il a fini son livre. Un monde où il est un auteur reconnu, qui enflamme l'imagination de ses contemporains. Il avait tant à donner aux autres…

— C'est vrai, répéta Edith, il avait encore tant à donner.

Sa peine était poignante mais les larmes refusaient toujours de couler.

Alors Brody songea aux mots de Tennyson :

« *Ils lui ont ramené son guerrier, mort. Elle ne jura ni ne versa de larmes : ce que voyant, toutes ses compagnes dirent : "Il faut qu'elle pleure ou elle en mourra."* »

LE MOT DE L'AUTEUR

L'origine de ce roman vient de deux mots griffonnés parmi tant d'autres dans un carnet de notes :

« Platoon elfique »

Mon concept de départ était de mélanger la guerre du Viêt Nam avec des Elfes « à la Tolkien ». Je venais de voir le film *Windtalkers* de John Woo, qui montre comment l'armée américaine utilisa les Indiens durant la guerre du Pacifique, et cela a certainement dû m'influencer. Par le passé, j'avais déjà dressé un parallèle entre les Amérindiens et les « immortels » dans *Le Dernier des Elfes*, remake en forme d'hommage au *Dernier des Mohicans* de Fenimore Cooper. En effet, si l'on imagine les Elfes comme des sortes de « superindiens », cela ouvre un éventail d'histoires tout à fait excitantes, du moins de mon point de vue.

À mesure que l'idée faisait son nid dans mon esprit, la Seconde Guerre mondiale s'est progressivement imposée comme la période idéale pour situer ce récit. En effet, ce contexte historique me permettait d'adjoindre le personnage de Tolkien à l'expédition et là, l'aventure prenait une toute autre dimension !

Pourquoi les grandes histoires épiques, initiatiques, écrites (ou narrées) depuis la nuit des temps, se ressemblent-elles tellement, aussi bien dans le fond que dans la forme ? Cette question m'a toujours fasciné. Mon intérêt pour la chose remonte à un vieil article du magasine *Studio* datant des années 1980 : un entretien entre George Lucas et George Miller, le réalisateur des *Mad Max*. Les deux George discutaient mythologie, narration, s'étonnant justement de certaines similitudes entre tous les grands mythes. Par la suite, j'ai lu les ouvrages de Joseph Campbell, en particulier le fameux *Hero with a Thousand Faces* (*Les héros sont éternels*, chez Seghers) ainsi que *Le Guide du scénariste* (chez Dixit), écrit par Christopher Vogler, un disciple de Campbell. Dans la foulée, j'ai dévoré les travaux de Carl Gustav Jung (sur les archétypes et l'inconscient collectif) ainsi que ceux de Mircea Eliade (essayez *Aspects du mythe*, chez Gallimard, c'est l'un des plus abordables), essais consacrés à la cosmogonie et aux grandes sagas mythologiques, aussi bien primitives que modernes. Mon ambition était d'écrire une histoire qui soit une bonne série B (du style *Les Maraudeurs attaquent* ou *Aventures en Birmanie*) mais aussi, en quelque sorte, une quête brillant par son exemplarité, une mise en abyme, une réflexion sur les ingrédients récurrents qui ont forgé toutes ces grandes aventures. Au lecteur de dire si j'ai réussi le cocktail… ou pas.

Dernier élément essentiel à la genèse de ce projet : Orde Wingate. La biographie romancée de ce général atypique (*Un homme de guerre*, par Thomas Taylor, chez Robert Laffont) fait partie de mes livres de chevet. Je l'avais lue pour la première fois en 1990, lorsque mon ami David Sczerman, avec qui je faisais mes études de cinéma, me l'avait chaudement recommandée. « Indiana Jones, pour de vrai », clamait le bandeau rouge sur la couverture. Quelle vie ! Et quel personnage incroyable ! L'épisode qui relate son odyssée avec les Chindits m'avait particulièrement marqué. L'ouvrage de Taylor m'a été d'une aide précieuse pour tous les renseignements concernant la « long range penetration », le centre d'entraînement de Saugor et les opérations menées dans la jungle birmane. Trois autres livres ont complété mes recherches dans ce domaine : *British Infantryman in the Far East 1941-1945*, par Alan Jeffreys, *World War II Jungle Warfare Tactics*, par Stephen Bull, et enfin *La Campagne de Birmanie (1942-1945) : L'armée des Indes défait les Japonais*, par Pierre Lescouef. Les deux premiers ouvrages sont parus chez Osprey Publishing, le troisième est disponible chez Economica.

Quelques précisions, à présent, si l'on entre dans le détail :

CONCERNANT TOLKIEN...

Je le précise, au cas où un doute subsisterait dans l'esprit de certains lecteurs : l'auteur du *Seigneur des Anneaux* n'a jamais mis les pieds en Birmanie et toute cette histoire relève de la plus pure... fantaisie.

Quelques gardiens du temple autoproclamés ne manqueront pas de critiquer ma vision de Tolkien, l'homme aussi bien que l'écrivain, et je peux déjà les entendre rugir : « Jamais il n'aurait fait ceci ou dit cela en pareilles circonstances, etc. » Peut-être. Sûrement. La biographie d'Humphrey Carpenter (*JRR Tolkien, une biographie*, chez Pocket) et la correspondance du professeur (*Lettres*, chez Christian Bourgois) ont été mes principales sources. Partant de ce matériau solide, je me suis borné à livrer mon interprétation du personnage. Il est évident que – comme lorsqu'on adapte un roman au cinéma – cette vision ne pourra satisfaire tout le monde...

Chapitre 2 : L'anecdote de Tolkien s'emportant contre un éditeur allemand est vraie (*Lettres* p. 61) !

Chapitre 4 : La description du jardin de Tolkien sous la neige est tirée d'un courrier adressé à son fils Christopher (*Lettres* p. 158).

Chapitre 6 : Les arguments émis par Tollkien dans sa défense du poème *Beowulf* sont développés au sein du recueil *Les Monstres et les Critiques* (et autres essais), paru chez Christian Bourgois.

Chapitre 8 : Tolkien en dit un peu plus sur le mystérieux personnage de Tom Bombadil dans sa correspondance (*Lettres* p. 255). Quant à son aversion pour l'allégorie sous toutes ses formes, il l'a plusieurs fois publiquement exprimée.

Chapitre 9 : Le caractère mélancolique et le lien de Tolkien avec sa mère sont bien sûr évoqués dans sa biographie. À ma connaissance, le « vrai » Tolkien n'a jamais remis en question sa foi catholique (héritée de sa génitrice), engagement très profond, presque vital chez lui. Cet épisode précis est inventé pour les besoins de mon récit.

Chapitre 12 : Le rêve de Tolkien (la vague géante) est authentique et l'aurait inspiré dans sa création du mythe de *Numenor*.

DIVERS...

Chapitre 1 : Le chant elfique décrivant la migration des « immortels » vers l'Ouest est inspiré des *Poèmes de Hiawatha*, par H. W. Longfellow.

Chapitre 10 : L'exercice baptisé « Shakedown » a réellement eu lieu mais s'est déroulé sur quinze jours et non pas une journée, comme dans mon histoire.

Chapitre 11 : Les Chindits expédiés derrière les lignes ennemies étaient en réalité beaucoup plus nombreux (plusieurs milliers d'hommes, des centaines de mulets !) que dans ma version de papier. Pourquoi ce parti pris (après tout, dans un roman, les figurants ne coûtent pas cher) ? Je voulais garder une ambiance intimiste, type « patrouille perdue dans la jungle », comme dans des films tels que *Trop tard pour les héros* de Robert Aldrich, ou encore *Cote 465* d'Anthony Mann. L'épisode du train est complètement fictif (en réalité, les Chindits se contentèrent de saboter la voie ferrée) et doit davantage à *La Horde sauvage* de Sam Peckimpah qu'à la véritable odyssée des soldats de Wingate.

Chapitre 15 : Toutes les légendes de ce chapitre sont inventées, excepté celle de l'araignée « Pinkuya ».

Chapitre 21 : La seconde moitié de la prière est tirée du *Livre des morts tibétain*.

Ce livre est dédié à mon ami et professeur Jean-François Tarnowski qui, comme Tolkien dans mon récit, n'a pas survécu à son propre voyage « au cœur des ténèbres » (les références à Joseph Conrad ne sont bien sûr pas fortuites). Il est mort, mais son enseignement lumineux vit toujours en nous, ses anciens élèves. L'injonction « Réconcilie-toi avec la joie pure d'exister » est de lui, et terminait son article consacré à *E.T.*, en 1982, dans la revue *Positif*. Existe-t-il meilleure façon de clore une histoire ?

Christophe Lambert
Mars 2008

Achevé d'imprimer sur les presses de

BUSSIÈRE
GROUPE CPI

à Saint-Amand-Montrond (Cher)
en août 2008

Composé par Nord Compo Multimédia
7, rue de Fives, 59650 Villeneuve-d'Ascq

FLEUVE NOIR
12, avenue d'Italie
75627 Paris Cedex 13

— N° d'imp. : 082458/1. —
Dépôt légal : septembre 2008.

Imprimé en France